mit einem Mal geschärft. Sie fühlte sich lebendig, sie fühlte sich wie am Ziel einer langen Reise, sie fühlte sich ...

„Pia, wo warst du denn?“, fragte Frau Winkler aufgeregt, als Pia beim Bus ankam.

Was sollte sie jetzt sagen? Dass Helene und ihre fiesen Kühe ihr mal wieder einen ihrer dämlichen Streiche gespielt hatten? Auf keinen Fall. Dann würden sie ihr diese Klassenfahrt garantiert zur Hölle machen. Außerdem war Pia keine Petze.

Also zuckte sie bloß verlegen die Schultern. „Mir war schlecht. Ich war die ganze Zeit auf dem Klo ...“, nuschelte sie kaum hörbar.

Frau Winklers Züge wurden weicher. „Oh weh, das tut mir leid. Ich hätte euch vorwarnen sollen. So eine Überfahrt kann eine ziemlich schauklige Angelegenheit sein. Geht es dir jetzt besser?“

Pia nickte nur.

Als sie den Bus betrat, hörte sie Helene und Zoe schon kichern. Auch die anderen Schüler reckten neugierig den Hals.

Mit gesenktem Kopf ging Pia zwischen den Reihen durch. Sie wollte keine mitleidigen Blicke ernten. Sie hasste Mitleid. Es machte alles nur noch schlimmer.

Zum Glück ergriff Frau Winkler in diesem Moment das Wort: „Okay, Leute, da jetzt alle da sind, möchte ich die Gelegenheit nutzen, um euch noch ein paar wichtige Regeln für die kommenden Tage mit auf den Weg zu geben ..."
Pia blendete die Stimme ihrer Lehrerin aus und versuchte so schnell wie möglich nach hinten zu ihrer Sitzreihe zu gelangen. Als sie an Helenes Reihe vorbeihuschte, schoss blitzschnell ein Fuß in den Gang und verstellte ihr den Weg. Pia sah es zu spät und stolperte, konnte sich aber im allerletzten Moment an der Lehne von Marven festklammern.
„Hey, Pia, alles klar?", fragte er besorgt.
Einerseits fand Pia es nett, dass er fragte – immerhin schien er der Einzige zu sein, der sich ernsthaft für sie interessierte –, andererseits scheute sie jede Form von Aufmerksamkeit. Ihr Gesicht fühlte sich heiß an und sie wusste, dass sie schon wieder über und über mit diesen hässlichen roten Flecken übersät war, die sie immer bekam, wenn sie sich schämte. Also ziemlich oft.
„Alles gut", nuschelte sie. Zu mehr fehlte ihr einfach die Kraft. Sie ließ sich auf ihren Sitz plumpsen, rutschte ans Fenster und schaute hinaus auf die vorbeiziehenden Häuser hinter der Scheibe. Es kam ihr vor, als zöge eine andere Welt an ihr vorbei – eine wunderschöne, absolut perfekte

Welt. Die reetgedeckten Häuser leuchteten in der Abendsonne und strahlten eine heimelige Wärme aus. In den Vorgärten blühten blaue Hortensien und am Wegesrand rosarote Rhododendronbüsche, und dazwischen leuchteten die weiß lackierten Gartenzäune.
„... niemand wandert allein im Watt umher ...", holte Frau Winklers Stimme Pia in ihre eigene Welt zurück. „Niemand verlässt den Gasthof nach 22 Uhr, dann ist nämlich Sperrstunde, und ihr haltet euch bitte zu jeder Zeit an die Anweisungen von Familie Heinemann, die Besitzer des Gasthofes und der Reitanlage. Habt ihr das so weit verstanden?"
Pia sah blinzelnd nach vorn. Diese Regeln würden ihr wohl kaum Schwierigkeiten machen. Es waren mehr oder weniger dieselben wie in ihrem Wohnheim zu Hause in Frankfurt. Eine Sperrstunde gab es da auch und sich nicht daran zu halten, war selten eine gute Idee. So was wurde gern mit Putzdienst geahndet. Und was die Sache mit dem Watt betraf: Pia hatte sowieso nicht vorgehabt, allein durchs Watt zu wandern. So schön ihr das Meer gerade erschienen war – aus Erzählungen wusste sie durchaus um seine Tücken.
„Kommen wir zu meinem nächsten Punkt: der Zimmerverteilung!", rief Frau Winkler.
Sofort erhob sich ein lautes Stimmengewirr.

„Yo! Ich und Johannes, was sonst!“, grölte Luis von hinten. „Ich will mit Zoe in ein Zimmer!“, zeterte Helene dazwischen.
Pia rutschte unbehaglich auf ihrem Sitz herum. Die Zimmerverteilung hatte ihr schon die ganze Zeit Bauchschmerzen bereitet. Wer würde schon freiwillig mit ihr in ein Zimmer gehen? Sie war erst vor zwei Monaten in die Klasse gekommen und für die anderen immer noch „die Neue“ – oder im Fall von Helene: „das Heimkind“. Davon abgesehen gehörte sie nun mal nicht zu der Sorte Mädchen, dem alle Herzen zuflogen. Dafür war sie viel zu still und schüchtern.
Sie versuchte den Lärm um sich herum auszublenden und schaute wieder aus dem Fenster. Der Bus fuhr offenbar gerade durch das Zentrum der verträumten Inselgemeinde. Kleine Läden, Cafés und Restaurants säumten die Straße, gut gekleidete Feriengäste standen vor den Schaufenstern oder saßen in der Sonne bei einem Kaffee. Fast hätte Pia Frau Winkler überhört, so fasziniert war sie von der scheinbar ungetrübten Idylle auf der anderen Seite der Scheibe.
„Ich werde entscheiden, wer mit wem das Zimmer teilt!“, rief die Lehrerin – jetzt wieder durchs Mikro, anscheinend um sich endlich Gehör zu verschaffen.

Doch keinem entgingen die nächsten Worte von Helene: „Ich teile mit allen das Zimmer, nur nicht mit Pia!“, zischte sie gehässig nach hinten.
Pia wäre am liebsten im Boden versunken.
„Solche Bemerkungen verbitte ich mir, Helene. Das ist kindisch und unkollegial.“
Das Mikro heulte.
Pia wollte einfach nur noch weg. Raus aus diesem Bus. Raus aus dieser Situation. Denn sicherlich würde Helene Frau Winklers Worte nicht auf sich sitzen lassen.
„Sie hat mein Reitmagazin gestohlen!“, tönte es da auch schon durch den Gang. Alle Köpfe drehten sich zu Pia.
„Stimmt das, Pia?“, fragte Frau Winkler skeptisch.
Alle warteten auf Pias Antwort.
Pia brach der kalte Schweiß aus. Doch aus Erfahrung wusste sie, dass es ganz egal war, was sie nun sagte oder tat. Es würde nur schlimmer werden. Es wurde immer nur noch schlimmer. Zumindest in diesem Punkt war auf Helene Verlass.
Schließlich sagte die Lehrerin noch immer für alle hörbar durchs Mikrofon: „Das klären wir später. Aber es bleibt dabei: Ich werde über die Zimmervergabe entscheiden, sobald wir vor Ort sind.“

Der Lautsprecher knackte, dann wurde es still im Bus. Totenstill.
Pia schloss die Augen. Warum hatte sie bloß nichts gesagt? Jetzt würden sie alle für eine Diebin halten. In ihren Augen brannten Tränen, aber sie blinzelte sie weg.
Der Bus fuhr nun auf einem holprigen Schotterweg – kaum breit genug für ein normales Auto. Auf der einen Seite erstreckten sich die spärlich bewachsenen Dünen, auf der anderen Seite wurde der Weg durch einen maroden Holzzaun begrenzt. Dahinter lagen grüne Weideflächen und in einiger Entfernung erspähte Pia die ersten Pferde.
Sofort fiel ihr das Atmen leichter. Wie jedes Mal wenn sie die anmutigen Tiere erblickte, breitete sich eine große Ruhe in ihr aus. Sie legte die Hand auf die kühle Scheibe und rief sich ins Gedächtnis, warum sie eigentlich hier war. Ihre Unterkunft auf dieser malerischen Nordseeinsel, der Gasthof der Familie Heinemann, lag einsam auf einer Landzunge, abseits von allem Touristentrubel. Früher einmal waren die Heinemanns stolze Züchter zahlreicher prämierter Oldenburger Sportpferde gewesen. Mittlerweile vermieteten sie ihr Haus an größere Reisegruppen und nutzten die Reitanlage für die bei Touristen so beliebten Strandausritte und Ferienreitkurse.

Seit Frau Winkler ihnen vor einigen Wochen zum ersten Mal von ihren Plänen für die Klassenfahrt erzählt hatte, hatte Pia es kaum erwarten können, endlich hier zu sein. Und nun würde sie sich diesen Augenblick ganz bestimmt nicht von Helenes intrigantem Gehabe verderben lassen.

Pia suchte die Insellandschaft nach einem Gebäude ab. Und da endlich kam es in Sicht! Pia presste die Nase gegen die Scheibe. Umringt von ein paar windschiefen Bäumen, thronte auf einer Hügelkuppe ein einzelnes Haus. Auch wenn es ein wenig heruntergekommen aussah, erkannte Pia, dass es früher mal ein stattliches Herrenhaus gewesen sein musste.

Der Bus holperte über einen gepflasterten Weg bis auf den großen Hof. Sie waren am Ziel.

Von Nahem sah das Gebäude noch viel schäbiger aus. Die Fensterläden hingen zum Teil schief in den Angeln und die hellblaue Farbe blätterte davon ab.

„In dieser Bruchbude sollen wir wohnen? Das ist doch kein Gutshof!“, kreischte Helene.

Zoe kicherte freudlos. „Meinst du, die haben schon fließend Wasser da drinnen?“

Darüber konnte ihre Freundin nicht lachen. „Wenn es zu schlimm ist, rufe ich meinen Papi an und wir ziehen in eines

dieser schicken Hotels im Ort“, prahlte Helene, während sie ihre klobige Designerhandtasche ins Freie schleppte.
Pia sah ihr nach. Manchmal fragte sie sich, ob Helenes Abneigung ihr gegenüber nicht doch auf Gegenseitigkeit beruhte. Vor allem immer dann, wenn Helene ihren Vater ins Spiel brachte. Papi hier, Papi da. Pia konnte es nicht mehr hören. Wahrscheinlich lag es daran, dass sie selbst keinen Vater hatte. Unzählige Tage und Nächte hatte Pia als kleines Mädchen darauf gewartet, dass er kam, um sie zu retten. Doch ihr Vater war nie gekommen und würde es auch jetzt nicht tun.
Ein kühler Abendwind fuhr ihr in die Locken, als sie aus dem Bus stieg, fegte ein wenig Sand über den Hof, pfiff ums Haus und zerrte ächzend an einem abgerissenen Regenrohr.
Pia fröstelte. Nicht nur der Wind schien ihr kalt und abweisend. Die fleckigen Fenster des Gasthofes starrten ihr dunkel und leer entgegen. Nichts regte sich dahinter, kein Vorhang, kein Leben, nicht einmal ein Licht brannte.
Sie schlang die Arme um den Oberkörper. Irgendwas an diesem Haus machte sie unruhig. Es sah aus, als stünde es da und lauerte. Still und stumm, mit all seinen Geheimnissen hinter den dicken Steinmauern. Bei der Vorstellung,

die nächsten acht Tage mit ihrer Klasse darin wohnen zu müssen, wurde Pia schon wieder flau im Magen.
Selbst Frau Winkler schien verunsichert, denn sie sagte kleinlaut: „Ja, das Haus hat schon bessere Tage gesehen ... aber aus historischer Sicht ist es ohne Zweifel eine Perle in dieser Gegend."
Johannes und Luis hatten ganz andere Vorstellungen. „Krass! Die Hütte sieht ja aus wie aus dem Game, das wir neulich gezockt haben! *Horror Invasion 2!*", rief Luis begeistert.
„Ja! Stimmt! Wo die Monster die Soldaten fressen und ihnen die Eingeweide ..."
„Iiiiiiiih! Hört auf!", kreischte Helene. „Das ist widerlich!"
Pia war ihrer Lehrerin gefolgt und blieb nun unter der knorrigen Eiche in der Mitte des Hofes stehen.
„Holt euer Gepäck aus dem Bus und versammelt euch erst mal alle hier!", rief Frau Winkler über den Hof. Ihre zarte Stimme bebte verdächtig. „Ich gehe mal nachsehen, ob uns jemand in Empfang nehmen kann." Dann atmete sie tief durch, als müsste sie all ihren Mut zusammennehmen, und lief zur Eingangstür.

3

TROTZ DER GOLDENEN ABENDSONNE, die noch über dem blauen Streifen Meer hinter dem Gasthof leuchtete, war es im Inneren des Hauses düster. Durch die trüben Scheiben fiel kaum Licht und das Radfenster über der Eingangstür warf gruselige Schatten auf den Steinboden in der Empfangshalle. Von hier führte eine wuchtige, breite Holztreppe in die beiden oberen Etagen.

Pias Blick wanderte zu der Flügeltür, die gegenüber dem Eingang lag. Durch diese trat nun eine Frau mittleren Alters. Sie wischte sich die schwieligen Hände an einer geblümten Schürze ab und kam auf die immer noch etwas eingeschüchtert wirkende Frau Winkler zu.

Pia duckte sich hinter einen der schweren Samtvorhänge neben der Tür.

„Willkommen im Gasthof Heinemann“, sagte die Frau mit einer kehligen Großmutterstimme und reichte Frau Winkler die Hand. „Ich bin Frau Olberding. Ich kümmere mich stellvertretend für Herrn Heinemann um das Haus und seine Gäste. Er ist derzeit verhindert und wird Sie wahrscheinlich erst morgen begrüßen können."

„Das ist doch kein Problem!", sagte Frau Winkler. „Ich erinnere mich an Sie. Wir hatten vorletzte Woche telefoniert."

Frau Olberding lächelte. „Ich nehme an, die jungen Herrschaften wollen erst einmal ihre Zimmer beziehen?" Sie warf einen prüfenden Blick auf den Haufen Teenager, der sich in ihren heiligen Hallen versammelt hatte.

Frau Winkler nickte und strich ihr geblümtes Sommerkleid glatt. „Das wäre großartig. Wir haben ja eine lange Fahrt hinter uns."

„Schön, dann kommen Sie mal mit!" Die Haushälterin marschierte mit energischen Schritten zu der großen Treppe. „Frühstück gibt es um acht, Abendessen in einer halben Stunde, ansonsten nach Absprache", erklärte sie, während sie die Stufen hinaufstieg. „Zum Mittag gibt es ein Lunchpaket für jeden. Die Lunchpakete werden direkt nach dem Frühstück verteilt. Wir haben auch eine Grillstelle hinter dem Haus, wo man bei schönem Wetter sitzen und speisen kann ..."

Pia knurrte jetzt schon der Magen. Kein Wunder. Nach ihrer Höllentour auf der Fähre hatte sie ja so gut wie nichts mehr im Bauch.

„Es gibt Zweier-, Dreier- und Viererzimmer!“, hallte Frau Olberdings Stimme durchs Haus.

Pia überlegte, mit wem sie am liebsten das Zimmer teilen würde. Wahrscheinlich gab es Mädchen- und Jungenzimmer, genau wie bei ihr im Wohnheim. Dort musste sie sich das Zimmer auch mit einem anderen Mädchen teilen. Das war aber zum Glück nur noch sehr selten da, weil es eine Ausbildung angefangen hatte.

Vielleicht wäre Melina nicht schlecht? Sie verspottete Pia immerhin nicht, und dass sie gut befreundet mit Marven war, sprach auch für sie. Marven war echt ein netter Kerl. Überhaupt waren die Jungs aus Pias Klasse um einiges netter zu ihr als die Mädchen. Dabei gab es außer Helene, Zoe und Greta – Helenes zweitbeste Freundin oder ihre beste, wenn sie sich gerade mit Zoe gezofft hatte – eigentlich niemanden, der wirklich ein Problem mit Pia hatte. Pia vermutete, dass viel von dem Spott und Hohn, den sie erntete, mehr mit Gruppenzwang als mit ihrer Person zu tun hatte. Das zumindest versuchte sie sich als Trost immer wieder zu sagen.

„Pia?“

Pia zuckte erschrocken zusammen und stolperte über die nächste Stufe. Wie aus dem Nichts war Frau Winkler neben ihr aufgetaucht.

„Ich möchte kurz mit dir über Helene sprechen, wegen der Sache im Bus."

Alarmiert riss Pia die Augen auf.

„Hast du ihr die Zeitschrift gestohlen?", fragte Frau Winkler mit gedämpfter Stimme, während Pias Mitschüler sich an ihnen vorbeischoben, um die Zimmer in den oberen Stockwerken zu besichtigen.

„Nein, hab ich nicht!", erwiderte Pia empört. „Die Zeitschrift ist Helene auf der Fähre aus der Tasche gefallen und ich wollte sie ihr zurückbringen."

„Hatte Helene etwas damit zu tun, dass du so lange auf der Toilette verschwunden warst?", fragte Frau Winkler nun und machte dabei ein so mitleidiges Gesicht, dass Pia am liebsten weggerannt wäre.

Pia biss sich auf die Lippe. „Nein." Niemals würde sie zugeben, dass Helene sie eingesperrt hatte. Zum einen war sie keine Petze und zum anderen pfiff sie auf Frau Winklers Mitleid! Wenn sie es nicht mehr aushielt, dann lag es bei ihr, nur bei ihr selbst, etwas an der Situation zu ändern! Wenn das Heimleben sie eines gelehrt hatte, dann das: nie-

mals auf andere zu hoffen. Weder Mitleid noch Selbstmitleid brachten einen weiter. Am Ende war man immer auf sich allein gestellt.
Frau Winkler seufzte. „Du weißt, du kannst jederzeit mit mir sprechen und zu mir kommen, wenn dich etwas belastet."
Pia sagte nichts.
„Ich denke, du und Helene solltet euch besser kennenlernen. Dann würde es solche ... Missverständnisse vielleicht gar nicht mehr geben."
In diesem Moment kamen Luis und Johannes aus einem der Zimmer im ersten Stock geschossen. „Frau Winkler! Frau Winkler! Können wir das Zimmer da drüben haben? Das ist winzig und echt nicht schön, aber wir würden es nehmen, wenn wir zusammen reindürfen!", startete Luis einen ziemlich durchschaubaren Versuch, doch noch zu seinem Wunschmitbewohner zu kommen.
Frau Winkler seufzte und wandte sich nun an alle Schüler. „Okay, hört mal her: Ich habe mir überlegt, dass wir diesen Ausflug dazu nutzen sollten, uns alle ein wenig besser kennen und verstehen zu lernen."
Ein Stöhnen hallte durch den Flur.
„Darum werden sich diejenigen von euch, die normaler-

weise nicht viel miteinander zu tun haben, ein Zimmer teilen. Die Mädchen beziehen ihre Zimmer im zweiten Stock, die Jungen hier im ersten."

Während von überall her Proteste laut wurden, schob sich Pia in eine kleine Fensternische neben der Treppe.

„Entweder regelt ihr das selbst oder ich werde es für euch tun!", erklärte Frau Winkler mit Nachdruck.

Plötzlich herrschte Stille.

Pia klammerte sich an ihren Rucksack und wartete gespannt, was als Nächstes geschehen würde. Sie hatte mit keinem ihrer Mitschüler sonderlich viel zu tun und war somit für alle eine mögliche Zimmerpartnerin. Aber würde sich jemand freiwillig melden?

Pia wagte es kaum zu atmen.

„Ich geh mit Marven in ein Zimmer", sagte Luis schließlich, klatschte sich mit seinem Kumpel Johannes ab und schnappte sich seine Reisetasche.

Marven nickte und deutete auf den Flur. „Dürfen wir das Zimmer aussuchen?", fragte er Frau Winkler.

Die Lehrerin zuckte die Achseln. „Wer zuerst kommt, mahlt zuerst."

„Ich gehe mit Greta zusammen!", rief Helene eilig.

Frau Winkler schüttelte den Kopf. „Das ist gegen die Absprache, Helene. Greta ist deine Freundin und ihr sitzt nebeneinander."

„Aber nur in Mathe und Deutsch!", protestierte Helene.

„Du wirst dir das Zimmer mit Pia teilen", sagte Frau Winkler bestimmt.

Helene heulte auf. Ein paar Mitschüler lachten.

Pia stolperte rückwärts und stieß mit dem Hinterkopf heftig gegen den Fensterrahmen. Sofort schossen ihr die Tränen in die Augen. Sie wollte etwas sagen, sich wehren, doch sie brachte keinen Ton hervor.

Helene war dafür umso lauter. „Das können Sie nicht machen!", schrie sie aufgebracht. „Dann fahre ich zurück nach Hause oder ziehe ins Hotel!"

Frau Winkler stemmte die Hände in die Hüften. „Das wirst du ganz sicher nicht tun, Helene. Solange wir hier sind, habe ich die Verantwortung für euch – und das Sagen."

Pia wischte sich hastig die Tränen aus den Augen und war auf einmal froh, den Mund gehalten zu haben. Sie hatte Frau Winkler noch niemals so streng erlebt!

Helene war ebenfalls verstummt, doch ihre Unterlippe zitterte. Ihre Freundinnen Zoe und Greta schwiegen betreten.

„So eine Schwachsinnsidee!", stieß Helene wütend hervor und stampfte die Treppe nach oben in den zweiten Stock.

Pia erwachte aus ihrer Starre. Ihre Gedanken rasten. Sollte sie Frau Winkler doch noch mal bitten, ihr eine andere Zimmergenossin zuzuteilen? Aber ein Blick ins Gesicht der Klassenlehrerin verriet ihr, dass jeder Widerspruch zwecklos war. Also drückte sie sich an den anderen Mädchen vorbei und stieg die Treppe nach oben.

Dabei spürte sie die Blicke ihrer Mitschüler im Nacken, spürte sie wie glühende Nadelstiche auf der Haut. Pia lief schneller, sah nicht mehr nach rechts oder links, nahm nichts mehr wahr außer ihrem trommelnden Herzschlag, bis sie am Ende des Flures im zweiten Stock angelangt war. Dort blieb sie vor der offenen Zimmertür stehen.

„Ich schlafe oben, dass das klar ist!", zischte Helene. Dann schleppte sie ihren schweren Koffer in eine Ecke, zog den Reißverschluss auf und zerrte einen Beutel hervor.

Pia beobachtete sie von der Tür aus.

„Wehe, du klaust mir noch mal was oder gehst auch nur in die Nähe von meinen Sachen!" Helene kam auf sie zugestampft. „Dann werde ich dafür sorgen, dass mein Vater dich anzeigt. Vom Kinderheim in den Jugendknast – so ein Werdegang würde zu dir passen!" Sie rauschte aus dem Zimmer und rempelte Pia dabei mit der Schulter an.

Pia verharrte noch einige Sekunden wie betäubt in der Tür,

während ihre Mitschüler über die Flure trampelten und lärmend die Zimmer bezogen. Niemand schenkte ihr mehr Beachtung. Schließlich ging sie ins Zimmer und schloss behutsam die Tür hinter sich. Dann ließ sie ihren Rucksack langsam von der Schulter gleiten und sackte auf dem Bett zusammen, das Helene ihr zugeteilt hatte.

Nachdem sie eine Weile reglos dagesessen hatte, sah sie sich um. Das Zimmer war sauber, aber die spärlichen Möbelstücke, die es gab, waren genauso heruntergekommen wie der Rest des Gasthofes. Außer dem quietschenden Stockbett gab es nur eine Kommode, die zwischen Dachschräge und Bett gequetscht war, und einen wackeligen Stuhl.

Der Ausblick aus dem kleinen Fensterchen jedoch war atemberaubend: Jenseits der Wiesen hinter dem Gasthof glitzerte das Meer in der Bucht. Dahinter ragten die schroffen Klippen der Steilküste empor. Vor dem rotgoldenen Himmel zeichnete sich die Silhouette eines Leuchtturmes ab.

Auf der satten grünen Wiese erspähte Pia die Umrisse einiger Pferde. Friedlich grasten sie in der Abendsonne, ihre Mähnen und Schweife bauschten sich im Meereswind. Pia atmete durch. Morgen, sagte sie sich. Morgen würde ihr großer Traum in Erfüllung gehen. Alles, was sie tun musste, war durchhalten.

Pias Magen rumorte. Eigentlich hatte sie furchtbaren Hunger, doch Helene beim Abendessen noch einmal gegenübertreten zu müssen, wäre einfach zu viel gewesen. Sie griff nach ihrem Rucksack. Irgendwo musste noch ein Apfel sein. Den hatte sie am Morgen aus der Obstschale in der Heimküche mitgenommen.

Erst nachdem sie den kompletten Rucksack ausgeräumt hatte und ihn umdrehte, fand sie den Apfel. Sie verspeiste ihn mit wenigen Bissen und packte ihre Sachen zurück in den Rucksack. Ein paar Klamotten, eine Tüte mit Waschsachen, ihr Buch und eine kleine neongrüne Stoffschildkröte. Die hatte Pia als kleines Mädchen auf dem Stadtfest gewonnen, an ihrem sechsten Geburtstag. Keinesfalls würde sie die Sachen in den Schrank räumen! Auch das hatte sie sich im Lauf der Jahre angewöhnt: die wenigen Habseligkeiten, die sie besaß, bei sich zu behalten. Wenn man von einer Pflegefamilie zur anderen gereicht wurde, war es sinnvoll, stets auf gepackten Koffern zu sitzen. Pia seufzte. Immerhin hatte ihr Nomadenleben ein Ende gehabt, seit sie in dem betreuten Wohnen für Jugendliche gelandet war.

Pia sah neidvoll auf Helenes prall gefüllten Koffer in der Ecke. Er war randvoll mit Kleidern – Kleidern, wie Pia sie niemals besitzen würde.

Sie schüttelte sich. Es hatte keinen Sinn, darüber traurig zu sein. Helene lebte einfach in einer anderen Welt. Und daran würde auch Frau Winklers verquere Erziehungsmaßnahme nichts ändern. Niemals.

Pia warf einen letzten Blick nach draußen, dann ließ sie sich auf das knarrende Bett sinken. Erschöpft zog sie die Decke über sich und schloss die Augen. Sie dachte wieder an das goldene Pferd auf der Koppel. Ihr Seelenpferd. Vielleicht würde sie heute Nacht von ihm träumen.

4

DIE REITKAPPE IN IHRER HAND war abgewetzt und roch nach altem Schweiß, aber das war Pia total egal. Tausendmal hatte sie diesen Moment in ihrem Kopf durchgespielt und endlich war es so weit! Heute würde sie zum ersten Mal auf einem Pferd sitzen!

Gemeinsam mit ihren Mitschülern, die sich ebenfalls für den Ausritt angemeldet hatten, stand sie auf dem Parkplatz der kleinen Reitanlage, die nur wenige Gehminuten vom Gasthof entfernt lag.

Verstohlen sah sich Pia nach Helene um. Seit sie am Abend zuvor eingeschlafen war, hatte sie kein Wort mehr mit ihrer Zimmergenossin gewechselt. Als Pia am Morgen aufgewacht war, war Helene bereits weg gewesen – um sich mit den anderen Mädchen im Waschraum um den einzigen Spiegel zu zanken, den es auf ihrer Etage gab. Pia hatte so lange herumgetrödelt, bis das Gekreische draußen auf dem

Flur verstummt war, dann war sie in den leeren Waschraum gegangen, hatte sich die Zähne geputzt, das Gesicht gewaschen und ihre widerspenstigen Locken gebändigt. Als sie anschließend als Letzte in den Frühstücksraum gekommen war, hatte sie sich zu Melina und Marven an den Tisch gesetzt – möglichst weit weg von der biestigen Helene.

Jetzt stand Helene tuschelnd bei Zoe und Greta und deutete mit abschätziger Miene auf das Stallgebäude hinter sich. Es grenzte an einen staubigen Außenplatz, auf dem gerade ein paar Ponys träge im Kreis trotteten.

Pias Blick schoss zwischen Helene und den Pferden hin und her, während sie sich die feuchten Handflächen immer wieder an ihrer ausgewaschenen Jeans abwischen musste. Da kam Frau Winkler mit einem hochgewachsenen älteren Mann aus dem Büro der Reitschule.

Das Erste, was Pia an ihm auffiel, waren seine Schuhe. Die polierten Kappen glänzten in der Sonne und passten so gar nicht in das Bild der sonst eher heruntergekommenen Anlage. Das Zweite, was ihr auffiel, war seine riesige, ein wenig schiefe Nase. Sie verlieh dem Mann – obwohl er lächelte – einen verschlagenen Ausdruck.

Frau Winkler hantierte nervös mit einem Stoß Papier herum. „Darf ich euch vorstellen ... das ist Rainer Heinemann.“ Sie deutete hektisch auf ihren Begleiter und hätte dabei fast die Papiere fallen lassen. „Er ist der Besitzer dieses ... äh ... Anwesens.“

Pia versteckte sich in der hintersten Reihe und musterte den Mann mit wachsendem Unbehagen. Zum einen sah der Kerl nicht aus, als würde er seinen eigenen Stall jemals betreten, geschweige denn sich die Hände schmutzig machen, zum anderen war er Pia spontan so dermaßen zuwider, dass sie sich nicht vorstellen konnte, dass so ein Mensch Pferdeliebhaber war.

„Sie haben eine traumhafte Anlage, Herr Heinemann!“, quiekte Helene in diesem Moment, drängelte sich ziemlich forsch an Frau Winkler vorbei in die erste Reihe und gab dem Mann die Hand. „Ich bin Helene Krämer. Ich reite seit Jahren und habe ein eigenes Pferd. Ich weiß also sofort, wenn ein Stall gut ist.“

Fast hätte Pia laut losgelacht. Das war typisch Helene! Diese Reitanlage war sicher weit unter ihrem Niveau. Trotzdem musste sie sich unbedingt in den Vordergrund spielen.

Herr Heinemann musterte Helene von Kopf bis Fuß – ihre Designerjacke, die teure Vollederbesatzreithose, die trendi-

gen Gummistiefel – und lächelte noch verschlagener. „Vielen Dank, junge Dame, das ist sehr reizend von dir."
Am liebsten hätte sich Pia geschüttelt. Der Typ wurde ihr von Minute zu Minute unsympathischer. Sie konnte nicht genau sagen warum, aber alles an dem Kerl wirkte unecht und schmierig.
„Falls du mal ein richtiges Inselross reiten möchtest – ich verkaufe auch Pferde!", fuhr Herr Heinemann fort und zwinkerte Helene gönnerhaft zu.
Frau Winkler lachte ein wenig zu laut. „So, ihr Lieben, ich würde vorschlagen, ihr geht schon mal zum Stall hinüber und wartet dort auf Robbie, Herrn Heinemanns Sohn. Er wird euch die Pferde zuteilen. Ich kläre derweil die übrigen Formalitäten, bevor ich dann mit dem Rest eurer Klasse, der nicht am Ausritt teilnimmt, zum Inselmuseum fahre."
Pia biss sich auf die Lippe. Hoffentlich war dieser Robbie netter als sein Vater!
Zoe, Helene und Greta rannten sofort los, um die Ersten beim Stall zu sein.
Herr Heinemann lächelte noch immer, wenn auch etwas eingefroren. Dann wandte er sich ab und ging mit Frau Winkler zurück zum Büro, wobei er um jedes noch so winzige Dreckloch einen großen Bogen machte.

Zusammen mit den anderen folgte Pia Helene und ihren Anhängerinnen zum Stall. Sie spähte zu Marven. Er wirkte vollkommen gelassen und unterhielt sich gerade mit Melina über einen Ausritt während der letzten Sommerferien an der Ostsee. Zu gern hätte Pia ihn gefragt, wie er zum Reiten gekommen war und was er daran besonders liebte. Aber dazu fehlte ihr mal wieder der Mut. Die Reitkappe fest umklammert, betrat sie die enge Stallgasse.

Sanftes Schnauben und helles Lachen empfingen sie. Letzteres gehörte Zoe, die gerade dabei war, ein besonders hübsches hellbraunes Pferdchen aus einer der Boxen zu führen.

„Bist du schon mal geritten?", ertönte plötzlich eine mürrische Stimme hinter Pia.

Sie wirbelte herum. In der freien Box gegenüber, die anscheinend als Sattelkammer diente, stand ein dunkelhaariger Typ. Er wandte ihr den breiten, muskulösen Rücken zu und rumorte durch die Kammer.

Pias Herz begann wie wild zu pochen. Sollte sie zugeben, dass sie noch nie auf einem Pferd gesessen hatte? Oder war es klüger zu behaupten, sie könne ein wenig reiten?

Pia atmete immer hektischer und brachte keinen Ton heraus.

„Das deute ich jetzt mal als ein Nein", sagte der Typ und drehte sich um. „Heilige Schei... Was machst *du* denn hier?" Er starrte Pia mit großen Augen an.
Pia begann vor lauter Schreck zu stammeln: „Ich ... ich bin mit meiner Klasse aus Frankfurt hier, um zu reiten ... Wir ... ähm ... wir wohnen im Gasthof nebenan." Sie zwirbelte nervös eine Locke um ihren Finger.
Der Junge starrte immer noch. Seine Augen wanderten von ihrem Gesicht zu den Haaren und wieder zurück. Er sah um einiges älter aus als Pia, aber vielleicht lag das auch nur an dem dunklen Dreitagebart um sein Kinn. Pia schluckte. Auf eine raue, verwegene Art und Weise sah der Typ verdammt gut aus!
Langsam atmete sie aus. Sie musste sich unter Kontrolle bekommen. Schließlich wollte sie einen guten Eindruck hinterlassen. Ansonsten ließ er sie vielleicht nicht reiten.
Also streckte sie zögerlich die Hand aus. „Ich heiße Pia", sagte sie.
Der Junge stand immer noch da wie vom Donner gerührt. Dann wanderte sein Blick an ihr herunter.
Pia hätte im Boden versinken können, denn sie wusste genau, was er sah: ein verwaschenes altes Shirt, schlabbrige alte Jeans, ausgetretene Schuhe.

Er hob den Kopf. Tiefbraune Augen mit langen schwarzen Wimpern durchbohrten sie. „Pia, sagtest du?“, fragte er schließlich. „Aus Frankfurt?“

„Ja“, sagte Pia unsicher. „Wieso? Stimmt was nicht?“

„Nein, nein ... schon gut. Du ... du erinnerst mich nur an jemanden.“ Er schüttelte den Kopf.

Vor lauter Erleichterung, dass er sie endlich nicht mehr so kritisch musterte, sprudelte Pia drauflos: „Ich bin noch nie geritten und hab mich total auf diesen Tag gefreut! Ich ... ich kann dir aber auch gern hier im Stall helfen, wenn du möchtest. Ich liebe Pferde und ich würde alles ...“

Er hob eine Hand. „Wow! Jetzt mal der Reihe nach ...“

Pia sagte nichts mehr und nickte bloß mit eingezogenem Kopf.

Langsam streckte er ihr die Hand entgegen. „Hi, ich bin Robbie. Nett, dich kennenzulernen ... ähm ... Pia“, sagte er steif und starrte immer noch, aber jetzt zumindest deutlich freundlicher.

Zögerlich ergriff sie seine Hand. „Hi.“ Sie probierte ein Lächeln. Ihre Mundwinkel zitterten.

Plötzlich verschränkte er die Arme und grinste. „Noch nie geritten, soso ...“

Pia schluckte. Flunkern würde nichts nützen. Er hatte sie

ja ohnehin schon durchschaut. „Nein, ich kann überhaupt nicht reiten“, sagte sie und schob vorsichtig hinterher: „Vielleicht hast du ja ein besonders braves Pferd für mich?“
Robbie schüttelte wieder den Kopf und lachte vor sich hin. „Sachen gibt’s!“
Pias Gedanken rasten. Traute er ihr einen Ausritt etwa nicht zu? Sie nahm all ihren Mut zusammen. „Ich kriege das schon hin, ehrlich!“, rief sie. „Ich habe schon häufig bei Reitstunden zugeschaut und ich ...“
Robbie machte eine abwehrende Handbewegung. „Schon gut, schon gut. Das meinte ich gar nicht.“ Er musterte sie ein letztes Mal von Kopf bis Fuß – Pia versuchte so selbstsicher wie möglich auszusehen – und sagte: „Na schön, dann bekommst du Gerold. Er ist das beste Anfängerpferd weit und breit, macht alles von allein und geht brav mit.“ Dabei griff er nach einer der Trensen neben sich an der Boxenwand. „Hier ist ...“ Doch weiter kam er nicht, denn plötzlich gab es einen heftigen Schlag am Ende der Stallgasse. Ein Pferd wieherte schrill. Zoe, die gerade das Ende der Boxenreihe erreicht hatte, schrie auf, und im nächsten Augenblick galoppierte ihr hübsches braunes Pferdchen aufgebracht durch die Stallgasse, direkt auf Pia zu.
Instinktiv trat sie zur Seite und öffnete die Tür der Box, aus

der sie Zoe und das Pferd vor wenigen Minuten kommen gesehen hatte.
Sofort wurde der Braune langsamer und marschierte dann schnurstracks zurück in seine nun offene Box. Dort angekommen, machte er sich über den Haufen Heu am Boden her und würdigte Pia, die langsam die Tür wieder schloss, keines Blickes.
„Dafür, dass du noch nie geritten bist, scheinst du aber eine Menge von Pferden zu verstehen", sagte Robbie misstrauisch.
Pia wirbelte herum und lächelte verlegen. „Ähm, ich weiß nicht, ich habe nur ..."
Robbies Augen funkelten. „Ach, weißt du, was? Ich denke, du würdest dich auch mit Feuerstern ganz gut verstehen. Ja, die passt besser zu dir als unser verschlafener Gerold ..."
In dem Moment kam eine keuchende Zoe bei ihnen an. „Das Pferd in der letzten Box hat nach meinem geschnappt!", sagte sie. „Ich musste loslassen, sonst hätte es mich sicher gefressen."
„Ja, das macht unser lieber Dark Shadow gern mal, und nicht nur das ...", stieß Robbie zwischen zusammengebissenen Zähnen hervor. Während die zeternde Zoe ihr Pferd zum zweiten Mal aus der Box holte, reichte er Pia ein Paar

Stiefel. „Da! Zieh die Gummistiefel an. Mit diesen ... Latschen ...“ – er blickte auf Pias Schuhe – „... lass ich dich nämlich nicht aufs Pferd!“
Zögernd griff Pia nach den glänzenden schwarzen Stiefeln. „Bist du sicher? Kann ich wirklich ...“
Doch Robbie hörte gar nicht zu, denn er war schon wieder in einer Ecke der Sattelkammer verschwunden.
Ungeschickt umherhüpfend wechselte Pia also die Schuhe. Kaum fertig, drückte Robbie ihr auch noch die Trense und einen Sattel in die Hände. Ein herausfordernder Ausdruck lag auf seinem Gesicht. „Hier, das ist Feuersterns Zaumzeug. Die Stute steht gleich in der nächsten Box zu deiner Rechten. Geputzt wurde sie bereits.“ Damit ließ er Pia einfach stehen und ging zum nächsten ihrer Klassenkameraden. Erst da bemerkte Pia, dass Robbie beim Gehen ein wenig humpelte.

5

PIAS VOLL BELADENE ARME fühlten sich auf einmal taub an. Was war da gerade passiert? Warum durfte sie nicht das Anfängerpferd Gerold reiten? Feuerstern klang irgendwie – temperamentvoll. Verunsichert sah sie sich um. Aber Robbie war schon wieder in der Behelfssattelkammer verschwunden.

Johannes, Luis und Greta warteten noch auf ihre Pferde.

Na gut. Dieser Robbie würde schon wissen, was er tat, dachte Pia. Entschlossen straffte sie die Schultern und lief zu Feuersterns Box. Sie lugte zwischen den Gitterstäben hindurch und erkannte eine zierliche hellbraune Stute. Pia vermutete, dass sie noch sehr jung war, denn ihr Körper war drahtig und ihre Augen aufgeweckt. Mit leisem Schnauben empfing Feuerstern das fremde Mädchen vor ihrer Box.

„Hallo, meine Schöne. Ich werde dich heute zum Strand

ausführen", flüsterte Pia leise, sodass sie keiner außer der Stute hören konnte. „Bitte, bitte, sei nett zu mir, ich habe nämlich noch keine Erfahrung mit ..." Weiter kam sie nicht, denn in diesem Moment kam Marven an der Box vorbei und blieb stehen. „Äh ... Pia, brauchst du vielleicht Hilfe?"

Sie lächelte verlegen.

Da nahm Marven ihr das Zaumzeug ab und öffnete die Box. Staunend sah Pia zu, wie mühelos und routiniert er Feuerstern mit ein paar wenigen Handgriffen den Sattel anlegte und ihr die Trense über den Kopf zog. Die Stute ließ alles willig über sich ergehen und sah dabei aufmerksam zu Pia. Pia schöpfte Hoffnung. Anscheinend war die Stute sehr anständig und kooperativ.

„Fertig", sagte Marven da auch schon und drückte Pia das Ende der Zügel in die Hand. „Robbie meinte, wir reiten erst eine Runde um den Platz und dann geht's zum Strand." Damit verschwand er und machte zu Pias Erleichterung Halt vor der nächsten Box, wo Emma, eine ihrer Mitschülerinnen, gerade versuchte einem schneeweißen Wallach den Sattel aufzulegen. Immerhin war sie nicht die Einzige, die Hilfe bekam.

Pia strich ihrer Stute über den schmalen Hals und redete

beruhigend auf sie ein, genau wie sie es immer daheim von ihrem Lieblingsplatz aus bei anderen Reitern beobachtet hatte. Dann trat sie vor Feuerstern aus der Box und führte sie die lange Stallgasse hinunter. Die Stute folgte ihr brav und rieb dabei ihren Kopf an Pias schwarzem T-Shirt. Pia versuchte zu beiden Seiten einen sicheren Abstand zu den Boxen einzuhalten, damit ihr nicht dasselbe passierte wie Zoe. Aus dem Augenwinkel sah sie ein pechschwarzes Pferd in der letzten Box toben. Dark Shadow. Seine Augen funkelten weiß im Schatten des Stalles. Er bockte, stieg und schlug aufgebracht gegen die Gitter, während Pia Feuerstern an ihm vorbei nach draußen auf den Reitplatz führte.

Der Rest ihrer Mitschüler hatte sich mittlerweile hier eingefunden und saß schon auf dem Pferd. Nur Johannes und Luis stritten noch darum, wer das große Schlachtross reiten durfte, das Robbie soeben auf den Platz brachte.

Pia wollte Feuerstern gerade in die Mitte des Platzes führen, als ihr Helene auf einem dunkelbraunen Pony den Weg abschnitt. „Ich fass es nicht! Wieso bekommst du so ein schickes Pferd und ich muss auf diesem Klepper reiten? Du weißt doch gar nicht, wo bei einem Pferd vorn und hinten ist!“

Zoe und Greta lachten und selbst Emma konnte sich ein

Grinsen nicht verkneifen. Pia sagte nichts und führte Feuerstern mit gesenktem Blick in die Bahn.

„Ich hoffe, du fällst runter und blamierst dich so richtig!“, zischte Helene ihr hinterher und bohrte ihrem Pferd die Absätze in die Seiten. Das Pony hüpfte nach vorn, wobei es Feuersterns Hinterteil bedrohlich nahe kam. Die Stute machte einen Satz zur Seite und riss sie beinahe um, aber Pia schaffte es, ihrem Pferd genug Raum zu lassen, sodass es sich sofort wieder beruhigte. Schweigend klopfte sie Feuerstern den Hals.

„Schaut nur, fast wäre sie im Dreck gelandet!“, bemerkte Helene hämisch und trabte an. Zoe und Greta ritten hinterher, ohne Pia noch eines Blickes zu würdigen.

Pia seufzte und ging weiter. Auch das gehässige Dreiergespann würde ihr den heutigen Tag nicht vermiesen. Pia war glücklich, denn in wenigen Minuten würde sie auf dem Rücken dieses wunderbaren Tieres sitzen, sich die Meeresluft ins Gesicht wehen lassen und den Geruch von Salzwasser und Pferdeschweiß einatmen. Was konnte schöner sein?

Verstohlen beobachtete sie, wie Marven, der ebenfalls gerade hereingekommen war, seine Steigbügel anpasste. Mit einem Bügel in der Armbeuge schien er zu testen, ob sie die richtige Länge hatten. Pia machte es ihm nach. Das Leder des Riemens war hart und sie hatte ihre Mühe damit. Doch schließlich schaffte sie es doch, die Metallschnalle in die gewünschte Position zu bringen, und setzte ihre Reitkappe auf. Dann spähte sie zu Luis hinüber, der gerade ungelenk an seinem Pferd hing und versuchte hinaufzugelangen. Pia musste grinsen. So würde sie wohl auch aussehen, aber immerhin war sie dann nicht die Einzige.

Nachdem sie Feuerstern noch mal den Hals geklopft hatte, griff sie beherzt nach dem linken Steigbügel und schob ihren linken Fuß hinein. Die Stute blieb ruhig und hatte den Kopf entspannt nach unten geneigt. Pia atmete tief durch, holte mit dem rechten Bein federnd Schwung, stieß sich vom Boden ab und zog sich nach oben. Dann legte sie ihren Oberkörper über den Sattel, so wie sie es bei den Reitern auf der Koppel daheim unzählige Male beobachtet hatte. Feuerstern blieb noch immer ruhig, und schließlich schwang Pia ihr rechtes Bein über den Rücken der Stute.

Sie saß – auf einem Pferd.

Ein unbändiges Glücksgefühl durchfuhr ihren Körper und sie hätte am liebsten geschrien vor lauter Begeisterung und Aufregung.

Schon nach ein paar Sekunden im Sattel spürte sie alle Anspannung von sich abfallen. In ihrem Kopf wurde es ruhig,

sie genoss die Stille und spürte die Bewegung. Feuerstern verlagerte leicht ihr Gewicht und spitzte die Ohren.
Pia lächelte. Sie war angekommen. Endlich. Und wie anders die Welt von hier oben aussah! Pia richtete ihren Blick in die Ferne und sah auf einmal so viel mehr. Die weiten Wiesen ringsumher, die breite Schotterstraße zum Strand, die Dünen dahinter, und sie glaubte sogar, das Meer zu hören – das Donnern der Brandung und das Rauschen der Wellen.
Vorsichtig brachte Pia ihren Sitz ins Gleichgewicht und machte sich groß im Sattel, um besser sehen zu können. In diesem Moment konnte sie überhaupt nicht glauben, dass sie zum ersten Mal auf einem Pferd saß. Es fühlte sich so vertraut an. So richtig. Fast wie eine längst vergessene Erinnerung ...
„Das sieht doch schon sehr gut aus! Und du hast wirklich noch nie auf einem Pferd gesessen?“, fragte Robbie plötzlich neben ihr.
Pia brauchte eine Weile, um ihre Konzentration von der Stute loszureißen und Robbie zu widmen. Er saß kerzengerade und trotzdem irgendwie total locker auf seinem Pferd.
„Ja, sicher noch nie ... d-d-danke“, stotterte sie und sah ihn mit leuchtenden Augen an.
„Okay, du reitest hinter mir“, sagte Robbie und an den Rest

der Gruppe gewandt: „Ihr anderen folgt bitte Feuerstern. Und Willy reitet ganz am Schluss!“ Dabei sah er zu Helene hinüber, die auf dem Pony saß, das offensichtlich auf den Namen Willy hörte. „Willy kann schon mal nach hinten ausschlagen“, fügte Robbie erklärend hinzu, als er Helenes wütendes Gesicht sah.

Unwillig zerrte sie ihr Pony ans Ende der Gruppe, nachdem es Pia und ihren Mitschülern nach einigem Chaos schließlich gelungen war, hinter Robbie eine Reihe zu bilden.

„Wir traben kurz eine Runde hier auf dem Platz in der Abteilung und dann geht's los zum Strand“, verkündete Robbie. „Bleibt hintereinander und überholt euren Vorreiter nicht. Vor allem nicht beim Traben und Galoppieren. Verstanden?“

Robbie ritt an und sein großer Schecke fiel willig in den Trab. Pia war so überrascht, dass sie zunächst gar nicht reagierte. Doch Feuerstern kannte diese Übung offensichtlich gut und trabte hinter dem Schecken her. Pia hätte beinahe einen Steigbügel verloren, schaffte es aber, sich mit einer Hand am Sattel abzustützen und den Bügel am Fuß zu behalten. Ihre Zähne schlugen heftig aufeinander, als sie vom schwungvollen Trab der Stute aus dem Sattel geworfen wurde und gleich darauf wieder wie ein Mehlsack hineinplumpste. Aber Pia lernte schnell und hob ihr Gesäß leicht aus dem Sattel, hielt sich mit der linken Hand an der Mähne fest und fasste mit der rechten die Zügel etwas kürzer. Mit den Knien federte sie Feuersterns Bewegungen nun gut ab.

Es erforderte Pias ganze Konzentration, sich auf dem Rücken der Stute zu halten. Deshalb konnte sie sich auch nicht umdrehen, um zu sehen, wie sich der Rest der Klasse schlug. Wahrscheinlich deutlich besser als sie, denn die meisten hatten, soweit Pia wusste, schon mal auf einem Pferd gesessen. Doch das war ihr egal. Sie fühlte sich großartig, jede Sekunde war ein Genuss, und selbst wenn sie fallen würde, würde sie eben einfach wieder aufsteigen und weiterreiten.

Am liebsten wäre Pia für immer auf Feuersterns Rücken geblieben. Allmählich fand sie auch den richtigen Rhythmus und entspannte sich etwas. Instinktiv drückte sie die Absätze tief nach unten, um besser mitfedern zu können. Sie blickte nach vorn, verlagerte ihr Gewicht zur Innenseite der Bahn und lenkte die Stute mit dem Zügel sanft in eine Kurve.

Vor ihr hob Robbie die Hand und rief: „Durchparieren zum Schritt!“ Der Schecke wurde langsamer, genau wie Feuerstern, und Pia fiel ihr ungeschickt in den Rücken. Die Stute zuckte zusammen, ging aber brav weiter hinter Robbies Pferd her.

„Das war ja schon ganz gut“, sagte Robbie, „aber ich würde dich da auf Gerold bitten, hinter mich zu kommen, und danach du da auf Cordula.“ Robbie zeigte auf Pias Mitschülerin Emma und dann auf ihren Klassenkameraden Tobi. „Pia, du kannst weiter nach hinten.“

Pia sah alarmiert zum Ende der Gruppe. Warum sollte sie denn weiter nach hinten? War es vorn bei Robbie nicht viel sicherer? Sie schluckte, doch da kamen Emma und Tobi auch schon angeritten, also drückte sie Feuerstern sanft die Fersen in die Seite und versuchte sie ans Ende der Abteilung zu bringen. Das war gar nicht so einfach, aber zum Glück lief Feuerstern willig vorwärts. Die Pferde von Tobi und Emma hingegen sträubten sich sichtlich, und ihre Mitschüler klopften heftig mit den Fersen in die Flanken.

„He, nicht so wild!“, blaffte Robbie und machte den beiden etwas mehr Platz hinter sich. „Lasst die Zügel etwas lockerer und verlagert euer Gewicht in die Richtung, in die ihr reiten wollt. Dann klappt es auch.“

Pia ritt mit Feuerstern bis ans Ende und versuchte sich vor Willy wieder einzuordnen.

„Auf gar keinen Fall reitet die Loserin vor mir!“, rief Helene empört und schloss dicht zu ihrem Vordermann auf, damit Pia nicht dazwischenkam. Pia sah Hilfe suchend zu Robbie, aber der hatte gerade alle Hände voll mit Tobi und Emma zu tun. Seufzend ritt Pia also ganz ans Ende und versuchte genug Abstand zu Willy zu lassen, sodass das Pony auf keinen Fall nach Feuerstern austreten konnte.

6

DIE GRUPPE VERLIESS DEN REITERHOF über den Parkplatz und scherte auf einen Trampelpfad neben der Straße ein. Pia entspannte sich wieder, als sie merkte, dass Feuerstern ganz zufrieden war. Auch Willy machte keine Anstalten, ihre Stute zu treten. Pia ließ Feuersterns Zügel etwas länger und versuchte sich auf ihrem Rücken so unauffällig wie möglich zu verhalten. Das sanfte Schwingen unter ihr wirkte beruhigend und Pia strich glücklich über den Hals des Pferds.

Nachdem sie eine Weile an der Straße entlanggeritten und ihnen ein paar Radfahrer und morgendliche Spaziergänger begegnet waren, bogen sie auf einen sandigen Weg in Richtung Strand ab. Hier ließ Robbie die Abteilung zum ersten Mal anhalten und nachgurten.

Pia brachte Feuerstern in sicherem Abstand zu Willy zum Stehen und beobachtete, wie Helene gekonnt das linke

Bein über den Sattel nach vorn legte und dann mit der Hand an den Riemen unter dem Sattelblatt zog. Gerade als Pia den ersten Gurt aus der Schnalle gelöst hatte, kam auf einmal Bewegung in die Gruppe. Einige Pferde tänzelten nervös zur Seite und Luis' Fuchswallach prallte sogar mit dem Hintern in Johannes' Schlachtross.

„Halt Sami gerade!", rief Robbie Luis zu, als in der Ferne plötzlich ein Pferd auftauchte und in rasantem Tempo genau auf sie zugaloppierte. Pia hing noch immer schief im Sattel und musste den Hals verdrehen, um überhaupt etwas sehen zu können. Beim Anblick des herannahenden Pferds stockte ihr der Atem. Und dann begann ihr Herz zu trommeln.

Da war er, so plötzlich wie in ihrem Traum.

Pia blinzelte. Alles um sie herum verschwamm. Lichter explodierten vor ihren Augen und sie musste sich keuchend auf den Sattel stützen.

Das goldene Pferd raste direkt auf sie zu!

Noch nie hatte sie so ein wunderschönes Tier gesehen – weder in echt noch in einem ihrer unzähligen Tagträume am Rand der Koppel in Frankfurt –, und vor allem noch nie eines in solch einer Farbe! Nichts kam an das Pferd heran, das nun auf sie zuraste. Sein Fell glänzte wie flüssiges Gold in der Morgensonne und seine Mähne wehte weiß leuchtend durch den blauen Sommerhimmel. Das goldene Pferd war groß und kräftig und galoppierte trotz des unebenen, weichen Bodens mit weitgreifenden, energischen Sprüngen.

Pias Herz schlug immer schneller – im Rhythmus seiner trommelnden Hufe. Wie gebannt sah sie dem Pferd entgegen. Ihrem Pferd, dachte sie plötzlich. Ihrem Seelenpferd!

Da erst bemerkte Pia, dass es nicht allein war. Ein fremdes Mädchen ritt auf seinem Rücken.

Pia schluckte. Auch diesmal hatte sie plötzlich das Gefühl, als löste sich ihr Traum auf. Und das Licht zerbarst, zerbarst in tausend goldene Funken.

Das Pferd und seine Reiterin kamen rasch näher.

Wie betäubt ließ Pia die Sattelgurtschnalle, die sie noch immer festhielt, zurück ins Loch gleiten. Dann trafen Pferd und Reiterin im Renngalopp auf die Schülergruppe – glücklicherweise etwas entfernt von Pia, sodass sie das Spektakel aus sicherem Abstand beobachten konnte. Trotzdem fühlte sie mit einem Mal die blanke Panik in sich hochkochen.

Robbie fluchte und Emma schrie angstvoll auf. Der gutmütige Gerold scheute. Erst jetzt sah Pia, wie panisch auch

das goldene Pferd wirkte. Mit in die Höhe gerissenem Kopf schoss es an ihnen vorbei.
Einen Moment sahen sich Pia und das Tier an. Ihre unerklärliche Angst spiegelte sich in seinen hellen braunen Augen.
Dann war er vorbei, der Moment. Und das goldene Pferd ließ Pia hinter sich im Staub zurück.
„Verdammt! Dieses verfluchte Miststück!“, schrie Robbie aufgebracht und stieß die geballte Faust in die Luft.
Pia sackte in sich zusammen. So schnell wie die Welle der Angst sie überrollt hatte, so rasch verebbte sie auch wieder. Verwirrt blickte sie dem Goldpferd nach. Von seiner Reiterin war unter der Reitkappe nicht viel mehr zu erkennen gewesen als ihr langes blondes Haar, denn sie hatte sich tief über den Pferdehals gebeugt.
Robbie jedoch schien die Reiterin zu kennen, denn er schrie ihr weiterhin böse Verwünschungen hinterher. „Wenn ich dich in die Finger bekomme! Mein Bike geht auch auf dein Konto!“ Aufgebracht zerrte er an den Zügeln, sein Schecke scheute und machte die anderen Pferde erst recht verrückt. Da erst schien Robbie wieder einzufallen, wo er sich befand und was seine Aufgabe war, denn er tätschelte seinem Partner entschuldigend den Hals und schaute erschrocken

nach seinen Schützlingen. „Geht es allen gut? Lasst die Pferde nicht vom Weg laufen!"
Robbie war ziemlich durch den Wind. Und es dauerte eine ganze Weile, bis er wieder Ordnung in die Reitschüler und ihre Pferde gebracht hatte. Emma saß weinend auf Gerold. Mechanisch streichelte Pia Feuerstern den Hals, denn in Gedanken war sie noch immer bei dem goldenen Pferd.
Die Stute hatte derweil die Ohren gespitzt und sah sich nervös um. Aber immerhin blieb sie stehen.
Nicht so Willy. Er war nun wirklich aufgebracht und versuchte ständig die anderen Pferde zu schlagen.
„Das ist deine Schuld!", schrie Helene Pia an und reihte sich mit Willy mühsam wieder ans Ende ein.
Pia sagte nichts, sondern ließ sie einfach gewähren. Ihr Traumpferd. Es war hier auf dieser Insel! Und es war schön, schnell und stark. Sie hob den Kopf und reckte die Nase in den Wind. Wie es wohl sein würde, auf ihm durch die Dünen zu galoppieren? Waren wohl alle Pferde so trittsicher wie dieses? Pia sah noch immer zu den Dünen, hinter denen das goldene Pferd und seine Reiterin verschwunden waren.
„Okay, wir reiten weiter!", rief Robbie schließlich. Nach und nach setzten sich die Reitschulpferde wieder in Be-

wegung. Feuerstern war noch immer etwas verunsichert, gehorchte Pias leichtem Schenkeldruck jedoch brav.

Robbie ließ die Klasse an sich vorbeireiten. „Hey, Pia, alles klar?“, fragte er und ritt neben sie. Wieder durchbohrte er sie mit Blicken. Mit einem Mal sahen seine Augen tiefschwarz aus.

Pias versonnenes Lächeln gefror ihr auf den Lippen.

Ohne auf ihre Antwort zu warten, fuhr Robbie fort: „Die Stute ist sehr sensibel, also nichts für ruppige Hände. Wenn wir am Strand traben und galoppieren, versuch sie nicht zu sehr zu bremsen. Das Geziehe macht sie nervös. In Ordnung?“

Pia nickte und versuchte sich wieder auf Feuerstern und ihren gemeinsamen Ausritt zu konzentrieren. Dafür war sie schließlich hier! Darauf hatte sie sich wochenlang gefreut! Sie schob jeden Gedanken an Robbies düsteren Blick beiseite – und auch die Bilder von dem goldenen Pferd.

„Und du da, bleib schön am Ende!“, sagte Robbie zu Helene. „Willy ist ein guter Läufer, aber er kennt seinen Platz.“ Nach einem kurzen Blick auf Feuerstern fügte er hinzu: „Die Stute wird nicht gern überholt, also halt dich dran.“ Helene nickte eifrig und machte sich groß im Sattel. Offensichtlich wollte sie Robbie zeigen, was für eine super Reiterin sie war.

Robbie steuerte seinen Schecken zum Anfang der Gruppe zurück und dann ritten sie endlich in die Dünen.

Der Weg bis zum Strand war ganz schön beschwerlich für die Pferde. Ein paar stolperten im tiefen Sand, und an einer besonders steilen Stelle setzte es den großen Friesen von Johannes kurzzeitig auf die Hinterhand, weil ihm die Beine wegrutschten. Pia lehnte sich zurück und ließ Feuersterns Zügel extralang. Mit sicherem Tritt brachte die Stute sie über die Düne und hinunter zum Strand.

Pia lachte laut auf. Der Moment war einfach zu schön! Fast so schön wie ihr Traum. Zu ihrer Überraschung drehte sich Marven zu ihr um und lächelte sie an. Pia spürte, wie ihr die Röte in die Wangen schoss, und schaute schnell zum Meer.

Die strahlende Sonne ließ das aufgewühlte Wasser in allen erdenklichen Blautönen leuchten. Das Meer war gerade auf dem Rückzug. Ein breiter Streifen dunkler Sand schlängelte sich gen Horizont. Sie hatten den Strand fast für sich allein.

Robbie ließ die Abteilung in einen langsamen Trab fallen und ritt hinunter zur Wasserlinie. Hier im Sand fühlten sich Feuersterns Trabtritte noch wackeliger an, und Pia musste sich voll auf ihren Sitz konzentrieren, um nicht aus dem

Sattel zu fallen. Diesmal musste sie sogar die Zähne zusammenbeißen, damit sie nicht aufeinanderschlugen. Pia kam sich ganz schön ruppig vor und hoffte, dass es ihr die Stute nicht übel nehmen würde. Doch Feuerstern freute sich offenbar genauso wie ihre Reiterin über den wunderschönen Tag und blickte erwartungsfroh in Richtung Meer. Ab und zu zuckte sie zusammen und legte die Ohren nach hinten, aber sobald Pia ihr Gleichgewicht wiedergefunden hatte, trabte sie zufrieden weiter.

Gerade als sich ein dumpfes Stechen in Pias Seite ankündigte, parierten sie zum Schritt durch. Nun gelang ihr das Bremsen schon etwas eleganter. Gutmütig schnaubend bewegte sich Feuerstern mit raumgreifendem Schritt durch die Brandung. Wind und Wellen waren mittlerweile so laut, dass Pia die Kommandos, die Robbie ihnen zurief, kaum noch verstehen konnte. Also tat sie ihr Bestes, ihre Vorreiter einfach nachzuahmen. Dann warf sie einen kurzen Blick über die Schulter. Auch Helene schien sich mit Willy abgefunden zu haben, denn sie reckte versonnen das Gesicht in den Wind und ließ das Pony am langen Zügel hinter Feuerstern hermarschieren.

An einer besonders seichten Stelle führte Robbie die Gruppe ins Wasser. Alle juchzten und schrien vor Begeisterung. Luis trieb seinen Wallach ins Tiefe und spritzte Emma eine Ladung Wasser ins Gesicht. Helenes Pony scharrte übermütig mit den Hufen in der Brandung und auch Feuerstern tänzelte begeistert durch die Wellen. Pia sah zu, wie die herbeibrausende Gischt um Feuersterns Hufe strudelte und an ihren Beinen hochschwappte. Sofort wurde ihr schwindlig. Das Wasser wirbelte um sie herum, bewegte sich fast gleichzeitig vor und zurück, drehte sich im Kreis und schwappte auf und ab.

Die ersten Pferde sprangen von selbst in den Galopp. Sie kannten die Strecke wahrscheinlich im Schlaf und wussten, was jetzt kam. Pia spannte die Muskeln an und ignorierte ihre schmerzenden Beine und Arme. Genau wie Johannes, der vor ihr ritt, beugte sie sich weit über Feuersterns Hals. Robbie legte ein ordentliches Tempo vor, aber Pia musste Feuerstern weder bremsen noch antreiben. Die Pferde waren ein eingespieltes Team.

Als die ersten Urlauber mit ihren Kindern, mit Taschen voller Proviant und Sonnenschirmen an den Strand kamen, gab Robbie das Kommando zur Umkehr. Die Reiter hielten sicheren Abstand zu den Badegästen und trabten nur noch gelegentlich.

Pia war vollkommen im Glück. Ihr erster Ausritt! Und wie

es aussah, hatte sie ihre Sache ganz gut gemeistert. Ob sie Robbie gleich nach ihrer Rückkehr fragen sollte, ob es noch etwas im Stall zu tun gab? Dann könnte sie ihm zeigen, dass sie sich nützlich machen konnte. Vielleicht würde er sie dann die ganze Woche bei sich arbeiten lassen. Pia wollte so gern jede freie Minute bei den Pferden sein! Abgesehen davon würde es ihr Helene sicherlich danken, wenn sie ihr gemeinsames Zimmer öfter mal räumte.

Pia war so in Gedanken versunken, dass sie die Gefahr viel zu spät erkannte. Gerade als die Gruppe die schmale, steile Schneise in den Dünen erreicht hatte, durch die sie auch gekommen waren, hörte sie von hinten ein lautes Schnauben. Ängstlich drehte sie sich um, doch da schoss Willy auch schon wie ein geölter Blitz an Feuerstern vorbei, dicht gefolgt von dem goldenen Pferd, das in einem wilden Galopp auf sie zujagte und dann haarscharf an ihnen vorbei die Dünen hinaufpreschte. Die Schulpferde waren so überrascht, dass sie ebenfalls angaloppierten.

Zunächst ging alles gut, doch dann geriet Luis' Wallach ins Rutschen und stieß wiehernd gegen Johannes' Pferd. Beide strauchelten und verloren im tiefen Sand den Halt.

In diesem Moment geschah es: Feuerstern machte einen Satz nach vorn und zerrte aufgebracht am Zügel. Doch Pia konnte sie beim besten Willen nicht laufen lassen. Sie wäre sofort mit Johannes und Luis zusammengeprallt. Panisch klammerte sich Pia an ihre Zügel. Ihre Arme zitterten. Das würde Feuerstern nicht gefallen. Die junge Stute würde zweifelsohne zu den anderen Pferden aufschließen wollen. Prompt riss Feuerstern am Zügel und Pia wurde nach vorn geschleudert. In letzter Sekunde konnte sie sich am Sattel festklammern, doch dazu musste sie den Zügel loslassen. Feuerstern nutzte die Gelegenheit und preschte los. Luis' Wallach hatte es mittlerweile die Düne hinaufgeschafft und tänzelte dort aufgebracht auf der Stelle, während Johannes versuchte Emma zu helfen. Die hing mitten am Hang und versperrte nun mit Gerold der panischen Feuerstern den Weg. Vollkommen außer sich raste die Stute auf das Steilstück zu. Die Pferde hätten unmöglich aneinander vorbeigepasst, denn Gerold stand quer. Emmas Bein hatte sich offensichtlich im Steigbügel verfangen. Sie schrie aus Leibeskräften um Hilfe. Pia musste ihre Stute unbedingt davon abhalten, die beiden umzurennen, denn das hätte für Emma wahrscheinlich böse geendet. Verzweifelt angelte sie nach den Zügeln, bekam sie in letzter Sekunde zu fassen und riss sie mit aller Kraft nach hinten. Einen kurzen Moment glaubte Pia, es tatsächlich geschafft zu haben. Die

Stute wurde abrupt langsamer. Doch dann stieg sie unvermittelt mit den Vorderbeinen in die Höhe. Pia, die schon seit dem ersten Sprung nicht mehr fest im Sattel saß, wurde nach hinten geschleudert und stürzte über Feuersterns Kruppe. Die Stute verlor das Gleichgewicht und strauchelte. Ihre verzweifelten Schreie waren das Letzte, was Pia hörte, bevor sie mit dem Kopf auf den Boden aufschlug und die Welt um sie herum schwarz wurde.

7

PIA BLINZELTE. Helles Licht umgab sie und minutenlang hörte sie nichts als Rauschen. Als würde sie ihr Ohr an eine Muschel halten. Sie hob die Hand, um sich an die Stirn zu fassen, doch ein stechender Schmerz durchfuhr sie.

„Ich gebe es ungern zu, aber ich habe gerade wirklich Mitleid mit dir. Ich meine, du hattest eine kleine Abreibung echt verdient, aber musstest du gleich im Krankenhaus landen? Du siehst total fertig aus." Die fremde Jungenstimme brachte Pias Muschelkopf zum Dröhnen.

Sie versuchte ihre Gedanken zu ordnen.

Sie hatte auf einem Pferd gesessen. Zum ersten Mal. Was für eine schöne Erinnerung ... Doch dann war sie gestürzt. Oder hatte sie das bloß geträumt? Aber wieso tat ihr dann alles so weh?

Mit einem Mal wurde Pia panisch. Ihr Herz begann zu rasen. Was war passiert? Warum war sie hier?

Neben ihr begann es laut zu piepsen. Das Geräusch ließ ihren Kopf fast explodieren.
Eine Tür wurde aufgerissen und jemand kam in den Raum geeilt.
„Ich hab nichts gemacht!“, rief der Junge.
„Beruhigen Sie sich“, sagte eine Frauenstimme. „Nach dem Aufwachen sind die meisten Patienten etwas verwirrt und orientierungslos.“ Als Nächstes spürte Pia, wie sich eine kühle Hand auf ihre Stirn legte. „Hallo, ich bin Schwester Renate. Mach dir keine Sorgen, Liebes. Alles ist gut. Du hast nur eine leichte Gehirnerschütterung.“
Pia sah blinzelnd in das freundliche Gesicht der Krankenschwester. „Was ...“, krächzte sie.
„Du solltest nicht so viel sprechen. Das strengt dich noch zu sehr an. Ich bringe dir etwas zu trinken“, sagte die Schwester, tätschelte Pias Hand und verschwand aus ihrem Sichtfeld. Pia schluckte. Ja, etwas zu trinken würde helfen. Ihre Kehle war rau wie Sandpapier.
Kurz darauf kam die Schwester mit einem Becher Wasser zurück und stellte ihn auf das Tischchen neben dem Bett. „Schön langsam trinken“, sagte sie. „Ich hole derweil den Arzt, damit er einen kurzen Check machen kann.“ Damit verschwand sie wieder und schloss die Tür hinter sich.

Pia versuchte sich aufrecht hinzusetzen. Ihre Schulter brannte, aber der Schmerz war auszuhalten. Dann sah sie sich im Zimmer um. Für ein Krankenzimmer war es erstaunlich groß und es stand kein weiteres Bett darin. Die bodentiefen Fenster ließen warmes Sonnenlicht herein und eine leichte Brise bewegte die halb offenen Vorhänge. Neben ihr auf dem Tisch stand ein riesiger Strauß Sonnenblumen. So einen schönen Strauß hatte sie noch nie gesehen!

Der Junge räusperte sich und Pia fuhr herum. „Autsch …“, zischte sie, als der Schmerz erneut ihre Gedanken vernebelte.

„Hier ist dein Wasser.“ Er reichte ihr den Becher. „Kannst du es allein halten?“, fragte der Junge, der nur wenig älter als Pia sein konnte. Wer war der Kerl und was machte er in ihrem Zimmer? Ihr Blick wanderte zu dem Wasserbecher in seiner Hand und dann wieder zurück zu ihm. Sie spürte, wie ihr Kiefer nach unten klappte – auch das tat weh –, aber sie konnte einfach nicht aufhören, diesen Jungen anzustarren. Seine goldblonden Haare, sein makelloses, sonnengebräuntes Gesicht, seine blitzenden hellgrünen Augen …

Der Junge beugte sich vor und hielt ihr den Becher nun direkt unter die Nase. Pia spürte, wie ihr die Hitze in die

Wangen stieg. Prompt fing das Gerät neben ihr wieder an zu piepsen. Der Junge zog eine Augenbraue hoch.

In dem Moment wurde die Tür abermals geöffnet und die Schwester kam herein, diesmal in Begleitung eines älteren Herrn in Weiß. Er warf einen Blick auf das wild piepsende Gerät am Bett, runzelte kurz die Stirn und sah Pia dann aufmerksam an.

„Guten Morgen, Fräulein von Elstenbühl. Darf ich Marie zu dir sagen? Ich bin Dr. Hegenbauer, ein alter Freund deiner Eltern. Ich leite die Privatstation dieser Klinik. Wie fühlst du dich?"

Pia schluckte. Eltern? Marie? Wieso Marie? Und warum wurde sie vom Chefarzt persönlich begrüßt?

„Schwester Renate, könnten Sie Marie bitte von den Geräten abnehmen? Sie ist ja jetzt wach."

Die Krankenschwester befreite Pia von den Kabeln an ihrem Handgelenk, und endlich hörte die Höllenmaschine neben ihrem Bett auf zu piepsen.

„Du hattest Glück, Marie. So ein Sturz vom Pferd kann weit schlimmer ausgehen", sagte der Arzt.

An dieser Stelle räusperte sich der blonde Junge und ergriff das Wort. „Unsere Eltern lassen ihren verbindlichsten Dank ausrichten, Herr Doktor. Sie hätten ihre Kreuzfahrt in der

Südsee am liebsten sofort abgebrochen und den nächsten Flieger nach Deutschland genommen, aber da war nichts zu machen. Umso mehr beruhigt es sie zu wissen, dass Marie auf Ihre Station verlegt wurde. Danke, dass Sie das so schnell möglich gemacht haben."

Noch niemals hatte Pia jemanden so charmant lächeln sehen wie diesen Jungen. Vor lauter Verzückung wäre ihr fast entgangen, was er eigentlich gesagt hatte.

Der Arzt winkte ab. „Aber das war doch selbstverständlich!", sagte er und wandte sich dann wieder Pia zu, der es nur mit großer Mühe gelang, den Blick von dem Jungen zu lösen.

„Du hast eine leichte Gehirnerschütterung und eine geprellte Schulter, ansonsten bist du aber mit ein paar blauen Flecken davongekommen." Der Arzt sah sie noch immer kritisch an und holte eine kleine Lampe aus seiner Tasche. „Darf ich mir kurz deine Augen ansehen?"

Pia schaffte es zu nicken.

Vorsichtig hob er ihr rechtes Lid an und leuchtete mit der Lampe hinein. Dasselbe tat er mit dem linken. Dann trat er einen Schritt zurück und hielt ihr drei Finger vors Gesicht. „Kannst du mir sagen, wie viele Finger das sind?", fragte er.

„Drei …“, krächzte Pia. Warum hatte sie das Wasser nicht getrunken?
„Sehr gut. Welchen Monat haben wir?“
„Juni“, antwortete Pia leise.
Der Arzt nickte zufrieden. „Und verrätst du mir auch noch dein Geburtsdatum?“ Er warf einen kurzen Blick auf sein Clipboard.
„Neunundzwanzigster April Zweitausend... ähm ... Zweitausendund...“ Ihre Worte waren nur noch ein dünnes Flüstern.
Der Arzt blickte sichtlich alarmiert. Dann sah er den Jungen neben Pia besorgt an. „Nun, unter Umständen dauert es noch ein, zwei Tage, bis die Symptome der Gehirnerschütterung vollständig abgeklungen sind. In jedem Fall sollte Marie noch bis morgen Vormittag zur Kontrolle hierbleiben. Wenn dann aus ärztlicher Sicht nichts mehr dagegenspricht, können Sie Ihre Schwester mitnehmen, Herr von Elstenbühl. Würden Sie mich bitte noch einmal kurz nach draußen begleiten?“ Und an Pia gewandt sagte er: „Wir sehen uns morgen früh wieder. Erhol dich gut.“
Pia nickte benommen. Der Arzt verabschiedete sich und lief zur Tür. Der Junge folgte ihm.
Während Schwester Renate ihr einen neuen Kopfverband

anlegte, versuchte Pia fieberhaft zusammenzupuzzeln, was geschehen war. Sie erinnerte sich an den herrlichen Ausritt am Strand. Und an ihren schrecklichen Sturz. *Feuerstern!*, schoss es ihr durch den Kopf. „Wie geht es meinem Pferd?“, flüsterte sie.

„Das kann ich dir nicht beantworten, Liebes“, antwortete die Schwester. „Das musst du Helge fragen.“

„Helge?“

„Ja. Dein Bruder ist gleich wieder da“, erklärte die Krankenschwester und tastete vorsichtig Pias Schulter ab.

Pia nickte, auch wenn sie nun noch verwirrter war als vorher. Das Rauschen in ihrem Kopf wurde wieder lauter und sie kniff benommen die Augen zusammen.

„Hier, das ist gegen die Schmerzen.“ Die Schwester hielt ihr ein Döschen mit zwei weißen länglichen Tabletten hin. Pia nahm sie mit zittrigen Fingern, dann reichte ihr die Schwester den Wasserbecher, den Helge auf dem Tisch abgestellt hatte. „Runter damit, dann geht es dir gleich besser“, sagte sie und lächelte gutmütig.

Pia gehorchte und schluckte eine Tablette nach der anderen hinunter. Sie konnte die Wirkung fast augenblicklich spüren. Seufzend ließ sie sich zurück ins Kissen sinken.

Marie … Pia … Pia … Marie, waberte es durch ihren Kopf.

Ach, eigentlich war es doch auch egal, wie man sie nannte. Sie fühlte sich wohl hier, das Bett war herrlich weich und die Leute waren nett zu ihr …

Pias Lider wurden schwer, die Gedanken träge, doch bevor sie in den Schlaf hinüberdämmerte, tauchte ein neues Bild vor ihrem inneren Auge auf. Von einer Reiterin auf einem goldenen Pferd … Pia erinnerte sich wieder daran, wie das goldene Pferd auf sie zugeprescht kam. Was war mit dem Mädchen und dem Pferd geschehen? Und dann kam Pia ein unfassbar verrückter Gedanke. Konnte es sein, dass dieses Mädchen … Doch weiter kam sie nicht, denn im nächsten Moment war sie auch schon eingeschlafen.

8

ALS PIA WIEDER AUFWACHTE, war es fast dunkel im Zimmer. Nur in der hinteren Ecke am Fenster leuchtete ein Computerbildschirm.

Pia setzte sich auf.

Sie hatte einen seltsamen Traum gehabt. Sie war auf dem goldenen Pferd durch den Morgennebel galoppiert und hatte nichts gesehen außer seiner weißen Mähne. Doch plötzlich hatte sich der Nebel gelichtet und vor ihnen war ein Junge erschienen – mit Haaren so golden wie das Fell des Pferds. Das Pferd hatte gescheut, sich überschlagen und sie waren gefallen, immer tiefer und tiefer …

„Goldglanz geht es übrigens den Umständen entsprechend gut, falls dich das überhaupt interessiert", kam es aus der Zimmerecke.

Pias Herz machte einen Satz. Den bissigen Unterton kannte sie doch! Er gehörte zu dem atemberaubend gut aussehen-

den Jungen, der heute Vormittag an ihrem Bett gestanden hatte. Helge von Elstenbühl, so hatte ihn die Krankenschwester genannt und behauptet, er sei ihr Bruder.
Doch die Sache war die: Pia hatte gar keinen Bruder! Und ihre Eltern waren auch ganz bestimmt nicht auf Kreuzfahrt in der Südsee! Pias Mutter war kurz nach ihrer Geburt gestorben und ihren Vater hatte man nie ausfindig machen können. So zumindest hatte man es ihr erzählt. Darum war sie auch bei verschiedenen Pflegefamilien aufgewachsen und wohnte jetzt in einer betreuten Wohngruppe für Jugendliche.
„Was ist passiert?", fragte Pia ins Blaue hinein.
„Tja, wie's aussieht, hast du's beim Reiten mal wieder übertrieben und eine ordentliche Bruchlandung hingelegt", antwortete Helge ärgerlich. „Zum Glück hat sich Goldi nicht ernsthaft verletzt. Der Ärmste ist mit einer rücksichtslosen Reiterin wie dir ja schon gestraft genug! Du hättest ihn umbringen können, ist dir das eigentlich klar?" Helge war richtig außer sich. „Und was dich betrifft: Als ich von den Eltern hierher beordert wurde, um deinen Babysitter zu spielen, während sie durch die Weltgeschichte gondeln, dachte ich nicht, dass es so schwierig werden würde. Obwohl du für deine Eskapaden ja berüchtigt bist ..." Helge

lachte freudlos auf. „Auf jeden Fall habe ich jetzt den undankbaren Job, dich nach Hause zu eskortieren."

„Nach Hause?", fragte Pia.

„Oh Mann, das darf doch nicht wahr sein!" Helge stöhnte auf. „Du musst dir den Kopf wirklich sehr fest angeschlagen haben, oder? Ja, nach Hause. Nach Gut Sturmbö."

„Und mein Pferd ... ähm ... Goldi ..." Pia nahm an, dass es sich bei „Goldi" um das goldene Pferd handeln musste, auf dem sie das andere Mädchen am Strand hatte reiten sehen. Bei der Erinnerung an die trommelnden Hufe auf dem Sand machte Pias Herz einen Satz. Nie würde sie diesen Anblick vergessen!

„Goldi steht in unserem Stall", antwortete Helge ungeduldig. „Zusammen mit den Jungpferden, meiner Stute und den Zuchthengsten, daheim auf Gut Sturmbö – deinem geliebten Prinzessinnenpalast."

Pia konnte seine Abneigung förmlich spüren. Sie ließ ihren Puls in die Höhe schnellen. Was hatte sie nur getan? Sie kannte diesen Jungen doch gar nicht! Und er sie ebenso wenig. Was konnte sie tun, damit er sie mochte?

„Ja ... okay ...", stammelte sie. „Tut mir leid. Mein Kopf ... Ich steh etwas neben mir ..." Vielleicht war es am besten, erst einmal Ruhe zu bewahren und abzuwarten.

Ohne ein weiteres Wort klappte Helge den Laptop vor sich zu. Schlagartig wurde es dunkel. Ein Stuhl schabte über den Boden und Pia hörte Schritte. Dann wurde es hell.
Helge stand neben der Tür und hatte das Licht angeschaltet. Pia blinzelte und sah zu ihm hinüber. Er schüttelte seine blonden Haare, die ihm dabei in die Augen fielen. „Es ist fünf Uhr morgens. Ich bin jetzt mit meinem Referat fertig und würde gern noch ’ne Mütze Schlaf nehmen. Um halb neun komme ich wieder und hol dich ab, dann sind wir zum Frühstück zurück auf dem Gut."
Er lief zum Tisch, holte seinen Laptop und warf sich eine beige Sommerjacke über den Arm. „Ach ja, ich hab dir ein paar Sachen von zu Hause mitgebracht. Sie sind dort drüben im Schrank. Und jetzt schlaf weiter." Ohne Pia noch eines Blickes zu würdigen, knipste er das Licht wieder aus und verließ das Zimmer.
Kaum war Pia allein, spürte sie Panik in sich aufsteigen. Was ging hier vor? Wie konnte es sein, dass niemand merkte, dass sie nicht diese Marie war? Sah sie dem Mädchen *so* ähnlich?
Aber wo waren ihre Mitschüler und ihre Lehrerin Frau Winkler? Suchte sie denn niemand?! Und wie passte ihr angeblicher Bruder in das Bild?

Das ergab alles keinen Sinn, und je länger sie darüber nachdachte, umso schmerzvoller pochte es hinter ihrer Stirn. Sie musste Antworten bekommen, und zwar bevor dieser Helge zurückkam.

Entschlossen stemmte sie sich aus dem Kissen hoch und stellte erleichtert fest, dass ihr weder schwindlig noch schlecht dabei wurde. Vorsichtig schob sie die Beine aus dem Bett, stellte die Füße auf den Boden und machte ein, zwei Probeschritte. Dann schaltete sie das Licht an, ging hinüber zum Schrank und schaute hinein. In einem Regalfach an der Seite stand ein Waschbeutel und auf der Stange hingen einige Kleidungsstücke. Neugierig zog sie ein türkisfarbenes Kleid vom Bügel. Der Stoff glitt weich durch ihre Finger. Eine aufwendige Stickerei säumte Ärmel und Ausschnitt – einen ziemlich tiefen Ausschnitt, wie Pia fand. Davon abgesehen schien das Kleid aber die perfekte Größe zu haben und genau die richtige Länge! Kleider und Pia – das war nämlich so eine Sache: Saßen die Kleider gut in der Taille, waren sie meist zu kurz, und wenn die Länge stimmte, waren sie zu weit. Doch dieses Kleid war wie für sie gemacht!

Pia hängte es ordentlich zurück und sah sich die sommerliche Lederjacke an, die daneben hing. Das war eine De-

signerjacke, das erkannte sogar Pia, und sie ließ die Jacke sofort wieder los. So etwas Teures hatte sie noch nie aus der Nähe gesehen, geschweige denn berührt!
Auf dem Boden des Schrankes fand Pia die passenden flachen Lederstiefel sowie einen Gürtel mit Schleife und eine Handtasche, ebenfalls passend.
Pia griff nach der Tasche und öffnete den Verschluss. Als Erstes fiel ihr Blick auf ein Paar leicht abgewetzte Reithandschuhe. Pia zog sie heraus und hielt sie sich unter die Nase. Die Handschuhe verströmten den angenehmen Duft nach Leder und Pferd. Auf den Handrücken waren in schwungvoller Schrift die Buchstaben M und E geprägt. Ein Monogramm. M wie Marie und E wie ... Elstenbühl. Pia lief ein Schauer über den Rücken. Sie hatte ein mulmiges Gefühl dabei, in den Sachen eines fremden Mädchens herumzuwühlen. Aber dann siegte doch die Neugier.
Als Nächstes fand Pia ein Täschchen mit Schminksachen, ein teures Parfüm, das für ihren Geschmack viel zu schwer roch, einen Schlüsselbund sowie einen Geldbeutel und ein iPhone. Beim Versuch, das Telefon einzuschalten, leuchtete das Display auf. Ein Pferd mit goldenem Fell und weißer Mähne, an dessen Reithalfter eine ebenso goldene Schleife glänzte, blickte ihr entgegen.

Und plötzlich kamen die Erinnerungen noch einmal zurück. Der Ausritt mit ihren Mitschülern, der Weg zum Strand, die junge tapfere Stute Feuerstern, das blonde Mädchen auf dem goldenen Pferd. Der Sturz.

Pia war definitiv weder verwirrt noch orientierungslos. Nein, sie konnte sich an alles erinnern. An jedes noch so kleine und unbedeutende Detail.

Sie öffnete Maries Geldbeutel. *Sophia-Marie von Elstenbühl* besaß eine enorme Anzahl von Kreditkarten und zwei EC-Karten, außerdem mehrere Mitgliedskarten irgendwelcher Clubs. *Ocean Marina Club, Fitness Prime Club, Kinodom-Club*, las Pia auf den Karten – nichts, was ihr wirklich weiterhalf, denn keine der Karten verfügte über ein Lichtbild.

Erst als sie auf ein schmales Fach auf der Rückseite der Geldbörse stieß, entdeckte sie etwas, was ihr Interesse weckte. Ein verknittertes Foto. Darauf war das goldene Pferd zu sehen, und daneben standen eine zierliche dunkelhaarige Frau und ein hochgewachsener grauhaariger Mann. Er hatte den Arm um einen grinsenden Jungen gelegt, der wiederum einen eleganten Rappen am Halfter hielt. Als Pia Helge erkannte, machte ihr Herz regelrecht Sprünge. Seine blonden Locken fielen ihm vorwitzig in die grünen Augen,

die breiten Schultern und die aufrechte Haltung ließen sogar den imposanten Rappen klein wirken.
Sehnsüchtig betrachtete Pia das Bild. Das war also die Familie von Elstenbühl. Sie sahen glücklich aus. Wie gern hätte Pia in diesem Moment mit ihnen dort gestanden!
Marie und ihr Bruder Helge schienen außerdem ein ziemlich aufregendes Leben zu führen. Wer konnte schon von sich behaupten, auf einem Gutshof mit eigenem Gestüt zu wohnen? Pia wäre ja schon mit einem einzigen Pferd zufrieden gewesen, ja sogar mit einer Reitbeteiligung! Doch noch viel mehr als das wünschte sie sich Eltern, die sie liebten. Eine Familie.
Pia war es leid, stundenlang allein an den Pferdekoppeln in Frankfurt-Sindlingen zu sitzen, anschließend in ihr kleines Zimmer im Wohnheim zurückzukehren und sich in der Schule von der blöden Helene als „Heimkind" verspotten zu lassen.
Pia ließ sich auf den Boden sinken. Ihr Kopf pochte schon wieder leicht, aber sie ignorierte den Schmerz und betrachtete noch einmal das Foto der von Elstenbühls.
Und plötzlich durchzuckte sie ein Gedanke. Wie es sich wohl anfühlte, wenn sie tatsächlich bei ihnen wäre? Nicht einfach nur in einem ihrer verzweifelten Tagträume, son-

dern in Wirklichkeit. Sie, Pia, auf dem Gut der Familie von Elstenbühl! Mit Goldglanz, ihrem Traumpferd!
Pias Lider flatterten. Im Geist sah sie sich bereits mit dem goldenen Pferd über die Felder galoppieren, sah sich und Helge lachend durch die Gischt preschen, sah sich strahlen.
Ihre Wangen glühten.
Das Schicksal hatte sie hierher geführt, und nun war es an ihr, sich zu entscheiden. Alles, was sie tun musste, war, weiter die Marie zu spielen. Maries Platz einzunehmen, zumindest für ein paar Stunden. Oder Tage. Eben so lange, bis die ganze Sache aufflog.
Marie. Pia dachte an das Mädchen auf dem goldenen Pferd und Helges zornige Worte. Warum behandelte sie dieses wundervolle Tier so schlecht? Wie konnte man so undankbar sein? Und wie konnte man jemanden wie Helge derart gegen sich aufbringen?
Pia sprang auf, ignorierte den kurzen Drehschwindel und begann im Zimmer auf und ab zu laufen. Vielleicht sollte sie sich einfach von Helge nach Gut Sturmbö bringen lassen. So konnte sie herausfinden, wie es Goldglanz ging, und vielleicht konnte sie ihm ja sogar helfen. Ihre Gedanken schweiften ab, kehrten aber immer wieder zu dem gol-

denen Pferd zurück. Als würde es sie magisch anziehen. Ja, als würde es sie locken. Nach ihr rufen.

Unentschlossen blieb sie vor der Badezimmertür stehen.

Ob sie jemand vermissen würde? Sie – *Pia?* Vielleicht. Bestimmt sogar. Ihr fiel nur gerade niemand ein ... Und was blühte ihr wohl, wenn die ganze Sache aufflog? Ein Haufen Ärger! Aber an den war sie dank Helene und ihren Zicken ja gewöhnt. Warum zögerte sie also noch? Das hier war ihre Chance!

Mit zittrigen Fingern knipste sie das Badlicht an und betrachtete ihr Spiegelbild. „Marie von Elstenbühl ...", flüsterte sie leise, fast beschwörend. Vorsichtig trat sie näher an den Spiegel heran und besah sich in der schimmernden Oberfläche. Sie sah scheußlich aus. Ihre blonden Locken waren vollkommen zerzaust. Im Gesicht hatte sie mehrere Schrammen und Kratzer, und der dicke weiße Verband um den Kopf machte sie auch nicht gerade schöner, ebenso wenig wie das blassgrüne Krankenhaushemd, das ihr von den dünnen Schultern hing. Auf einmal sehnte sich Pia nach einer Dusche. Sie blickte auf die Uhr. Mittlerweile war es halb sieben und auf dem Gang waren die ersten Geräusche zu hören.

Das hier war die Gelegenheit, ihrem tristen Leben zu entfliehen … Helene und ihren ewigen Hänseleien und Erniedrigungen … sich selbst. Das hier war eine glückliche Fügung des Schicksals! Endlich nicht mehr Loser-Pia sein, sondern Marie von Elstenbühl. Zumindest für einen Tag, eine Stunde, eine Minute.

Aber dafür würde sie lügen müssen. Und zwar ziemlich gut. Nicht nur ein wenig flunkern so wie neulich, als Frau Winkler in der Klasse herumgefragt hatte, wer denn schon mal geritten sei. Das war nämlich die Voraussetzung dafür gewesen, um bei dem gestrigen Ausritt dabei sein zu dürfen. Pia hatte einfach behauptet, sie hätte schon mal auf einem Pferd gesessen. Pia hätte *alles* getan, um nur einmal, ein einziges Mal, reiten zu dürfen! Und diesmal ging es um noch viel mehr. Es ging darum, Goldglanz zu helfen und dieses unbeschreibliche Gefühl von Freiheit und Glück zu erleben, das Pia nur in der Nähe eines Pferds spürte.

Pia straffte die Schultern. Das war ihr jede Lüge wert, und was hatte sie schon zu verlieren? Wenn sie ihren Plan in die Tat umsetzen wollte, musste sie aber zuerst den Arzt davon überzeugen, dass er sie heute entlassen konnte.

Sie tastete nach dem Verband und begann ihn abzurollen. Zu ihrer Erleichterung befand sich darunter nur eine etwas

breitere Schürfwunde und eine ziemlich dicke Beule links über der Stirn.
Pia holte den Waschbeutel aus dem Kleiderschrank und kramte eine Flasche Shampoo hervor. Noch ein wenig zittrig, stieg sie in die Dusche und wusch sich den Sand aus den Haaren. Zusammen mit dem Schmutzwasser schien auch ihre Angst im Ausguss zu verschwinden, und je länger das warme Wasser über ihre Haut lief, umso mehr war sie davon überzeugt, das Richtige zu tun. Dies war ihre Chance. Womöglich die einzige, die sie jemals bekommen würde.
Sie würde mit Helge nach Gut Sturmbö fahren, zu den Pferden. Zu Goldglanz! Je länger sie darüber nachdachte, umso aufgeregter wurde sie. Ihre Haut kribbelte regelrecht. Ob nur wegen des goldenen Pferds, das sie bis in ihre Träume verfolgt hatte, oder auch wegen des goldblonden Jungen, wusste sie nicht so genau.
Pia drehte das Wasser ab, trocknete sich die Haare und zog das Kleid an, das Helge ihr mitgebracht hatte. Tatsächlich passte es nicht nur irgendwie, sondern saß absolut perfekt. Der blasse Türkiston schmeichelte ihrem weißblonden Haar und dem hellen Teint. Zufrieden band sie ihre Locken zu einem dicken Pferdeschwanz zusammen und sah sich das Ergebnis im Spiegel an.

Sie verzog das Gesicht. Zwar sah sie jetzt schon wesentlich frischer aus, aber die Schrammen auf Stirn und Wangen leuchteten ihr immer noch wütend rot entgegen.
Pia durchwühlte Maries Schminktäschchen. Mit dem meisten Zeug darin konnte sie nichts anfangen. Sie machte sich nicht viel aus Make-up. Aber drastische Vorhaben erforderten drastische Maßnahmen. Also griff sie beherzt nach dem Abdeckstift und übermalte damit, so gut es ging, die Spuren ihres Sturzes. Dann tuschte sie sich noch die Wimpern und legte zum Schluss sogar etwas Rouge auf. Pia fand, das Ergebnis konnte sich zumindest einigermaßen sehen lassen.
Sie sah wieder auf die Uhr. Halb acht. Ihre Hände wurden feucht. Ihr blieb nicht mehr viel Zeit, um es sich doch noch einmal anders zu überlegen …
In diesem Moment klopfte es auch schon an der Zimmertür. Pias Puls schnellte in die Höhe. Sie flitzte zum Bett und setzte sich hin.
In der nächsten Sekunde schob sich ein Kopf zur Tür herein. „Guten Morgen, Marie, schön, dass du schon wach bist", sagte Dr. Hegenbauer und betrat das Zimmer. Hinter ihm kamen zwei Ärztinnen herein, die Pia freundlich zulächelten.

Pia schluckte nervös. Einmal, zweimal.
„Das sind meine Kolleginnen Dr. Meder und Dr. Linhart“, stellte der Arzt die beiden jungen Frauen vor und trat zu Pia ans Bett. Pia krallte die Hände in die Bettdecke. Die Blicke der drei machten sie nervös. Warum starrten die denn so? Sah sie mit ihrem neuen Look vielleicht doch nicht mehr aus wie die Person, für die man sie hielt? Pia schluckte zum dritten Mal und wollte sich gerade die feuchten Hände am Kleid abwischen, als ihr wieder einfiel, was sie da trug. Abrupt verharrte sie in der Bewegung.
„Ähm, es geht mir schon viel besser“, stotterte sie, in der Hoffnung, die Ärztinnen und der Chefarzt würden endlich aufhören, sie so anzustarren.
„Ja, das sieht man. Du siehst wirklich viel besser aus. Und den Verband konntest du auch schon entfernen?“, fragte der Arzt vorwurfsvoll, lächelte dabei aber nachsichtig. „Bei den Temperaturen ist so eine Mullbinde auch wirklich eine Zumutung.“
Pia nickte zögernd. „Ja, und ich dachte, wenn ich heute sowieso nach Hause darf …“ Sie verstummte. Sie musste irre sein. Vollkommen verrückt.
„Und was macht der Kopf?“, fragte der Arzt nun etwas ernster.

Pia zögerte.
Die Ärzte tauschten bereits vielsagende Blicke.
„Alles bestens!“, platzte Pia heraus.
„Keine Schmerzen?“
Pia schüttelte den Kopf.
„Kein Schwindelgefühl?“
Pia verneinte abermals.
„Sehr schön“, sagte Dr. Hegenbauer. „Trotzdem empfehle ich dir, die nächsten Tage noch viel zu trinken. Vor allem bei der Hitze.“
Pia brachte kein Wort mehr hervor, doch das schien den Chefarzt nicht zu stören, denn er machte eine ganze Reihe Häkchen auf seinem Clipboard. „Dann ist ja alles wunderbar“, sagte er schließlich und setzte einen dramatischen Punkt ans Ende seiner Notizen. „Helge wird sich sicher freuen, dich heute mit heim nehmen zu dürfen.“ Er hielt ihr eine Dose Tabletten entgegen. „Die hier sind für die Kopfschmerzen, aber bitte immer nur eine pro Tag, bis du dich besser fühlst.“ Dann griff Dr. Hegenbauer noch einmal unter das Clipboard. „Ach ja, und hier ist deine Versichertenkarte. Die hatte uns dein Bruder netterweise von zu Hause mitgebracht.“ Mit diesen Worten legte er die kleine Plastikkarte auf den Tisch und reichte Pia zum Abschied

die Hand. „Ich wünsche dir weiterhin gute Besserung, Marie, und richte einen schönen Gruß an die Eltern aus." Er zwinkerte gutmütig.

Pia sagte noch immer nichts, sondern schüttelte nur benommen seine Hand und wartete, bis er mit den Ärztinnen das Zimmer verlassen hatte. Kaum waren sie draußen, schnappte sie sich das Kärtchen vom Nachttisch und sah wie gebannt auf das Lichtbild.

Pia schauderte.

Diese Marie und sie sahen auf gruselige Weise absolut gleich aus.

9

PIA SASS NOCH IMMER VOLLKOMMEN REGLOS auf dem Bett, als es erneut klopfte. Ohne auf ein Herein zu warten, wurde die Tür geöffnet und Helge trat ein. Pia blinzelte verwirrt und sah auf die Uhr an der Wand. Tatsächlich, es war schon halb neun! Schnell ließ sie die Karte und die Tabletten in Maries Handtasche verschwinden und sprang vom Bett. Dann war sie kurz wieder unsicher. Was tat sie hier eigentlich? Sollte sie Helge vielleicht doch besser die Wahrheit sagen? Ihm erklären, dass dies alles nur ein schreckliches Missverständnis war? Noch war es nicht zu spät.

Helge kam auf sie zu. Er hatte sich umgezogen und wohl ebenfalls geduscht, denn seine Haare fielen ihm in feuchten Strähnen in die Augen. Pia holte Luft, hob den Blick und sah ihn an. Ihr Herz fing an zu rasen. Nein. Es war zu spät für die Wahrheit. Viel zu spät.

Nur einen Tag, sagte sie sich. Einen Tag würde sie die Marie spielen. Schon allein, um das goldene Pferd wiederzusehen. Pia wusste nicht wieso, aber sie war sich sicher, dass Goldglanz in diesem einen Moment in den Dünen tief in ihr Herz geblickt hatte. Und er hatte nach ihr gerufen.

Helge musterte Pia von Kopf bis Fuß und betrachtete dann noch einmal ausgiebig ihre gelockten Haare. „Der Naturlook steht dir. Hatte doch glatt vergessen, dir das Glätteisen einzupacken“, bemerkte er trocken, wandte sich ab und schnappte sich die große Reisetasche aus dem Schrank.

Pia riss alarmiert die Augen auf. Marie trug die Haare glatt und benutzte dafür sogar ein Glätteisen! Gut zu wissen! Nervös wickelte sie sich eine gelockte Haarsträhne um den Finger und stand auf. „Da-da-danke, mir gefällt's so auch ganz gut ... mal was anderes“, stammelte sie und versuchte das Thema zu wechseln. „Wie lautet der Plan für heute?“, fragte sie und warf sich die Handtasche bemüht lässig über die Schulter – mit etwas zu viel Schwung, denn sie wäre fast gestolpert.

Helge grinste. „Das mit dem Geradeauslaufen musst du wohl noch ein bisschen üben.“ Doch sofort wurde er wieder ernst. „Keine Ahnung, was du vorhast, ich muss mich um die jungen Pferde kümmern. Poetin kann heute die Koppel genießen. Aber nachdem Madame ja vom Pferd gestürzt ist, wird sie mir wohl kaum eine Hilfe sein."

Pia brauchte einen Moment, um zu begreifen, dass mit „Madame" sie gemeint war. Sie schüttelte eifrig den Kopf. „Ach was, mir geht es schon viel besser! Ich helfe dir auf jeden Fall! Der Arzt hat mir ein paar Tabletten gegen die Kopfschmerzen dagelassen, damit bin ich total auf dem Damm ..."

Helge lächelte schmal. „Total auf dem Damm? Soso."

Pia ignorierte seinen spöttischen Tonfall. „Ja, wirklich!", rief sie. Sie war so begierig darauf, endlich Goldglanz zu sehen, dass sie Helges ungläubigen Blick nicht bemerkte.

„Jetzt fahren wir erst mal heim, und dann schauen wir, wie weit Nele mit dem Stall gekommen ist", sagte er.

Pia nickte. Wahrscheinlich war Nele eine Pferdepflegerin, die bei den von Elstenbühls arbeitete, überlegte sie. Bestimmt gab es in so einem luxuriösen Privatstall sogar mehrere Pferdepfleger. Geldsorgen hatten die Elstenbühls ja offenbar keine.

In Gedanken versunken, folgte Pia Helge nach draußen. Auf dem Flur herrschte mittlerweile reges Treiben. Pia lief geduckt hinter Helge her über den langen Korridor zum

Aufzug. Verstohlen las sie das Schild, das daneben hing: Privatstation „Am Deich“.
Sie mussten nicht lange warten, bis der Fahrstuhl kam. Die blank geputzten Glastüren gingen auf, und das leise Geplätscher von klassischer Musik empfing sie, als sie einstiegen. Helge drückte auf „E“ und schon fuhren sie nach unten.
Ungeduldig beobachtete Pia, wie die Leuchtanzeige von drei abwärts zählte. Sie zwirbelte nervös ihre Haare und presste sich gegen die Wand. Gerade als sich ihre Füße verselbstständigten und zu zucken begannen, öffnete sich der Aufzug auch schon. Davor wartete eine Gruppe junger Ärzte.
Eine hübsche Brünette strahlte Helge übertrieben an. „Helge, was treibst du denn hier?“, rief sie begeistert und lachte hell. „Bist du immer noch interessiert an einem Schnupperpraktikum?“ Sie zwinkerte.
Pia verzog das Gesicht. Flirtete die Frau etwa gerade mit ihrem „Bruder“? Die war doch uralt! Bestimmt schon Ende zwanzig oder so!
Helge blieb vor dem Aufzug stehen und begrüßte die Frau. Sofort entspann sich eine rege Unterhaltung, die Pia kein bisschen interessierte. Sie wollte endlich los und Goldglanz

sehen! Abgesehen davon musste sie von hier verschwinden, bevor sie vielleicht doch noch jemand erkannte und zurück zum Gasthof der Heinemanns karrte. Beim Gedanken daran, was Helene ihr an den Kopf werfen würde, weil sie vom Pferd gefallen war und sich dann auch noch als Millionärstochter ausgegeben hatte, wurde ihr ganz flau im Magen.
Pia trippelte ungeduldig von einem Fuß auf den anderen. Gerade als sie entschieden hatte, einfach draußen zu warten, erspähte sie auf dem Flur vor ihnen eine bekannte Gestalt. Robbie, den Reitlehrer! Pia riss entsetzt die Augen auf und hätte sich um ein Haar hinter einen dekorativen Blumenkübel geworfen. Aber da war Robbie schon in einem der Zimmer verschwunden.
Pia atmete zitternd auf. Das war gerade noch mal gut gegangen!
Aber warum war der junge Heinemann hier? Wollte er sie etwa besuchen? Oh nein!
Pia sah panisch zu Helge, doch der unterhielt sich noch immer angeregt mit der jungen Ärztin.
Was würde Robbie tun, wenn er merkte, was hier los war? Bestimmt wäre Pias Ausflug in Maries Welt dann vorbei, noch ehe sie überhaupt auf Gut Sturmbö angekommen war!
„Helge, können wir dann langsam los?“, drängelte sie.

„Gleich“, sagte Helge, als hätten sie alle Zeit der Welt.
Pia überlegte fieberhaft, was sie jetzt machen sollte. Hier rumstehen war jedenfalls keine gute Idee. Sie musste schleunigst raus und sich irgendwo verstecken.
„Ähm, ich ... ähm, Helge“, stammelte sie. „Ich ... entschuldige bitte, dass ich unterbreche ...“
Die Ärztin und Helge sahen sie verwundert an. Doch Pia hatte es zu eilig, um darüber nachzudenken.
„Ich ... ich warte draußen!“, stotterte sie und lief los, bevor Helge antworten konnte.
Auf dem Weg zum Ausgang musste sie an dem Zimmer vorbei, in dem Robbie verschwunden war. Pia hatte eigentlich schnell daran vorbeihuschen wollen, doch stattdessen wurde sie langsamer ... und blieb davor stehen. Die Tür war offen und Pia riskierte einen Blick hinein. Da stand Robbie – und schaute ihr in die Augen. Pia schnappte nach Luft. Robbie schien genauso geschockt zu sein wie sie selbst. Weil er Pia erkannte?
Da vernahm Pia die Stimme einer Frau. „Herr Heinemann, würden Sie mir dann bitte noch das Protokoll zum Unfallhergang unterschreiben? Dann sind wir fast fertig.“
In Pias Kopf rasten die Gedanken. Ihre Gefühle fuhren Achterbahn. Würde sie nun auffliegen?

Doch zu ihrer großen Verwunderung sagte Robbie nichts. Er musterte sie einfach nur von Kopf bis Fuß. In seinen Augen lag ein kaltes Funkeln.
Pia wich erschrocken zurück, und da endlich wandte Robbie den Blick von ihr ab und trat zur Seite.
Pia schnappte nach Luft. Hinter Robbie stand ein Krankenbett und darin saß … Marie!
Total verrückt. Dieses Mädchen war ihr wirklich wie aus dem Gesicht geschnitten! Pias Atem ging schneller. Sie sah zu Robbie. Wusste er, dass das Mädchen dort im Bett Marie war? Und falls ja – wieso sagte er dann nichts? Und wieso sagte dieses Mädchen nichts? Konnte sie sich nicht erinnern? In Pias Kopf überschlugen sich die Fragen.
„Dann bräuchte ich hier noch eine allerletzte Unterschrift, Herr Heinemann. Damit sind die Formalitäten erledigt und ich kann Pias Entlassungspapiere fertig machen."
Pia hielt die Luft an. Wenn sie jetzt nicht eingriff, würde man das falsche Mädchen zurück zum Gasthof bringen!
Plötzlich drang eine krächzende Stimme an Pias Ohr. „Ich bin Pia …"
Robbie wirbelte zu dem anderen Mädchen herum.
Pia stockte der Atem.
Dann sagte Marie noch einmal kaum hörbar: „Ich weiß es

wieder, ich bin Pia. Bestimmt fällt mir der Rest auch wieder ein."

Pia klappte die Kinnlade herunter. Sie taumelte rückwärts, weg von der Tür.

Dann trafen ihre Augen abermals Robbies. Starr waren sie auf Pia gerichtet. Seine Lippen waren hart aufeinandergepresst. Er blickte ihr herausfordernd entgegen. Kalt und berechnend.

Mit angehaltenem Atem sah Pia zu, wie sich Robbie nun langsam über das Klemmbrett beugte und dann zackig seine Unterschrift auf das Formular setzte.

Nun war es offiziell. Marie war Pia.

Und Pia war Marie.

Pia wirbelte herum und rannte los. Sie musste hier weg. Sofort.

10

PIA STÜRMTE INS FREIE und rang nach Luft. In was für eine verrückte Geschichte war sie da bloß hineingeraten?
Ein paar Minuten später kam Helge auf den Vorplatz spaziert. Als er die blasse Pia auf einer Steinmauer kauern sah, lief er eilig zu ihr. „Alles okay mit dir? Ist dir schlecht? Du bist ja weiß wie die Wand ..."
Pia blickte auf. Im Sonnenlicht leuchteten Helges grüne Augen noch viel intensiver. „Nein, nein ... ähm ...", stammelte sie. „Mir geht's gut, es ist nur ..." Panisch dachte sie an Robbie Heinemann, der womöglich jeden Moment aus der Tür treten würde.
„Ich will sofort nach Hause!", sprudelte es aus ihr heraus. Fast hätte sie vor Schreck über sich selbst die Hand vor den Mund geschlagen.
Helge seufzte bloß. Anscheinend war er daran gewöhnt, dass seine Schwester im Befehlston mit ihm redete. „Na

schön. Dann fahren wir jetzt heim." Er half Pia hoch und schob sie über den Parkplatz zu einem der Autos.

Pia blieb die Spucke weg, als sie den silbergrauen Flitzer sah, der in der Sonne glänzte. Das Verdeck war offen, sodass sie die hellbraunen Ledersitze im Inneren bewundern konnte.

Helge öffnete die Beifahrertür. „Einsteigen und Abfahrt!", rief er, warf Pias Tasche nach hinten und schlenderte lässig um die Motorhaube herum.

„Waaaahnsinn!", entfuhr es ihr.

Helge lachte bitter. „Glaub bloß nicht, dass ich dich noch einmal damit fahren lasse! Schlag dir das aus dem Kopf!"

Pia riss die Augen auf. Marie war schon mit dem Ding gefahren?

Helge hechtete über die Autotür und startete den Motor. Pia plumpste derweil vollkommen ungraziös auf den Beifahrersitz und betrachtete die silbern glänzenden und mit edlem Holz verkleideten Armaturen. Ehrfürchtig fuhr sie mit den Fingerspitzen darüber.

„Nachher kommt noch der Tierarzt für Goldi", sagte Helge und ließ den Motor aufheulen. „Wir müssen also ein wenig Gas geben."

Pia fuhr erschrocken zusammen. „Woah!", quiekte sie. „Wow!"

Helge zog die Brauen hoch. „Jaaaaa ... das ist ja auch dein Lieblingsauto."
„Oh", war alles, was Pia dazu einfiel. Ihr stieg die Röte ins Gesicht. „Und was ist mein ... ähm ... zweitliebstes Auto?"
„Ich hoffe sehr, es ist der unfassbar teure Lkw für acht Pferde, den dir Dad zum fünfzehnten Geburtstag hingestellt hat", zischte er.
Pia japste nach Luft. Das überstieg nun wirklich ihre Vorstellungskraft! Marie war also genauso alt wie sie und besaß schon einen eigenen Lkw, obwohl sie noch nicht einmal einen Führerschein hatte? Doch bevor Pia weiter darüber nachdenken konnte, gab Helge plötzlich Gas und sie wurde in den Sitz gedrückt.
Sie fuhren vom Parkplatz auf eine belebte Straße, und Pia erkannte die kleine Ortschaft wieder, durch die sie am Tag ihrer Ankunft mit dem Bus gefahren waren. Sie kamen an denselben heimelig anmutenden Häusern, idyllischen Vorgärten, niedlichen Geschäften und Cafés vorbei.
Als Helge schließlich auf die Landstraße Richtung Meer einbog, wurde Pia plötzlich mulmig zumute: „Hier geht es doch zur Reitschule der Heinemanns ...", sagte sie zaghaft.
„Ja, und?"
Pia rutschte unruhig im Sitz umher. Ausgerechnet um die

Reitschule und den Gasthof hatte sie doch einen riesigen Bogen machen wollen!
Helge sah sie misstrauisch an. Ahnte er etwa was?
Pia dachte fieberhaft nach. Was würde Marie jetzt wohl an ihrer Stelle sagen? Ihr fiel nichts ein. Zu blöd, dass sie das Mädchen, in dessen Rolle sie geschlüpft war, überhaupt nicht kannte! „Der ... der Laden läuft nicht so gut, oder?“, fragte sie vage.
„Na ja, solange der alte Heinemann noch das Sagen hat, überrascht mich das kein bisschen. Mich wundert eher, dass er die Anlage nicht schon längst verspielt hat!“ Helge lachte freudlos. „Aber ständig kommt er mit neuen Ideen an, um den Urlaubern das Geld aus der Tasche zu ziehen. Erst die Reitschule, dann der Gasthof. Aber die Sache mit dem Championat am Wochenende ...“ Helge schnalzte mit der Zunge. „Damit hätte nun echt keiner gerechnet ...“
Pia hatte keine Ahnung, wovon er sprach. Besser also, sie hielt den Mund. Nur so viel war klar: Robbies Familie steckte offenbar in ernsthaften Schwierigkeiten. Erklärte das vielleicht auch, warum er am Strand so wütend auf Marie reagiert hatte? War er vielleicht eifersüchtig auf das reiche Mädchen mit den teuren Pferden und auf dessen Eltern, die ihm alles ermöglichten?

„Robbie kann einem wirklich leidtun", sagte Helge.
Pia blinzelte im Fahrtwind und spielte nervös mit ihrem Zopf.
„Alles klar?", fragte Helge.
Reiß dich jetzt zusammen, Pia!, beschwor sie sich. Sie musste einen kühlen Kopf bewahren, sonst würde ihr falsches Spiel sofort auffliegen. Denn Maries Bruder war nicht nur hübsch anzusehen – nein, er war auch ein guter Beobachter!
„Ja, ja, alles klar." Sie drehte sich weg und schaute auf die vorüberziehende Landschaft.
Dann sah sie die Abzweigung. Das musste die Stelle gewesen sein, an der der Bus Richtung Reitschule abgebogen war! Pia hielt die Luft an – und atmete erleichtert aus, als Helge zügig daran vorbeifuhr. Nach einer Weile verließen sie die Straße und bogen in eine lange, gepflasterte Auffahrt ein.
Pia rutschte ungeduldig in ihrem Sitz herum – was Helge mal wieder nicht entging.
„Du freust dich auf zu Hause? Ernsthaft?", bemerkte er bissig. „Sonst kannst du es doch immer kaum erwarten, von hier wegzukommen!"
Pia ignorierte ihn und betrachtete die Umgebung. Zu bei-

den Seiten der Auffahrt türmten sich haushohe Rhododendronbüsche in den Himmel. Sie leuchteten in allen nur erdenklichen Farben. Begierig sog Pia ihren süßlich schweren Duft ein und seufzte leise. Dann schielte sie wieder verstohlen zu Helge. Was er wohl sagen würde, wenn er wüsste, wer sie wirklich war? Ein armes Waisenmädchen aus Frankfurt! Fasziniert studierte Pia seine langen goldenen Wimpern. Noch nie hatte sie einen Jungen mit solchen Wimpern gesehen!

Dann kamen sie an ein massives Eisentor, das zwischen einer hohen, üppigen Hecke aufragte, die das Anwesen der Elstenbühls umschloss. Helge betätigte eine Fernbedienung und das Tor schwang rauschend auf. Im nächsten Augenblick holperte der Wagen über eine Bodenwelle. Helge sog scharf die Luft ein. „Unsere Einfahrt ist einfach nichts für Sportwagen!“, fluchte er leise und wechselte den Gang. „Keine Ahnung, was Dad sich dabei gedacht hat!“

Sie fuhren um eine letzte Biegung und dann ... Pias Mund wurde trocken. Nicht einmal in ihren kühnsten Tagträumen hätte sie sich einen solchen Anblick ausmalen können! Das Anwesen der von Elstenbühls war einfach ... atemberaubend schön. Wildromantisch und doch irgendwie modern.

Das Dach des zweistöckigen Gebäudes war reetgedeckt, die Fassade aus schlichtem, grauem Backstein gemauert. Hellblau gestrichene Sprossenfenster leuchteten im Sonnenschein, ebenso wie die imposante, weiß lackierte Flügeltür am Eingang. Um das Gebäude herum erstreckte sich ein traumhafter Park. Die Farbenpracht der unzähligen Blumen, Büsche und Bäume verschlug Pia augenblicklich den Atem, und fast hätte sie das Wichtigste übersehen: Denn weiter hinten in Richtung Meer machte die Auffahrt eine weitere Biegung und führte am Rand eines Wäldchens einen sanften Hügel hinauf.
Pia entwich ein entzücktes Quieken und sie legte eine Hand vor den Mund. Denn dort auf der Anhöhe hinter dem Wohnhaus, gesäumt von windschiefen Kiefern und noch mehr blühenden Büschen thronte ... der Pferdestall!

11

HELGE STEUERTE DEN WAGEN VOR EINE GARAGE. Wobei „Garage“ die Untertreibung des Jahrhunderts war. In dem Gebäude hätte locker eine sechsköpfige Familie Platz gefunden! Diese von Elstenbühls mussten wirklich steinreich sein. Wer sonst baute ein eigenes Haus für seine Autos?
Als das automatische Tor in die Höhe fuhr, gab es die Sicht auf fünf Sportwagen und einen SUV frei. Helge parkte sein Auto neben dem Geländewagen und funkelte Pia dann plötzlich aus schmalen Augen an. „Du kannst jetzt übrigens aufhören, das scheue, verletzte Rehkitz zu spielen. Wir haben kein Publikum mehr. Ich weiß genau, was du vorhast.“ Seine Stimme klang so voller Wut, dass Pia zusammenzuckte. „Den ganzen Morgen tust du schon so scheinheilig. Aber nicht mit mir!“
Was hatte sie falsch gemacht? Doch zum Glück fiel es Pia im nächsten Moment wieder ein. *Sie* hatte nichts falsch

gemacht. Zumindest nichts, wovon Helge von Elstenbühl wissen konnte. Seine Schwester Marie allerdings ...
„Du willst Goldi loswerden“, sagte er jetzt in schneidendem Ton.
Pia schüttelte den Kopf. Ihre Gedanken rasten. Darum also war Helge schon den ganzen Morgen so pampig zu ihr gewesen. Wegen Goldglanz! Er hatte seiner Schwester ihren halsbrecherischen Ritt am Strand immer noch nicht verziehen! Aber was sollte sie jetzt sagen? Wollte Marie das goldene Pferd denn tatsächlich loswerden? Das schönste Tier, das Pia je gesehen hatte?
„Was meinst du mit ‚loswerden‘?“, gelang es Pia zu fragen.
Helge schnaubte verächtlich. „Was weiß ich! Aber ein Pferd, das keine Turniere gewinnt, weil es nicht mehr richtig läuft, hat für dich ja anscheinend keinen Wert! Sonst hättest du seine Gesundheit ja wohl nicht so leichtfertig aufs Spiel gesetzt!“
Pia schluckte und versuchte sich zu beruhigen. Helges Gefühlsausbruch galt nicht ihr, sondern Marie. Und sie war nicht Marie.
Pia dachte an die Geschehnisse am Strand zurück. Goldglanz schien in Panik gewesen zu sein. Aber nicht nur er. Irgendetwas an Maries Haltung, an der Art wie sie auf

dem Pferd an ihnen vorbeigejagt war, hatte Pia alarmiert. Für Pia hatte es ausgesehen, als wären die beiden auf der Flucht gewesen. Aber vor wem? Und warum?

Mit einem Mal erinnerte sie sich auch an die unerklärliche Angst, die sie selbst in diesem Moment empfunden hatte. Hing das etwa mit Goldglanz zusammen? War es gar nicht ihre eigene Angst gewesen, die sie verspürt hatte, sondern seine? Aber wie war das möglich? Das war doch alles total verrückt! Sie war verrückt!

Pia rang nach Luft. „Ich … ich will ihn nicht loswerden. Ich wollte nur …"

„Ach, spar dir den Atem! Ich glaub dir kein Wort. Sobald du den Mund aufmachst, lügst du!" Maries Bruder sprang aus dem Auto und schlug die Tür so heftig zu, dass der ganze Wagen wackelte. „Bleib mir bloß vom Hals!" Mit diesen Worten ließ er Pia einfach allein in der Garage sitzen.

Pia sah auf ihre zitternden Hände und konnte sich nicht rühren, so aufgewühlt war sie. Das Zwitschern der Vögel, das Rauschen des Windes und das Wiehern aus dem Stall drangen wie aus weiter Ferne an ihr Ohr.

Sie hatte einen Fehler gemacht! Einen riesigen Fehler. Sie hatte mit einem stinkreichen, verwöhnten, von allen gehassten Mädchen die Rollen getauscht. Und sicher würde sie bald auffliegen und einen Riesenärger bekommen, nicht nur mit Helge. Was hatte sie sich bloß dabei gedacht? Pia schluchzte auf und stieg aus dem Wagen. Wie hatte sie nur so dumm und naiv sein können?

Hektisch sah sie sich um. Noch war es nicht zu spät. Noch konnte sie alles rückgängig machen und einfach abhauen ...

Ohne nachzudenken, rannte sie los. Sie hatte hier nichts zu suchen! Sie mischte sich in Dinge ein, die sie nichts angingen!

Pia wollte weg. Einfach nur weg. Den Weg zurück zum Gasthof der Heinemanns würde sie schon finden. Dort würde sie Frau Winkler gegenübertreten und den ganzen Schwindel aufklären. Sie würde wieder Pia sein – diese Rolle beherrschte sie wenigstens! Selbst die Vorstellung, Helene wiederzusehen, war auf einmal gar nicht mehr so Furcht einflößend.

Pia rannte quer durch den Park. Mit jedem Schritt wurde die drückende Last auf ihren Schultern leichter. Stolpernd und keuchend erreichte sie das Tor. Es hatte sich bereits wieder geschlossen. Pia sah sich suchend um, doch einen Schalter oder Schlüssel konnte sie nirgends entdecken. Stattdessen befand sich direkt über ihrem Kopf das schwarze Auge einer Überwachungskamera und starrte sie an. Verunsichert wich Pia einige Schritte zurück. Hatten die von Elstenbühls vielleicht sogar einen Wachmann? Denkbar wäre es gewesen.

Klettern war also gestrichen. Zu auffällig.

Pia lief an der Hecke entlang. Vielleicht würde sie irgendwo eine Lücke finden! Pia lief und lief und lief …

Das Anwesen der Elstenbühls musste wirklich riesig sein, denn die Hecke führte immer weiter weg vom Tor und in das Wäldchen hinein.

„Mist!“, fluchte Pia frustriert, marschierte aber unbeirrt weiter. Plötzlich rutschte sie mit der glatten Stiefelsohle über einen Haufen feuchter Blätter und stürzte ins Laub. „Autsch!“ Frustriert rieb sie ihr Knie und rappelte sich auf. Dabei ertastete sie unter sich etwas Hartes. Vorsichtig wischte sie die Blätter beiseite.

„Was ist denn das?“, überlegte Pia laut. „Ein Weg …“ Aber wo führte er hin? Vielleicht zu einem anderen Ausgang?

Pia sah sich um. Ringsum waren nichts als Bäume und Büsche. Kurz entschlossen folgte sie den verwitterten Pflastersteinen. Während sie lief, bemerkte sie, wie es zunehmend finsterer wurde. Fröstelnd zog sie die dünne Lederjacke enger um die Schultern und spähte durch das Geäst nach oben zum Himmel. Er hatte eine bedrohlich graue Färbung angenommen. Es fing an zu nieseln. Die Baumkronen über ihr rauschten im Wind und ein plötzlicher Luftstoß zerrte an ihrem Sommerkleid.

Es knackte. Pia zuckte zusammen und ein seltsames Prickeln überlief ihren Rücken. Sie sah sich um. War da jemand? Helge vielleicht? Suchte er bereits nach ihr?

Aus den Tropfen wurde ein kräftiger Regen und Pia lief weiter. Gerade als sie mit dem Gedanken spielte, unter einem der dicht belaubten Bäume Unterschlupf zu suchen, endete der Weg auf einmal vor einer von Efeu überwucherten Mauer.

„Verdammt! Das gibt's doch nicht!", fluchte Pia. Wäre sie bloß über das Tor geklettert!

Wütend griff sie mit beiden Händen in die Ranken und riss daran. „Was zum …" Verblüfft hielt sie inne. Hinter den Ranken kamen ein kohlrabenschwarzer Balken und ein Stück bröckeliges Mauerwerk zum Vorschein. Erschrocken wich Pia zurück und betrachtete ihre Hände. Ihre Fingerkuppen waren von einer schmierigen Rußschicht überzogen.

„Was ist das denn …?", murmelte Pia nachdenklich vor sich hin, als ein dumpfes Donnergrollen sie herumfahren ließ. Erst da bemerkte sie, wie finster es im Wald geworden

war. Der Regen prasselte wie eine graue Wand vom Himmel. Pias Haare tropften. Bald würde sie bis auf die Haut durchnässt sein.
Also stapfte sie weiter durch den strömenden Regen an der Mauer entlang. Nur ein paar Meter weiter ragten zwei Balken aus dem Efeu hervor, und dazwischen erkannte sie das verkohlte Gerippe eines Daches. Schwarz verbrannte Ziegel bedeckten den Boden zu ihren Füßen.
Pia zwängte sich durch ein Loch in der Mauer in das offenbar ausgebrannte Gebäude und kroch dann in eine noch trockene Nische.
„Inselwetter …“, seufzte sie und sah sich um. Überall wuchsen zarte Bäumchen, Büsche und Unkraut aus der Mauer. Die Natur hatte sich den Platz schon vor vielen Jahren zurückgeholt.
Plötzlich erregte ein helles Schimmern Pias Aufmerksamkeit. Ganz in der Nähe ihres Unterstands sah sie unter ein paar zertrümmerten Dachziegeln etwas Glänzendes liegen. Pia kniff die Augen zusammen. Was war das? Sie wischte sich eine feuchte Haarsträhne aus der Stirn und trat ein paar Schritte in den Regen hinaus.
In diesem Moment knackte es laut.
Erschrocken wirbelte Pia herum und konnte aus dem Au-

genwinkel gerade noch erkennen, wie ein Schatten durchs Dickicht huschte.
„Hallo? Ist da wer?“, rief sie laut, um das Prasseln des Regens zu übertönen.
Keine Antwort.
Pia hielt den Atem an und lauschte. Hatte sie sich getäuscht? Nein. Da war ganz sicher etwas zwischen den Bäumen gewesen. Vielleicht nur ein Tier?
Pia lief weiter auf den glänzenden Gegenstand zu, jedoch ohne dabei den Wald aus den Augen zu lassen.
„Ist da wer? Helge?“, versuchte sie es noch einmal. Das Prickeln in ihrem Nacken war wieder da. Sie fröstelte. Hektisch ließ sie ihren Blick durchs Unterholz schweifen – und stolperte prompt über einen quer liegenden Balken.
„Uaaaaaaa!“ Pia stürzte, schaffte es aber, sich mit den Händen abzufangen.
Und dann sah sie, worauf sie gelandet war: auf einem Schild aus Metall. Das Feuer hatte die Ecken geschwärzt, aber die Buchstaben „Glänzehof“ waren noch deutlich zu erkennen.
Pias Lippen entwich ein erstickter Schrei, denn genau in diesem Moment trat eine dunkel gekleidete Gestalt hinter den Bäumen hervor. Sie war zu weit entfernt, als dass

Pia ein Gesicht hätte erkennen können. Trotzdem wusste sie sofort, dass der Mann, der da nun reglos hinter dem dichten Regenschleier verharrte und zu ihr herüberstarrte, nicht Helge war. Dafür war er viel zu groß.

Pia schluckte schwer und stand langsam auf. Jeder ihrer Muskeln war angespannt.

Und dann rannte sie los. Blindlings durch den Regen, einfach nur weg, weg von der Ruine und ihrem unheimlichen Beobachter.

„Hey!“, brüllte es hinter ihr.

Ganz klar, die Stimme eines Mannes. Aber sie kannte ihn nicht. Da war sich Pia sicher.

„Warte doch mal!“

Sie keuchte und rannte noch ein wenig schneller.

Hinter ihr knackten Äste und wieder rief der Fremde ihr etwas zu. Doch das war Pia egal. Sie lief und lief, während der Regen prasselte und der Wind heulte. Nach hinten zu sehen, wagte sie nicht, denn dann wäre sie sicher gestolpert. Verbissen kämpfte sie sich weiter durchs Unterholz und versuchte dabei die Schritte ihres Verfolgers unter dem Donnern des Gewitters herauszuhören. Doch sosehr sie sich auch bemühte, es gelang ihr nicht. Als sie es schließlich nicht mehr aushielt, wandte sie doch noch den Kopf. Im selben Moment teilte sich das Dickicht vor ihr und Pia stürzte aus dem Wald hinaus auf einen gepflasterten Hof.

12

„AAAAH!“, SCHRIE PIA ENTSETZT AUF, als ihr Fuß am Randstein hängen blieb und sie nach vorn stolperte.
„Woah! Du hast es aber eilig!“, quiekte jemand verschreckt, doch da rempelte Pia auch schon ungebremst in ein Mädchen hinein.
Gemeinsam gingen sie zu Boden.
„Uffff!“, stöhnte das Mädchen, als Pia auf ihm landete.
Gehetzt schoss Pias Blick zum Wald. Doch im Gebüsch war nichts zu erkennen. „D-d-d-da … da war jemand, im Wald …“, stotterte Pia und rollte zur Seite über die nassen Pflastersteine. „Ein Mann! Er …“
Das Mädchen im knallgelben Regenmantel versuchte ebenfalls auf die Beine zu kommen. „Ähm, Marie, sorry, dass ich dir im Weg gestanden habe, tut mir echt leid …“
Fahrig wischte Pia ihre nassen Haarsträhnen aus dem Gesicht. Da erst nahm sie das Mädchen richtig wahr. „Wieso

du? Mir tut es leid ... Ich bin dir doch ... ähm ... Wer bist du?", fragte Pia verwirrt und hätte sich im nächsten Moment am liebsten auf die Zunge gebissen. So etwas hätte Marie doch nie gefragt! Aber Moment mal ... Sie wollte doch sowieso nicht mehr Marie sein! Oder? Der Schreck saß ihr noch so sehr in den Gliedern, dass sie keinen klaren Gedanken fassen konnte.

Doch zu ihrer Erleichterung antwortete das Mädchen einfach nur schüchtern: „Ich bin Nele. Ich arbeite diesen Sommer für ein paar Wochen hier im Stall. Hab schon gehört, dass du seit dem Sturz ... na ja ... dass du so ein paar Aussetzer hast ..." Die graublauen Augen des Mädchens trafen verunsichert auf Pias, doch sofort sah sie wieder zur Seite. „Ähm, sorry, wie gesagt. Ich hoffe, du bist okay?", fragte Nele.

Pia sagte nichts. Erst jetzt bemerkte sie das Stallgebäude hinter Nele. Mit großen Augen sah sie sich um.

Neles Gummistiefel knatschten laut. „Okay, ich mach mich dann mal vom Acker, ähm, ich meine, ich gehe dann mal zurück an die Arbeit ..."

Pia gab sich einen Ruck. Sie wollte auf keinen Fall allein zurückbleiben. „Da war eben dieser Mann, und ich ..."

Nele sah sie alamiert an.

„Diese Ruine im Wald, kennst du die?", fragte Pia weiter.

„Nein. Was denn für eine Ruine?"

Der Regen hatte so schlagartig aufgehört, wie er gekommen war, und Nele zerrte ihre Kapuze zurück.

Pia schlang die Arme um sich. „Na, so ein ausgebranntes Gebäude. Total zerstört ... Und dann war da dieser Kerl ..."

Sie verstummte und musterte Nele.

Unter ihrem Mantel war rotblondes, kurzes Strubbelhaar zum Vorschein gekommen. Nele musste etwa in Pias Alter sein, wirkte aber jünger. Vielleicht weil sie so klein war? Auf jeden Fall schien sie nett. Trotzdem entschied Pia, auf der Hut zu bleiben, solange das Mädchen sie für Marie hielt. „Es war plötzlich so dunkel und fing an zu regnen, da habe ich wohl irgendwie die Orientierung verloren", versuchte Pia zu erklären. Ihr Blick schweifte umher.

Das Stallgebäude vor ihr war auf einer leichten Anhöhe erbaut, sodass man vom Hof einen atemberaubenden Blick auf die umliegenden Ländereien und das Meer hatte. Düstere Wolkenfetzen jagten darüber hinweg und bildeten einen harten Kontrast zu der weiß getünchten Backsteinfassade des Stalles. In diesem Moment riss der Himmel jedoch auf und die Sonne brachte die regennasse Umgebung zum Glänzen.

Neles zaghaftes Räuspern riss Pia aus ihren Gedanken. „Möchtest du nicht mit reinkommen?“, fragte sie. „Du bist … hm … nass.“
Verwirrt sah Pia an sich herab. „Danke, aber ich …“
Da erklang auf einmal ein Motorengeräusch.
Nele wirbelte herum. „Oh, das muss Dr. Sieber sein. Er kommt, um nach Goldglanz zu sehen …“ Dann flog ihr Blick wieder zu Pia. „Äh, ich hoffe, das ist in Ordnung für dich. Ich meine, er ist ja dein Pferd und Helge hat einfach …“
Pias Herz fing an zu rasen. Goldglanz. Er war hier. Ganz nah. Alles, was sie tun musste, war in den Stall zu gehen.
„Wo ist er?“, flüsterte Pia heiser.
„Ähm, na in seiner Box, so wie immer“, antwortete Nele, und zum ersten Mal lächelte sie dabei nicht. „Er darf ja nicht raus. Hast du gesagt.“
Pia schluckte. Ihr Traumpferd. Eingepfercht in einer Box? Den ganzen Tag? In Gedanken sah sie es noch immer stolz und frei durch die Dünen preschen. Pia runzelte die Stirn. „Das geht nicht. Er muss raus“, flüsterte sie, mehr zu sich selbst als zu der Pflegerin. Und dann setzte sie etwas lauter hinzu: „Ich will ihn sehen.“
Ja, sie musste mit eigenen Augen sehen, wie es ihm ging. Vielleicht konnte sie ihm ja helfen? Jedenfalls erschien es

ihr nicht richtig, dass er in einem Stall stehen musste, wenn es ringsum saftige grüne Wiesen mit Meeresbrise gab.

„Okay, na klar." Nele eilte los.

Pia folgte ihr nach drinnen und nahm sofort den besonderen Geruch wahr. Es roch nicht nur nach Heu, Stroh und Pferdeschweiß so wie in anderen Ställen, sondern auch nach Kräutern, Sattelseife und neuem Leder. Bereits von draußen hatte der helle Backsteinbau mit seinen glänzenden Fensterbänken und den weitläufigen Blumenbeeten ringsum gigantisch gewirkt. Drinnen war der Stall der von Elstenbühls nicht weniger beeindruckend. Doch zu Pias Überraschung schien Nele die einzige Pferdepflegerin weit und breit zu sein.

Plötzlich hatte Pia eine Idee. „Du, Nele ..."

Nele blieb stehen. „Ja?"

„Würdest du mich einen Moment mit Goldglanz allein lassen?" Pia hatte das starke Gefühl, dass der Moment des ersten richtigen Zusammentreffens nur ihnen beiden – ihr und Goldglanz – gehören sollte.

Nele schien kurz verwirrt, nickte aber. „Wie du meinst ... Dann nehme ich derweil schon mal Dr. Sieber in Empfang, okay?"

„Ja, okay", erwiderte Pia. „Und danke!"

Nele eilte davon und ließ Pia allein im Stall zurück.
Jetzt musste sie nur noch ihr Pferd finden. Suchend blickte sie an den Boxenreihen zu beiden Seiten entlang. Auf einmal war es wieder da – dieses Gefühl, das sie jedes Mal überkam, wenn sie einen Stall betrat. Pia sog die Luft ein und schloss die Augen. Ja, hier gehörte sie her, hier fühlte sie sich zu Hause.
Pia war gleichzeitig hibbelig und ruhig, ängstlich und von Vorfreude erfüllt. Wie ferngesteuert lief sie die Stallgasse entlang. Das polierte Chrom der Boxen blitzte ihr entgegen. Das sanfte Schnauben der Pferde hieß sie willkommen. Pias Herz schlug immer schneller, während sie die Fingerspitzen an den Gitterstäben entlanggleiten ließ. Wieder schloss sie die Augen und stellte sich vor, wie Goldglanz in seiner Box stand und auf sie wartete. Mit gespitzten Ohren, jedem ihrer Schritte lauschend.
Pia bog in die lange Seite der Stallgasse ein. Hier standen nur noch wenige Pferde. Pias Hände zitterten. Hatte sie sich getäuscht? War er doch nicht hier? Gab es noch einen anderen Stallteil? Aber sie konnte ihn förmlich spüren. Spüren, wie sein goldenes Licht ihr entgegenstrahlte …
Und da stand er: ganz allein in der letzten Box der Stallreihe.

Pia blieb wie angewurzelt stehen. Sie hätte ihn überall wiedererkannt. Doch sein goldener Glanz war erloschen. Sie fühlte es mehr, als dass sie es sah.
Wie er da stand, mit gesenktem Kopf, geschlossenen Augen und traurig nach hinten gerichteten Ohren, hatte Goldglanz nichts mehr gemein mit dem stolzen, wilden Pferd, das Pia am Strand begegnet war.
Ihr Traum war der ernüchternden Wirklichkeit gewichen.
Pia war entsetzt. Was war nur passiert? Langsam ging sie auf das Pferd zu. Sie war sich nicht einmal sicher, ob der Hengst sie überhaupt bemerkt hatte, und wollte ihn nicht erschrecken. Darum öffnete sie so vorsichtig wie möglich seine Boxentür. Erst als sie ihm die Hand hinstreckte, hob Goldglanz träge den Kopf. Seine Augen jedoch blickten durch sie hindurch. Starrten ins Leere.
Es zerriss Pia das Herz, ihn so zu sehen.
„Was ist denn los mit dir?" Sanft berührte sie seinen Hals.
Und da war es! Das Pochen in ihren Fingerspitzen. Das Trommeln ihres Herzschlags, vermischt mit dem kräftigen Schlagen seines Herzens. Wie ein elektrischer Impuls. Zwischen ihr und ihm.
Doch statt erschrocken zurückzuweichen, blieb der Hengst regungslos – nur die Ohren richtete er zögernd vor.

Pia streckte die zweite Hand aus, legte sie ihm auf den weißen Mähnenkamm und strich langsam daran entlang. Dann schlang sie ihm die Arme um den Hals und drückte ihre heiße Wange gegen sein goldenes Fell.
Einen Moment lang blieb sie so stehen. Rührte sich nicht. Und dann endlich drehte Goldglanz den Kopf zu ihr und schnaubte sachte über ihre Haare.
Mein Seelenpferd, dachte Pia. Sie hatte es gefunden.

13

PIA LIEF DURCH DIE BOX und sah sich um. Die Fenster waren durch v-förmige Gitter versperrt.
„Dir ist sicher sterbenslangweilig hier drin“, flüsterte sie und hielt Goldglanz die Hand unter die Nüstern. Sein warmer Atem blies sacht darüber. Noch immer schien er matt und träge, aber immerhin verfolgte er Pias Bewegungen unter seinen langen Wimpern hindurch.
Ihr Blick fiel wieder auf das Gitter. Kurzerhand griff sie nach der Schließe und öffnete sie. Dann rüttelte und zerrte Pia, aber das Gitter wollte sich nicht bewegen.
„Warum lässt dich denn keiner richtig rausschauen? Und deine Pferdefreunde kannst du so auch nicht beschnuppern!“, murmelte sie.
Der Hengst schlug mit dem Bein nach einer Fliege.
Pia wischte sich über die Stirn. Im Stall stand noch immer die Hitze des schwülen Vormittags. Ihr war so heiß!

„Wie warm muss dir denn da erst sein? Den ganzen Tag hier drinnen, ohne einen Hauch frische Luft …"

Irgendwie musste Pia dieses verdammte Gitter wegbewegen! Vielleicht klappte es, wenn sie sich mit dem gesamten Gewicht dagegenstemmte?

Nervös blickte sie sich um. Aber auf der Stallgasse schien alles ruhig. Nele und der Tierarzt waren noch nicht zu sehen. Vielleicht schaute sich Dr. Sieber ja erst noch andere Pferde an.

Entschlossen packte Pia wieder das Gitter. „Ich befrei dich jetzt!", erklärte sie Goldglanz. Noch einmal zerrte sie mit aller Kraft, aber es war zwecklos.

Goldglanz döste weiter.

Die Box neben dem Hengst war leer, genau wie die nächste und übernächste. In der Box direkt neben ihm war nicht einmal Einstreu. Sie wurde höchstwahrscheinlich überhaupt nicht genutzt. Goldglanz war vollkommen isoliert!

Pia lehnte sich durch die Gitterstäbe und spähte die Stallgasse hinunter.

„Mist!", fluchte sie. Der Tierarzt war im Anmarsch, und zu allem Übel war Dr. Sieber auch noch in Begleitung von Helge und Nele.

„Mist!“, fluchte Pia noch einmal und hüpfte rückwärts in Goldglanz’ Box. Dabei verlor sie das Gleichgewicht. Mit einem unterdrückten Schrei stürzte sie rücklings ins Stroh. Das war ihr Glück, denn es dämpfte ihren Fall. Erschrocken blieb sie liegen, direkt vor den Hufen des Pferdes.

Goldglanz rührte sich nicht, nur seine Ohren zuckten nun etwas wacher vor und zurück. Er schnaubte sanft. Und dann – total plötzlich – riss er das Maul auf und gähnte. Das sah vielleicht komisch aus! Pia konnte nur mit Mühe ein Kichern unterdrücken. Goldglanz’ Ohren lagen so dicht an der Mähne, dass sie aus Pias Blickwinkel kaum noch zu sehen waren.

„Keinohrpferd …“, flüsterte sie.

Da verdrehte der Hengst die Augen, senkte den Hals und schnaubte eine volle Ladung Sabber in ihre Richtung.

Pia quiekte und schlug sich erschrocken die Hand vor den Mund. Hoffentlich hatte man sie nicht gehört!

Nun kam Goldglanz ganz langsam auf sie zu und beschnupperte ihre Haare. Pia versuchte sich nicht zu bewegen. Zum einen, um den Hengst nicht zu verschrecken, und zum anderen, weil Nele, Helge und Dr. Sieber sich der Box näherten. Pia konnte hören, wie Helge sich mit dem Tierarzt unterhielt.

In diesem Moment gab der Hengst Pia einen Schubs und sie landete wieder unsanft im Stroh. Goldglanz schnaubte und schloss dann die Augen.

Pia sah ihn fassungslos an. Dieses Pferd war unglaublich! Da fiel ihm ein Mädchen direkt vor die Hufe und er schlief einfach ein?!

„Ich habe wirklich schon alles probiert, Helge …", hörte sie Dr. Sieber sagen. In seiner Stimme lag Bedauern. „Es ist mir ein Rätsel. Er ist nicht wirklich lahm und weist auch keine äußeren Verletzungen auf, und trotzdem will er sich nicht richtig bewegen. Wie mir Marie kürzlich berichtet hat, ist er insbesondere bei der Arbeit in der Halle immer müde, matt und abgeschlagen."

Pia horchte auf. Anscheinend hatten die drei sie noch nicht bemerkt.

„Apropos Marie. Wo steckt sie denn?", fragte Helge prompt. „Nele, hast du nicht gesagt, sie wolle nach Goldglanz sehen?"

„Ja", antwortete Nele. „Aber vielleicht hat sie es sich anders überlegt. Sie war ziemlich durch den Wind …"

Pia zog den Kopf ein und duckte sich tiefer ins Stroh. Zum Glück verdeckte der massige Körper des Hengstes sie.

„Weder die Bluttests noch die Röntgenbilder noch das Abspritzen der Beine haben Aufschluss gebracht", fuhr Dr. Sieber fort. „Zuerst dachte ich, es könnte einfach nur Muskelkater sein vom Galoppieren im tiefen Sand, aber wenn dem so gewesen wäre, hätte sich sein Zustand nach einer längeren Phase der Boxenruhe deutlich bessern müssen ..."

Pia sah auf Goldglanz' Beine. Besonders lahm war er ihr gerade eben nicht vorgekommen, eher traurig und frustriert ... Aber was verstand sie schon davon! Vielleicht sah man so was ja auch nur beim Reiten.

„Manchmal denk ich echt, sie legt's drauf an, Goldi loszuwerden!", zischte Helge zornig.

Nele sog scharf die Luft ein.

„Marie!?", fragte der Tierarzt.

„Ja, wer denn sonst! Seit Wochen liegt sie uns allen in den Ohren, dass sie ein neues Pferd braucht für die Kadersichtung. Dass sie mit Goldi keine Chance hat, weil er nicht mehr richtig zieht und keinen Bock aufs Springen hat."

Der Arzt murmelte etwas Unverständliches.

„Aber mein Vater ist ihre Kindereien nun endgültig leid. Er hat gesagt, es gibt kein neues Pferd. Das wäre ja dann auch schon ihr drittes! Aber wer weiß, ob er nicht einknickt, wenn er sieht, wie schlecht es seiner kleinen Prinzessin geht."

„Ähm …", räusperte sich Nele.
„Was denn?", fuhr Helge sie an.
„Ach, Helge", versuchte Dr. Sieber ihn zu beschwichtigen. „Ich glaube, da tust du deiner Schwester jetzt aber Unrecht. Im Grunde liebt sie …"
„Ja, das glaube ich auch!", fiel Nele ihm ins Wort und klang dabei ehrlich betrübt.
Doch Helge ließ sich nicht beirren. „Ihr kennt sie nicht so, wie ich sie kenne! Marie interessiert sich ausschließlich für sich selbst!"
Dr. Sieber seufzte tief. „Na schön, wir geben Goldglanz jetzt weiter Boxenruhe, ändern seinen Futterplan, und dann komme ich Ende der Woche noch mal vorbei. Vielleicht geht es ihm bis dahin schon etwas besser. Der Unfall am Strand ist gerade mal einen Tag her. Vielleicht ist es ja doch nur eine Muskelsache …"
„Sollen wir ihm die Beine kühlen oder so etwas?", mischte sich Nele wieder ein.
„Beine kühlen kann nicht schaden und ein wenig Schritt führen", antwortete Dr. Sieber. „Für größere Ausflüge ist seine Gesamtverfassung einfach noch zu schlecht."
„Okay", sagte Helge, aber er klang nicht besonders zufrieden.

Auch Pia hätte dem Arzt am liebsten die Meinung gegeigt. Was war denn das für eine Diagnose? Und überhaupt, das arme Pferd! Es sollte weitere vier Tage hier drinnen versauern?

Die Unterhaltung schien beendet, denn die drei entfernten sich in Richtung Reithalle.

Pia setzte sich vorsichtig auf und betrachtete den dösenden Hengst. Abgesehen davon, dass er total abwesend wirkte, schien es nicht gerade so, als hätte er Schmerzen.

„Wenn ich den ganzen Tag hier drin wäre, sähe ich sicher auch so traurig aus wie du." Pia zog sich schwankend am Gitter hoch. Ihr schwirrte der Kopf. Hatte Helge recht? Wollte Marie ihr Pferd wirklich loswerden?

Die Erkenntnis traf Pia wie ein Schlag: Goldglanz' Schicksal – es lag in ihrer Hand! Solange sie Maries Rolle spielte, würde sie dem Hengst helfen können. Ihn beschützen können. Denn dem Pferd ging es schlecht. Vielleicht nicht körperlich, aber seelisch. So viel konnte selbst sie als Laie erkennen. War das nicht Grund genug zu bleiben? Vielleicht gelang es ihr ja, ihn zumindest ein wenig aufzupäppeln, bis die echte Marie ihren Platz wieder einnahm.

Pia sah Goldglanz an, und diesmal regte sich etwas in seinen großen schwarzen Augen. Der Hengst schnaubte und schüttelte seine dicke, von weißen Strähnen durchzogene Mähne. Pia fiel auf, wie kurz sie geschnitten war. Kein Wunder, dass die Fliegen ihm ungestört über das goldene Fell krabbeln konnten! Selbst sein seidiger Schweif war kurz gestutzt.

Pia seufzte und ließ die Finger an seinem Bauch entlanggleiten. *Was für ein wunderschönes, unglückliches Pferd du doch bist*, dachte sie traurig.

Und in diesem Moment stand ihr Entschluss fest: Sie würde bleiben.

Doch Maries Rolle zu spielen, würde nicht leicht sein – erst recht nicht, solange sie so gut wie nichts über ihre Doppelgängerin wusste. Es war also höchste Zeit, dem Haus der von Elstenbühls einen Besuch abzustatten.

14

EINE WEILE STAND PIA UNENTSCHLOSSEN vor der weiß lackierten Haustür. Überall sangen die Vögel, in der Ferne brummte eine Heckenschere. Alles wirkte so friedlich! Das Gewitter hatte sich längst verzogen und die Sonne kitzelte Pia in der Nase. Sie strich die Haare aus der Stirn und versuchte den nötigen Mut aufzubringen, um das Haus der von Elstenbühls zu betreten. Wie würde Helge reagieren, wenn sie gleich vor ihm stand? Nach allem, was er eben im Stall über seine Schwester gesagt hatte …

„Willkommen daheim" stand auf der hübschen Fußmatte, auf der Pia nun ihre verdreckten Lederstiefel abstrich. Dann drückte sie die Klinke.

„Okay, na dann mal los …", flüsterte sie sich selbst Mut zu. Vorsichtig lugte sie ins Haus und sog entzückt die Luft ein. Die Eingangshalle erstrahlte im Licht der Mittagssonne, die durch eine Vielzahl von Sprossenfenstern in den Raum fiel, und es duftete einladend nach Zimt und Vanille. Das Erste, was ihr ins Auge stach, war das Gepäck, das am Fuß einer breiten geschwungenen Treppe stand, die hinauf auf eine Galerie im Obergeschoss führte. Ihr Gepäck. Helge hatte es einfach dort abgestellt.

Zögernd setzte Pia einen Fuß vor den anderen. Die Dielen knarrten. Irgendwo tickte eine Uhr.

Pia blieb stehen und drehte sich einmal um die eigene Achse, unfähig, alles gleichzeitig aufzunehmen. Ein paar Dinge prägten sich ihr jedoch sofort ein: das geblümte Sofa neben der Treppe, der Schirmständer mit dem Pferdekopf, der dicke Strickteppich, um den sie aber vorsorglich einen Bogen machte, um ihn nicht zu verschmutzen.

Pia schulterte ihre Taschen und überlegte, was sie als Nächstes tun sollte. Helge suchen oder das Haus auf eigene Faust erkunden? Wo mochte wohl Maries Zimmer sein? Pia hatte noch nie ein eigenes Zimmer gehabt. Konnte sie jetzt einfach so in das Zimmer eines wildfremden Mädchens eindringen? In Maries Zimmer, Maries Leben?

Langsam setzte sie einen Fuß auf die Treppe. Alles in diesem Haus schien zu glänzen, sie einzuladen und zu locken. Die Sonnenstrahlen krochen überall hinein und beleuchteten jeden Winkel des alten Gebäudes.

An der Wand nach oben hingen Fotos und Gemälde, in dunklen Rahmen auf weißem Untergrund.
Pia betrachtete sie fasziniert, während sie die Stufen hinaufstieg.
Die meisten Bilder zeigten Pferde oder die von Elstenbühls. Es gab viele Fotos von Helge und seinem Vater, jedoch kaum ein Bild, auf dem die ganze Familie zu sehen war.
Pia interessierten vor allem die Fotos von Marie. Auf jedem der Fotos sah ihr Marie zum Verwechseln ähnlich, nur die Haare waren anders. Während Pias Haare lockig, widerspenstig und darum meist zusammengebunden waren, trug Marie ihre Haare immer offen und glatt.
Im oberen Stockwerk angekommen, verharrte Pia kurz vor einer besonders großen, mit schwarzem, wurmstichigem Holz gerahmten Fotografie. Sie zeigte die junge Marie zusammen mit einer dunkelhaarigen Frau und einem pechschwarzen Pony. Mutter und Tochter standen Arm in Arm, Marie lächelte. Jedoch – so fand zumindest Pia – sah sie dabei nicht so unbeschwert und glücklich aus, wie man es von einem Mädchen wie Marie vielleicht erwartet hätte. Aber was wusste Pia schon über Marie? Im Grunde nichts! Für Pia war Marie lediglich ein reiches Mädchen mit ihrem Gesicht.

Pia beschlich das Gefühl, dass Marie etwas verbarg. Dass sie tatsächlich mehr war als die glanzvolle Kopie ihrer selbst. Vielleicht war es am Ende gar kein Zufall, dass Pia hier gelandet war. Vielleicht war es nicht nur Goldglanz, der Pias Hilfe brauchte ...

Mit neuer Entschlossenheit sah sie sich um. Von der breiten Galerie, die die Eingangshalle umspannte, gingen zwei helle Flure ab. Welche Richtung sollte sie einschlagen?

„Hallo?", krächzte sie zaghaft und räusperte sich. „Helge?"

Keine Antwort.

Pia zuckte die Schultern und bog in den linken Flur ab. Die vorletzte Tür am Ende des Ganges stand einen Spalt offen. Pia ging darauf zu.

„Hallo?", rief sie noch einmal. Doch niemand antwortete ihr. Vorsichtig drückte sie die Tür auf.

In der Mitte des Zimmers sah sie einen riesigen Schreibtisch, beladen mit Ordnern, Heften und irgendwelchen Unterlagen. Er stand vor einem hübschen Sprossenfenster, von dem aus man in den Park sehen konnte. In der Ecke hinter der Tür gab es ein breites Bett, auf dem ein paar Klamotten lagen.

Das musste dann wohl Helges Zimmer sein.

Neben dem Bett befand sich eine weitere Tür. Sie war ge-

schlossen. Ein Badezimmer? Prompt hörte Pia Wasser rauschen. Anscheinend war Helge gerade da drin. Unschlüssig kaute sie auf ihrer Lippe. Eigentlich hätte sie auf dem Absatz kehrtmachen sollen. Aber war dies nicht die ideale Gelegenheit, sich ein wenig in Helges Zimmer umzusehen? Eben machte sie einen wackeligen Schritt in den Raum hinein, als das Wasser auch schon wieder abgedreht wurde.
„Mist!“, zischte Pia, wirbelte herum, stolperte über einen herumliegenden Turnschuh, strauchelte und stürzte schließlich zurück auf den Flur. Hastig verschwand sie durch die nächstbeste Tür und schloss sie mit zittrigen Händen.
Pia atmete stoßweise. Was war nur in sie gefahren? Einfach so in Helges Zimmer einzudringen! Sie pfefferte die Taschen auf den beigen Wollteppich in der Mitte des Raumes und ließ sich an der Wand hinabgleiten. Ihr war schwindelig, und nur langsam konnte sie sich auf ihre Umgebung besinnen.
Das Erste, was ihr ins Auge stach, war ein riesiges rosafarbenes Plüscheinhorn mit Krönchen, das auf einem breiten Bett zwischen lauter Kissen saß. Das musste dann wohl Maries Zimmer sein … Sie hatte es gefunden.
Der Raum war größer als der von Helge, denn er zog sich über die gesamte Breite des Hauses.

Umständlich rappelte sich Pia wieder auf und ging zum Bett. Das Einhorn starrte sie mit ausdruckslosen Knopfaugen an. Pia setzte sich und nahm es auf den Schoß. „Was habe ich mir nur dabei gedacht!?", flüsterte sie ihm ins Plüschohr und seufzte. „Kannst du mir etwas über diese Marie verraten?"

Das gehörnte Pferd starrte weiter vor sich hin.

Pias Blick wanderte zum Fenster. Von Maries Bett aus konnte man nicht nur den Park, sondern auch den Stall sehen. In der Ferne glitzerte das Meer. Wie bereits bei ihrer Ankunft auf der Insel übten die unendlichen Wassermassen eine seltsame Anziehungskraft auf Pia aus. Eine Weile sah sie einfach nur schweigend nach draußen. Auf die Pferde und das Meer. Sie spürte, wie sie dabei immer ruhiger wurde. Dann sah sie zurück ins Zimmer und zu einer Schnur, die quer über die Wand am Kopfende des Bettes gespannt war. Daran hingen unzählige Schleifen. Marie musste sie bei Turnieren gewonnen haben.

Plötzlich zerriss ein schriller Popsong die Stille. Pia fuhr erschrocken zusammen und das Einhorn plumpste zu Boden. In der Handtasche vibrierte es. Maries Handy!

Pia sprang auf und durchwühlte die Tasche. Das Telefon blinkte und sang, und das Display verkündete, dass „Robbie“ anrief. Fast wäre Pia das Telefon aus den Händen gerutscht.

War das etwa *der* Robbie? Aber warum rief er auf Maries Handy an? Etwa, um Pia zur Rede zu stellen? Wusste er, dass sie als falsche Marie auf Gut Sturmbö gelandet war? Nach ihrem kurzen Blickwechsel im Krankenhaus hatte Pia das Gefühl gehabt, dass er bewusst mitgespielt hatte. Aber warum? Um auf diese Frage eine Antwort zu bekommen, sollte sie jetzt vielleicht besser ans Telefon gehen.

Gerade als sie auf den Hörer drücken wollte, hörte das Telefon auf zu singen. Stille. Geschockt starrte Pia aufs Display. Mist! Sie hatte zu lange überlegt! Doch da rief Robbie schon wieder an.

Diesmal drückte Pia, ohne zu zögern, auf das Annahmezeichen. „Robbie?“

„Hallo?“ Robbie klang verwundert. „Pia?“

„Robbie?“, quiekte Pia noch einmal heiser. „Gut, dass du anrufst, wir müssen unbedingt …“

„Warum gehst du nicht gleich dran?!“, raunzte Robbie sie an. „Und woher wusstest du überhaupt, dass ich dran bin?“

Pia stutzte. Ja, warum hatte Marie überhaupt Robbies Nummer in ihrem Handy gespeichert? Standen sie und Robbie nicht eigentlich auf Kriegsfuß?

„Weil dein Name auf dem Display stand ...?“, antwortete Pia langsam.
„Die Nummer war eingespeichert?“, fragte Robbie irritiert.
„Scheint so.“
Robbie räusperte sich. „Okay ... ist ja seltsam ... aber egal. Ich wollte dich eigentlich fragen ... ähm ... Kann ich mich auf dich verlassen? Du spielst weiter deine Rolle und verrätst nichts?“, fragte er schließlich zögernd.
Pia schluckte. „Warum? Warum tust du das? Warum hast du mich im Krankenhaus nicht ins Zimmer gerufen? Die arme Marie, sie scheint total verwirrt zu sein ... Ich ...“
„Sie ist nicht arm! Sie ist eine rücksichtslose, arrogante Schlange!“, spuckte Robbie ins Telefon. „Wegen ihr ist Feuerstern gestürzt!“
Pia war auf einmal kalt. „Wie geht es Feuerstern? Und Marie wo ist sie jetzt?“, fragte sie verängstigt. „Das ist alles meine Schuld! Ich hätte nicht ...“
„Es ist nicht deine Schuld, dass Feuerstern verletzt wurde! *Marie* hat alle über den Haufen geritten! Und im übrigen ist sie jetzt hier auf dem Gutshof“, fauchte er ins Telefon und schien dabei an Maries Namen fast zu ersticken. Doch dann wurde er auf einmal wieder ruhiger. Er seufzte. „Ich hätte in deiner Situation auch nichts machen können.

Dank dir ist wenigstens den anderen Pferden und Schülern nichts passiert!" Robbie klang nun ehrlich dankbar. Also schwieg Pia betreten. „Feuerstern wird sich erholen, aber das kann dauern und wird kosten ..." Plötzlich hörte Pia im Hintergrund ein lautes Klopfen.

„Okay, hör mal, ich muss Schluss machen", sagte Robbie mit gepresster Stimme. „Also, was ist nun? Kann ich mich auf dich verlassen?"

Pia brauchte eine Sekunde, um zu begreifen, dass Robbie wieder mit ihr sprach. Sie zögerte mit einer Antwort. Wenn Marie heute entlassen worden war, hieß das doch, dass es ihr wieder besser ging. Und das wiederum bedeutete, dass Marie sicher auch bald ihr Gedächtnis wiedererlangen würde, das sie anscheinend verloren hatte. Pia sah wieder das blasse Mädchen im Krankenbett vor sich. *Ich bin Pia*, hallte Maries Stimme in ihrem Kopf wider. Würde man Pia also nicht ohnehin bald auf die Schliche kommen, egal wie gut sie ihre Rolle weiterspielte?

Pia holte tief Luft, bevor sie sprach. „Ich bin nicht wie Marie ... Wie sollte ich also jemals ..."

„Du bist zu nett!", flüsterte Robbie eindringlich. „Marie ist fies, rücksichtslos und verlogen. Du bist zu lieb! Komm schon, tu mir den Gefallen! Wir stecken doch zusammen in der Sache drin! Streng dich an und sei einfach ein wenig mehr wie sie. Nur für ein paar Tage, bis ich hier ein paar Dinge … äh … klären konnte."

„Welche Dinge?", fragte Pia. „Ich verstehe das alles nicht! Was versprichst du dir davon?"

„Ich muss jetzt wirklich auflegen. Also was ist?", drängte Robbie. „Versuchst du es?"

Pias Herz hämmerte wie verrückt. Was sollte sie tun? Gemeinsame Sache mit Robbie machen? Was, wenn Marie überhaupt nicht so schlimm war, wie er sie darstellte? Was, wenn Robbie in Wahrheit Dreck am Stecken hatte? Doch dann musste Pia an Helges Schimpftiraden denken. Robbie war nicht der Einzige, der schlecht über Marie redete.

Pia seufzte. „Na gut, aber ich brauche deine Hilfe. Ich muss mehr über Marie wissen, sonst …"

„Halt dich an Helge, der ist echt in Ordnung!"

„Du kennst Maries Bruder?"

„Stiefbruder …", verbesserte Robbie sie. „Ob du's glaubst oder nicht – die Elstenbühls sind eine richtig moderne Patchworkfamilie." Er lachte bitter. „Marie war drei oder so, als sie mit ihrer Mutter zu Helge und seinem Vater nach Gut Sturmbö gezogen ist." Er hielt kurz inne. „Okay, ich muss jetzt los. Ich melde mich wieder bei dir."

„Warte!“, rief Pia. „Es ist so viel passiert! Ich habe noch so viele Fragen! Was ist mit dieser Ruine im Wald, auf dem Grundstück der Elstenbühls, und warum ...“

Tuuuuut. Robbie hatte aufgelegt.

Pia starrte verwirrt auf das Smartphone in ihrer Hand. Dann ließ sie den Kopf auf die Knie sinken. Verzweifelt bemühte sie sich, ihre Gedanken zu ordnen.

Goldglanz, das Pferd mit den traurigen Augen.

Marie, das verhasste, reiche Mädchen.

Helge, der gut aussehende Bruder mit der spitzen Zunge. Nein, *Stief*bruder. Pia dachte an die vielen alten Bilder im Flur, auf denen nur Helge und sein Vater zu sehen gewesen waren. So ergab das natürlich Sinn.

Halt dich an Helge, hatte Robbie gesagt.

Pia sah zur Tür. Sollte sie einfach zu Helge gehen und ihm alles erzählen? Nein. Das hatte Robbie sicherlich nicht damit gemeint. Sie hatte versprochen, das Spiel weiter zu spielen. Bis er ein paar Dinge geklärt hatte. Was auch immer das sein mochte.

Pia massierte ihre Schläfen. Auf einmal hatte sie wieder Kopfschmerzen. Sie ließ sich auf den Boden neben ihre Handtasche sinken und suchte nach den Schmerztabletten, die Dr. Hegenbauer ihr mitgegeben hatte. Eigentlich hasste sie das Zeug, denn meist wurde ihr schlecht davon. Aber mit hämmernden Kopfschmerzen würde sie das hier garantiert keinen Tag lang durchstehen. Die ganze Aufregung machte sie fertig. Sie musste sich nur irgendwo einen Schluck Wasser organisieren.

Ihr Blick fiel auf die Tür neben dem Bett. Bestimmt hatte auch Marie ein eigenes Bad. Pia stand auf. Sie setzte das Einhorn zurück aufs Bett und legte das iPhone auf die Fensterbank.

Am besten machte sie sich gleich noch frisch. Maries teure Kleider waren vom Sturz im Wald und in Goldglanz' Box dreckig, und Pia fühlte sich schmuddelig. Vielleicht würde eine schöne kalte Dusche helfen.

Hoffnungsvoll öffnete sie die Tür.

„Wow!", rief sie erstaunt. Noch nie hatte sie so ein schönes Badezimmer gesehen! Ein kleines, aber dafür bodentiefes Fenster ließ Tageslicht herein, und der weiße Dielenboden strahlte. Eine frei stehende Badewanne war der Blickfang des Raumes, und im hinteren Teil befanden sich noch eine Dusche und ein Waschbecken, über dem ein alter, mit Ornamenten verzierter Spiegel hing. Pia drehte den Hahn auf, schöpfte sich mit der Hand etwas Wasser in den Mund und schluckte die Tablette. Hoffentlich wirkte sie bald!

Pia drehte sich um und ging zu einer kleinen antiken Kommode neben dem Fenster. Darauf standen allerlei Fläschchen, Tuben und Döschen. „Wie kann man nur so viele Sachen besitzen …", murmelte sie gedankenverloren und sah hinunter in den Park. Direkt unter dem Fenster glitzerte ein großer Badeteich. Gab es eigentlich irgendetwas, was die von Elstenbühls *nicht* hatten? Pia hob den Arm vor die Augen und blinzelte. Erst da bemerkte sie den Schwimmer im Wasser.

Helge!

Pia beobachtete, wie Maries Bruder mit kraftvollen Zügen das Wasser durchpflügte. In rhythmischen Bewegungen warf er die Arme über den Kopf nach vorn und tauchte dann ein. *Schmetterling*, schoss es Pia durch den Kopf. Sie kannte diesen Schwimmstil nur von den Profischwimmern aus dem Fernsehen. Helge schien also nicht nur ein talentierter Reiter, sondern auch ein guter Schwimmer zu sein.

Sehnsüchtig blickte Pia aufs Wasser. Trotz des Gewitters lag noch immer eine erdrückende Schwüle über der Insel. Ja, eine Abkühlung würde ihr jetzt wirklich guttun … Und warum sollte sie nicht noch ein wenig Spaß haben, wenn ihr kleines Abenteuer sowieso bald vorbei war?

Kurz entschlossen lief Pia zurück in Maries Zimmer. Ge-

genüber vom Bad hatte sie nämlich einen begehbaren Kleiderschrank gesichtet.
In einer von Dutzenden Schubladen wurde Pia schließlich fündig. Mit einem einigermaßen schlicht wirkenden Bikini in der Hand marschierte sie zurück ins Bad und zog sich um. Wie bereits das Kleid und die Jacke passte auch der himmelblaue Bikini wie angegossen. Überhaupt hatte sie noch nie ein so gut sitzendes Kleidungsstück getragen.
Zufrieden musterte sie sich im Spiegel. Ja, irgendwie machten Kleider tatsächlich Leute. Sie fühlte sich überhaupt nicht wie sonst, in ihrem ausgeleierten Badeanzug beim Schulschwimmen – zu dürr und zu blass.
Schnell sprang sie in die Dusche, drehte sich unter dem kalten Wasserstrahl ein paarmal im Kreis und wickelte sich anschließend in Maries flauschigen Bademantel. Dann trat sie noch einmal vor den Spiegel. „Pia, du kannst das!“, beschwor sie sich selbst. „Sei einfach … Marie.“
Aber das half nicht. Denn egal, was ihr das Spiegelbild vorgaukelte – sie war noch immer die schüchterne Pia.
Das musste sich nun schleunigst ändern.

15

VORSICHTIG SETZTE SICH PIA AUF EINEN FELSEN am Rand des Teiches, schob die Füße ins Wasser und plätscherte mit den Zehen. Der schwimmende Helge hatte sie noch nicht bemerkt.

Wie würde ihre Begegnung wohl diesmal verlaufen? Konnte sie sich auch mal ganz normal mit Helge unterhalten oder würde es wieder auf die üblichen Anfeindungen hinauslaufen? War das etwa die Art, wie Marie und Helge für gewöhnlich miteinander umgingen? Stritten sie immer nur?

Pia seufzte. Sie würde es wohl gleich herausfinden.

Konzentriert zog Helge seine Bahnen. Der Teich war groß genug dafür. Zwar wuchsen am Rand einige Pflanzen, doch in der Mitte konnte Pia durch das glasklare Wasser ein eingelassenes Becken erkennen.

Mit einem Mal hielt Helge an und sah zu ihr herüber. „Welchen Teil von ‚Bleib mir vom Hals' hast du nicht verstanden?", prustete er und schüttelte sich das Wasser aus den Haaren.

Pia verschlug es die Sprache. „Ich, ich …"

„Spar dir das Gestammel und komm auf den Punkt." Inzwischen klang Helge eher genervt, als wütend.

„Ich will Goldglanz nicht loswerden", sagte Pia mit einigermaßen fester Stimme. „Und ich wollte ihn auch ganz bestimmt nicht absichtlich verletzen", fügte sie hinzu, denn offensichtlich war es genau das, was Helge ihr – beziehungsweise Marie – unterstellte. „Er ist am Strand einfach losgerannt. Ich hab die Kontrolle verloren und Goldglanz ist durchgegangen."

Helge zog eine Augenbraue hoch. „Und warum ist er durchgegangen?"

Pia biss sich auf die Lippe. Sie hatte keine Ahnung, was das goldene Pferd so aufgebracht haben könnte.

„Da muss irgendwas am Strand gewesen sein …", überlegte sie laut. „Ich weiß nicht, was, aber ich bin mir sicher, etwas hat ihn erschreckt."

Helge musterte sie eindringlich. Seine Augen blitzten fast so grün wie das Wasser. „Was willst du?", fragte er schließlich.

Ja, was wollte sie überhaupt? Sie wollte dem goldenen

Pferd helfen! Sie wollte, dass Helge sie mochte. Sie wollte … Pia geriet in Panik. „Warum muss Goldglanz in seiner Box bleiben? Ihm ist langweilig! Er ist unglücklich!“, platzte sie heraus.

„Es ist dein Pferd. Tu mit ihm, was du nicht lassen kannst“, erwiderte Helge kühl. „Aber komm dann nicht zu mir, um dich auszuheulen. Die Zeiten sind vorbei!“ Er stieg neben ihr aus dem Wasser und Pia verschlug es kurz den Atem. Ob alle Reiter so durchtrainiert waren? Oder kam das eher vom Schwimmen? Helge brachte sie total aus dem Konzept.

Pia rappelte sich auf und rutschte prompt über einen nassen Stein. Reflexartig schoss Helges Hand ihr entgegen und rettete sie vor dem Sturz ins Wasser. Ihre Augen trafen sich. Pia schluckte. „Danke …“, sagte sie leise und konnte den Blick nicht gleich abwenden. Ihre Wangen glühten. Ob aus Verlegenheit oder weil er sie berührte, konnte sie nicht sagen.

Einen Moment starrte Helge verwirrt zurück, doch dann setzte er wieder sein zynisches Grinsen auf. „Meine Schwester *bedankt* sich bei mir? Wie komm ich denn dazu? Du musst dir den Kopf doch etwas härter gestoßen haben, als ich dachte.“

Pia schnappte nach Luft. Standen ihr die Gefühle etwa so offensichtlich ins Gesicht geschrieben?

Abrupt ließ er sie los und lief zu einer Liege, auf der er seinen Bademantel abgelegt hatte.

Pia blickte ihm verdattert hinterher, während sie dabei nervös am Gürtel ihres Bademantels nestelte. Sie brauchte dringend eine Abkühlung! Dafür war sie ja schließlich hergekommen, oder nicht?

Sie ließ den Mantel auf einen der Felsen am Rand des Teiches gleiten und watete vorsichtig ins Wasser. Schwimmen war eigentlich nicht ihre Stärke, genau wie die meisten anderen Sportarten.

„Uaaaah!", quiekte sie, als ihr nächster Schritt ins Leere ging und sie mit rudernden Armen abtauchte. Das kalte Wasser umfing sie und Pia schloss die Augen. Das tat gut! Ein Lächeln legte sich auf ihre Lippen, doch schon im nächsten Moment spürte sie, wie jemand einen Arm um ihre Taille schlang und sie unsanft zurück an die Wasseroberfläche holte.

„Marie, alles klar?", prustete Helge, ohne sie loszulassen.

Pia wischte sich das Wasser aus dem Gesicht und sah ihn verwundert an. „Äh … ja … Ich wollte nur mal kurz ein bisschen schwimmen …"

Helge ließ sie los und starrte sie vollkommen perplex an. „Das sollte Schwimmen sein? Du bist ins Wasser geplumpst und untergegangen wie ein Stein!“

Pia blinzelte. Immerhin hasste er seine Schwester anscheinend nicht so sehr, dass er sie ertrinken lassen würde. Sie musste die Gelegenheit unbedingt nutzen und ihren Lebensretter in eine Unterhaltung verwickeln.

„Ich bin wohl noch etwas wackelig auf den Beinen“, flunkerte sie und lächelte Helge vorsichtig an.

Er schnaubte. „Das kann man wohl sagen.“ Dann schwamm er zurück ans Ufer und watete aus dem Wasser. Pia sah zu ihm hoch.

„Ist eigentlich niemand außer uns im Haus?“, fragte sie das Erstbeste, was ihr in den Sinn kam, während sie vorsichtig aus dem Teich stakste.

Er schüttelte den Kopf. „Nein, Ingrid hat heute frei.“

„Ingrid?“, rutschte es Pia heraus.

„Unsere Haushälterin“, erklärte er – diesmal fast schon geduldig.

Pia nickte, doch auf einmal fiel ihr der Mann im Wald wieder ein. „Ich habe vorhin jemandem im Wald gesehen ...“ Beim Gedanken an die Begegnung im Regen fröstelte sie.

Helge runzelte die Stirn. „Du warst schon wieder im Wald?“

Nun war es an Pia, ihn erstaunt anzusehen. „Was … ich …"
„Hier, zieh den mal lieber wieder an", sagte Helge und reichte ihr den Bademantel vom Felsen.
„Danke", wisperte sie. Helges Fürsorge wärmte sie mehr als der flauschige Mantel.
Er runzelte die Stirn. „Hast du heute eigentlich schon was gegessen?"
Bei den meisten Leuten sah Stirnrunzeln komisch aus. Es ließ sie irgendwie finster wirken. Bei Helge sah es süß aus, fand Pia und wurde ganz verlegen. Oh nein! Bestimmt hatte sie schon wieder überall diese hässlichen roten Flecken!
Sie räusperte sich. „Nein, mir hat ja keiner was zu essen gemacht!", sagte sie in nöligem Tonfall, um ein bisschen mehr so zu klingen wie Marie.
„Sich ein Brot zu schmieren, ist ja auch wirklich Schwerstarbeit", entgegnete Helge feixend. „Aber du hast Glück. Ich wollte mir eh gerade ein Sandwich machen. Möchtest du auch eins?"
„Und ich dachte schon, du willst mich verhungern lassen!", erwiderte Pia schnippisch. So langsam kam sie in Schwung!
Helge stöhnte und ging ins Haus.
Pia folgte ihm lächelnd. Prinzessin sein war gar nicht so übel.

Die Küche war überraschend klein und gemütlich. In einer Ecke gab es einen Tisch mit Sitzbank und Stühlen, daneben befand sich ein bodentiefes Fenster, durch das man aufs Wäldchen sehen konnte. Die Sommersonne ließ die Regentropfen auf den Blättern der Bäume glitzern.

Pia – ganz in ihrer neuen Rolle – fläzte sich auf die Bank und sah Helge dabei zu, wie er die Zutaten für die Sandwiches aus dem großen Kühlschrank holte. Dann flog ihr Blick unwillkürlich wieder zum Fenster. Sie zupfte nervös an ihren Haarspitzen. Pia starrte in den Wald, fast so als erwartete sie, den fremden Mann wiederzuentdecken.

„Du solltest wirklich nicht mehr dort hineingehen", sagte Helge auf einmal.

Pia fuhr herum. „Wie bitte? Was meinst du …"

„Du weißt genau, was ich meine!", schnaubte Maries Bruder, während er vier Scheiben Toast mit Butter beschmierte. „In die Ruine im Wald."

So wie es klang, schien Marie öfter in dem Wäldchen herumzustreunen. Aber warum? Pia hatte die Ruine schon beim ersten Mal gruselig gefunden – von ihrem unheimlichen Beobachter ganz zu schweigen.

„Die Balken könnten jederzeit einstürzen", setzte Helge erklärend hinzu.

Pias Gedanken rasten. Dann fiel ihr das Schild wieder ein, das sie zwischen dem Schutt gefunden hatte. „Glänzehof" hatte darauf gestanden. Was war dieser Glänzehof gewesen? Ein altes Gestüt? Aber warum machte Helge dann so ein Geheimnis daraus?

„Warum wurde das Gebäude ... warum wurde der Glänzehof denn nicht abgerissen?", tastete sich Pia vorsichtig weiter vor.

Helge schwieg.

Pia rieb sich die Stirn. Warum wurde sie das Gefühl nicht los, dass die Familie von Elstenbühl etwas zu verbergen hatte?

Als sie schon glaubte, nichts mehr aus Helge rauszubekommen, sagte er plötzlich: „Wenn ich es dir sage, versprichst du mir dann, dass du dich in Zukunft von dort fernhältst?"

Pia sah ihn mit großen Augen an. Nichts lieber als das! Also nickte sie nur.

Helge seufzte. „Okay, Dad bat mich eigentlich, es dir nicht zu sagen, aber ..." Er räumte die Butter zurück in den Kühlschrank und sah Pia dann eindringlich an. „Mein Vater glaubt, dass in der Ruine immer noch Hinweise auf die Ursache des Feuers zu finden sind, die man nicht zerstören sollte."

16

PIA LAG IM BETT und konnte nicht mehr schlafen. Vielleicht, weil es nicht ihr Bett war. Vielleicht, weil sie einfach nicht zur Ruhe kam. Ihr Körper sich anfühlte wie der einer Fremden. Oder einfach, weil ihre Gedanken all ihre Ängste entflammten, sich bündelten und wie brennende Pfeile ihren Schädel zu durchbohren versuchten. Sie hatte höllische Kopfschmerzen.

Pia schlug die Decke zurück und tapste ins Badezimmer. Irgendwo auf der Kommode mussten die Tabletten liegen.

Ihr Blick wanderte hinaus in den Park. Hinter dem Meer leuchtete das erste zarte Silber des neuen Tages und tauchte die Insellandschaft in ein magisches Licht. Wie bezaubert von dem Anblick, kniete sich Pia neben das Fenster, schob es auf und beugte sich ein wenig nach draußen. Sanfte Morgenluft blies ihr entgegen. Pia atmete ein. Was für ein Duft! Gras, Meer und Pferde.

Ihr Blick wanderte zum Stall und eine seltsame Unruhe überkam sie. Was war denn bloß los mit ihr? Lag es an der mysteriösen Geschichte, die Helge erzählt hatte? Von dem Feuer im Glänzehof? So hartnäckig sie auch nachgebohrt hatte – es war nicht mehr aus ihm herauszukriegen gewesen. Ob er tatsächlich nicht mehr wusste, so wie er behauptet hatte, oder ob er ihr einfach nicht mehr verraten wollte, war unklar.

Zittrig holte sie Luft. Draußen schien alles still und friedlich. Auf einer Koppel in der Ferne erspähte Pia einige Tiere. Wahrscheinlich Jährlinge, überlegte sie und wollte eben den Kopf zurückziehen, als ein helles Wiehern zu ihr herüberwehte. Erschrocken zuckte sie zusammen und hätte sich dabei um ein Haar den Kopf angeschlagen. Das fehlte gerade noch!

Pia lauschte atemlos. Sie kannte das Wiehern! Es war kraftvoll und schrill. Pia hatte es schon einmal gehört. Während ihres Höllenrittes am Strand. Sie würde es immer und überall wiedererkennen.

„Goldglanz“, flüsterte sie leise. Plötzlich steigerte sich ihre Unruhe zu regelrechter Panik. Ging es ihm gut? Warum wieherte er?

Die Kopfschmerzen waren schlagartig vergessen. Sie rappelte sich auf, flitzte zurück ins Zimmer und durchsuchte die Krankenhaustasche, die immer noch unausgepackt neben ihrem Bett stand, nach Klamotten. Blitzschnell zog sie sich das Nachthemd über den Kopf und schlüpfte in eine Jeans und ein T-Shirt. Sie musste nach dem Pferd sehen. Erst dann würde sie beruhigt sein.

Auf Zehenspitzen schlich sie hinaus auf den Flur, an Helges Zimmer vorbei und die Treppe hinunter. Einen Moment zögerte sie. Ob die Haustür überhaupt offen war? Vielleicht würde sie einen Schlüssel benötigen. Vorsichtig drückte sie die Klinke herunter. Sie ließ sich öffnen! Erleichtert huschte Pia ins Freie und hastete den gepflasterten Weg Richtung Stallgebäude hinauf.

Das Blut rauschte in ihren Ohren. Etwas stimmte nicht. Sie spürte es.

Hektisch riss sie die Seitentür des Stalls auf und rannte hinein. Gedämpftes Scharren und Schnauben empfing sie. Nichts Ungewöhnliches. Alles schien ruhig. Aber Pia wusste es besser ...

„Goldi? Alles gut bei dir? Kannst du etwa auch nicht mehr schlafen?“, wisperte sie und rannte zu seiner Box. Vorsichtig öffnete sie seine Tür, aufs Schlimmste gefasst, und trotzdem erschrak sie.

Goldglanz lag auf dem Boden. Doch seine Haltung war alles andere als natürlich. Seine Hufe hatten sich an der Wand verkeilt, ein ersticktes Grunzen klang aus seiner Kehle.

Pia eilte an seine Seite. „Oh, nein ...“, hauchte sie, strich mit der Hand über seinen Hals und zog sie erschrocken zurück. Der Hengst war schweißgebadet!

„Was hast du denn nur, mein Großer?“ Im schwachen Morgenlicht, das durch die Fenster fiel, war die Situation schwer zu beurteilen, allerdings schien es Pia, als steckte Goldglanz fest. Hastig stand sie wieder auf und eilte aus der Box. Ein paarmal stolperte sie über ihre eigenen Füße, dann fand sie endlich einen Lichtschalter direkt neben der Seitentür.

Es wurde hell im Stall. Pia blinzelte, bis sich ihre Augen an das Licht gewöhnt hatten. Dann eilte sie zurück in Goldglanz' Box.

„Oh nein!“, rief sie bestürzt. Erst jetzt erkannte sie, wie schlecht es tatsächlich um den Hengst stand. Er musste bereits eine ganze Weile so gelegen haben. Und nun, da er sie kommen sah, versuchte er abermals sich herumzuwerfen. Doch immer wieder blieb sein rechtes Vorderbein in der Ecke unter dem Futtertrog hängen.

Pia dachte panisch nach. Wenn sie ihn nicht bald da herausbekäme, würde er sich womöglich noch verletzen.

Kurz entschlossen umfasste Pia Goldglanz' muskulösen Hals und stemmte sich mit ihrem ganzen Gewicht dagegen. Doch wie zu erwarten gewesen war, bewegte sich das Pferd keinen Millimeter.
Ächzend ließ sich Pia ins Stroh fallen. „So wird das nichts!" Aber aufgeben kam nicht infrage. Sie brauchte allerdings etwas, womit sie Goldglanz aus der Ecke ziehen konnte. Am besten ein Seil oder etwas in der Art.
Pia stand auf und stürmte hinaus auf die Stallgasse. Hier und da sahen ihr die Pferde verwundert hinterher, während sie zum Haupteingang raste. Irgendwo dort hatte sie am Tag zuvor eine Sattelkammer gesehen!
„Ah, da!", rief Pia laut und zog eine eisenbeschlagene Holztür auf. Pia tastete nach dem Lichtschalter, fand ihn und drückte darauf. Als das Licht anging, erkannte sie, dass sie richtig war. An der Wand hingen die Sättel poliert und ordentlich übereinander aufgereiht. Gegenüber glitzerten ihr die kristallbesetzten Stirnriemen der Zaumzeuge entgegen, und da hing auch ein langer aufgerollter Strick! Gerade als Pia danach greifen wollte, knarrte hinter ihr auf einmal die Tür.
„Marie?", flüsterte eine verschlafene Stimme. „Was machst du hier so früh?"

Pia erstarrte. „Ich, ich …“ Sie drehte sich langsam um. Da stand Nele. Pia atmete erleichtert auf. Von Helge wusste sie, dass Nele eine der Angestelltenwohnungen über der Reithalle bewohnte, solange sie für die Elstenbühls arbeitete. „Ich konnte nicht mehr schlafen und wollte mal nach dem Rechten sehen“, sagte sie so cool wie möglich. Doch schon in der nächsten Sekunde war ihre Coolness wieder verflogen. „Goldglanz liegt in seiner Box und kann nicht mehr aufstehen!“, erklärte sie hektisch. „Er hängt irgendwie fest.“ Sofort war jede Schläfrigkeit aus Neles Augen verschwunden. „Oh, Mist! Das ist letzte Woche schon mal passiert!“ Sie stürzte zu Pia in die Sattelkammer und fing an, hektisch in einer Holzkommode zu kramen. „Wir brauchen eine zweite Longe!“, rief sie Pia zu und war im nächsten Moment auch schon fündig geworden. „Okay, los geht's!“ Mit der Longe in der Hand rannte Nele zur Tür hinaus auf die Stallgasse. Pia folgte ihr, insgeheim froh, dass das Mädchen aufgetaucht war. Allein wäre es wahrscheinlich schwer geworden, Goldglanz zu befreien.

Zurück in der Box des Hengstes, näherte sich Nele ihm vorsichtig und sprach beruhigend auf ihn ein. „Ist ja gut, Großer, es passiert dir nichts, gleich haben wir dich da raus …“ Während sie sprach, schlang sie ihm die Longe um die Hinterbeine und zerrte sie, so gut es ging, unter seiner Hinterhand durch.

Pia stand ein wenig unbeholfen daneben. Doch dann fiel ihr ein, was ihr ursprünglicher Plan gewesen war. Mit der freien Hand strich sie Goldglanz das schweißnasse Fell glatt. Dabei verdrehte der Hengst angstvoll die Augen und versuchte erneut sich mit den Hufen abzustoßen.

„Hooo!“, flüsterte Pia und zog ihm mit zittrigen Fingern die zweite Longe unter dem mächtigen Hals hindurch. „Alles wird gut, mein Schöner!“

Neben ihr sprang Nele nun auf und hielt beide Enden ihrer Longe in der Hand. Fragend sah sie zu Pia.

„Ähm, wir ziehen gleichzeitig? Auf drei?“, sagte Pia, um ihrer Führungsrolle gerecht zu werden.

Anscheinend lag sie richtig, denn Nele nickte. „Okay ...“ Mit beiden Händen packte sie die Longe und ging in Position.

Pia versuchte sie nachzuahmen und begann zu zählen. „Eins, zwei, drei ...“

Beide Mädchen stemmten sich mit vollem Gewicht gegen die Longen. Goldglanz bewegte sich ein paar Zentimeter. Mehr aber nicht.

Pia keuchte. „Sollen wir Helge wecken? Er ist ...“

Doch dann ging alles ganz schnell. Die wenigen Zentimeter mehr Platz schienen Goldglanz zu reichen. Er holte einmal Schwung, rutschte aus der Ecke heraus und sprang mit einem gewaltigen Satz zurück auf die Füße. Dabei streifte er die überrumpelte Nele, die aus dem Geleichgewicht kam und gegen die Boxenwand taumelte. Goldglanz nutzte den Moment und hechtete aus seiner Box hinaus auf die Stallgasse.

Pia, die in der hinteren Ecke der Box stand, hatte keine Chance zu reagieren. Mit offenem Mund beobachtete sie, wie der Hengst die Stallgasse hinabtrabte.

Nele fand als Erste die Sprache wieder. „Keine Sorge, er kommt nicht weit", sagte sie und wickelte die Longe auf, die am Boden lag. „Die Türen vorn sind alle verriegelt. Er kann also höchstens in die Halle rennen."

Pia nickte nur, wickelte gleichfalls ihre Longe wieder auf und lief mit Nele zusammen die Stallgasse hinab. Die anderen Pferde schienen nun auch alle wach geworden zu sein, denn sie streckten den Mädchen neugierig die Köpfe entgegen.

Schon als sie um die Ecke bogen, hörten sie Goldglanz' Hufschlag durch die Halle donnern.

„Das wird Dr. Sieber nicht gefallen", sagte Nele besorgt

und sah zu Pia. „Marie, es tut mir echt leid, ich hätte die Boxentür schließen …“

Pia war viel zu angespannt, um lange über ihre nächsten Worte nachzudenken und Nele die zickige Marie vorzuspielen. „Ist schon gut, Nele. Ich bin nur froh, dass du da warst. Danke!“

17

GOLDGLANZ JAGTE MIT ERHOBENEM SCHWEIF und wehender Mähne durch die Reithalle. Immer wieder hüpfte er spielerisch in die Höhe und warf die Hufe umher. Er hatte offensichtlich Spaß bei der Sache.

„Das sieht mir aber nicht besonders lahm aus …“, entwich es Pia spontan.

Nele lachte heiser. „Nein, überhaupt nicht.“

Goldglanz preschte auf sie zu und machte eine Vollbremsung. Prustend blieb er stehen. Die Mädchen sahen sich an und grinsten.

Auf einmal hatte Pia das Gefühl, Nele vertrauen zu können. „Ähm, Nele, was würdest du dazu sagen, wenn ich Goldglanz eine Runde draußen spazieren führe? Ich glaube, er ist einfach nur deprimiert darüber, immer in der Box stehen zu müssen.“

Nele sah sie erstaunt an, doch dann zuckte sie die Achseln. „Also ich würde es niemandem erzählen." Zwinkernd drückte sie Pia ihre Longe in die Hand. „Um halb neun kommt allerdings Helge rüber. Bis dahin solltest du zurück sein." Mit diesen Worten ließ sie Pia allein.

Pia lächelte und wandte sich wieder Goldglanz zu. Zum ersten Mal sah sie ihn mit wachem Blick die Umgebung erkunden. Die Ohren zuckten und sein Hals war gestreckt. Pia klopfte ihm überschwänglich den Hals. „Na, mein Schöner, wollen wir einen kleinen Morgenspaziergang zu den Koppeln unternehmen?" Goldglanz spitzte ein Ohr, so als würde er ihre Worte genauestens verstehen. „Verrat es aber bloß keinem, hörst du? Schon gar nicht Helge!" Pia kicherte. „Nele ist okay, die ist auf unserer Seite."

Sie hakte die Schließe an Goldglanz' Halfter zu und trat aus dem Weg. „Na komm, mein Schöner! Wenn wir ungestört eine Runde über die Wiesen drehen wollen, sollten wir uns besser beeilen!"

Das Klackern von Goldglanz' Hufen hallte durch den Stall. Ein paar der Pferde hoben unruhig den Kopf und drehten sich im Kreis.

„Komm, schnell!", spornte Pia den Hengst an und führte ihn aus dem Gebäude.

Die frühen Sommermorgenstunden an der Nordsee waren

kühler als in Frankfurt. Dort hing tagelang der Dunst über der Stadt und drückte auf die Gemüter. Hier war es anders. Das Meer hielt alles im Gleichgewicht. Es nahm die Hitze des Vortages mit sich.

Der kühle Wind ließ Pia ein wenig frösteln, doch das störte sie nicht. Im Gegenteil. Die frische Meeresluft strömte durch ihre Lunge und vertrieb die Kopfschmerzen. Goldglanz' Mähne bauschte im Wind, und schon bald zog er mit zügigem Schritt den Wiesen entgegen. Pia nahm einen tiefen Atemzug. Die Blüten der Büsche ringsumher verströmten selbst am frühen Morgen einen intensiven süßlichen Geruch. Fast wie Kaugummi.

„Hey, nicht so schnell! Ich hab doch nur zwei Beine!", lachte Pia und klopfte dem Hengst den Hals. Da kam ihr ein Gedanke. Was, wenn sie sich einfach auf seinen Rücken schwang und bis zu den Koppeln ritt? Das konnte ja nicht so schwer sein, oder?

Als sie auf den Feldweg neben dem Reitplatz einbogen, sah sich Pia verstohlen um. Gab es irgendetwas, was sie als Steighilfe benutzen konnte? Doch außer ein paar herumliegenden Hindernisstangen und einem alten, rostigen Fahrrad, das am Gebüsch lehnte, konnte sie nichts entdecken. Die Umrandung des Reitplatzes war zu niedrig.

Pia würde also laufen müssen.
Je näher sie dem Meer und je weiter sie aufs offene Feld kamen, umso kräftiger wurde der Wind. Auch Goldglanz' Schritte wurden immer frischer. Zwischendurch begann er sogar zu traben. „Hooo!", versuchte Pia, ihn zu beruhigen, doch es half nichts.
Als sie die erste Koppel erreichten und Pia den Hengst hineinführte, war sie trotz der kühlen Luft total verschwitzt. Goldglanz schnaubte und warf den Kopf in den Nacken. Das Pferd war wie ausgewechselt!
„Hooo, mein Guter!", versuchte Pia es noch einmal, doch statt sich zu beruhigen, begann der Hengst auf der Stelle zu tänzeln. „Ich versteh dich ja. Wahrscheinlich willst du einfach mal ein wenig Dampf ablassen, aber ..." Wie zur Bestätigung blies der Hengst laut durch die Nüstern.
Pia schloss das Gatter. Irgendwie hatte sie sich das anders vorgestellt – eher wie einen romantischen Spaziergang im Morgenrot. Doch dafür war Goldglanz viel zu aufgekratzt. Unsicher musterte sie den Hengst. Was sollte sie tun? Ihn laufen lassen? Wenn er tatsächlich lahm war, täte ihm das womöglich überhaupt nicht gut. Andererseits hatte Goldglanz kein bisschen gehinkt, seit sie hier draußen waren. Und auch in der Halle war er prima gelaufen.

Kurz entschlossen löste Pia den Strick vom Halfter. „Na los, dann lauf! Du hast es dir verdient!“

Eine Sekunde stand Goldglanz noch reglos da, die Ohren gespitzt, die Nüstern gebläht. Dann drückte er sich mit den Hinterläufen vom Boden ab, sprang in die Höhe und raste davon. Pia stolperte vor Schreck rückwärts. Goldglanz' Hufe trommelten auf dem sandigen Boden und ließen Pias Körper beben. Dann tauchte seine dunkle Silhouette in den Morgennebel ein. Wie betäubt stand Pia im feuchten Gras und blinzelte in die Richtung, in die der Hengst verschwunden war. Da erschallte sein schrilles Wiehern und riss sie aus ihrer Starre. Pia rannte los. Im selben Moment durchteilte Goldglanz den Dunstschleier und galoppierte auf sie zu. Seine Mähne flatterte im Wind, während die Hufe kaum noch die Erde zu berühren schienen. Pia lachte auf und wirbelte herum, als der Hengst an ihr vorbeischoss.

„Juhu!“, freute sie sich mit ihm. Doch der Jubelschrei erstarb auf ihren Lippen.

Der Hengst brauste, ohne zu bremsen, auf das hohe Gatter zu. Anstatt langsamer zu werden, zog er noch einmal richtig an und sprang mit einer geschmeidigen, kraftvollen Bewegung ab!

Pia rang nach Luft. „Oh, shit!“

Ohne große Mühe überwand Goldglanz den Zaun, setzte auf der anderen Seite im Gras wieder auf und raste weiter. Dem Meer entgegen.

Pia war zu Stein erstarrt. Den Strick noch immer in der Hand, stand sie nun einsam auf der Koppel.

Das Pferd war weg.

Die Schmerzen in ihrem Kopf kamen mit solch einer Heftigkeit zurück, dass es ihr eine Sekunde lang den Atem raubte. Keuchend taumelte sie aufs Gatter zu.

„Oh nein, nein, nein …“, flüsterte sie panisch. Mit zittrigen Händen zog sie den Riegel zurück und rannte hinaus auf die Wiese. Sie kniff die Augen zusammen und sah Richtung Meer. Goldglanz war schon bei den Dünen! Der Himmel färbte sich bereits zartrosa. Sie hatte schätzungsweise noch eine knappe Stunde, dann würde Helge im Stall aufkreuzen und Goldglanz’ Abwesenheit bemerken.

Pia blickte sich panisch um. Es würde viel zu lange dauern, Goldglanz zu Fuß zu folgen. Plötzlich fiel ihr das Fahrrad wieder ein. „Na klar!“, rief sie und rannte zurück zum Reitplatz. Dort schnappte sie sich das Rad und trat in die Pedale.

Der Feldweg war so holprig, dass ihre Zähne beim Fahren aufeinanderschlugen. Der Wind hatte aufgefrischt und

blies ihr kräftig entgegen. Doch Pia kämpfte sich verbissen voran. Von Goldglanz war nichts mehr zu sehen.
Keuchend und schwitzend erreichte sie den Rand der Dünen und stellte zu ihrer Erleichterung fest, dass es hier einen befestigten Holzsteg gab. Auch wenn er sicherlich nicht für Fahrräder gedacht war, konnte Pia ihn ohne Probleme entlangfahren. Auf den letzten Metern begannen ihre Muskeln zu zittern. Ihre verschwitzten Haare klebten im Gesicht und gleichzeitig fröstelte sie vom Wind.
Aber sie hatte es geschafft. Vor ihr lag der Strand. Zu beiden Seiten schlängelte er sich einsam und verlassen dem Horizont entgegen.
Doch wo war Goldglanz? Pias Herz setzte vor Schreck einen Schlag aus, als sie den Hengst nicht gleich entdecken konnte.
Dann sah sie ihn.
Wie von Sinnen galoppierte er durch die Gischt. Direkt in der Brandung. Der Wind peitschte die Wellen auf und der Sand vibrierte unter Pias Füßen. Donnernd preschte das Wasser ihr entgegen, trug den Hengst mit sich und ließ den Schaum um ihre Füße wirbeln. Vermischte Gold und Silber, dort, wo sich der Wasserregen über das Fell des Pferds ergoss.

Pia rührte sich nicht, so gefesselt war sie von dem wilden Tanz im Meer. Der Hengst machte ein paar Galoppsprünge auf sie zu, dann warf er die Hinterhand übermütig in die Luft, schleuderte Sand und Wasser umher und zog sich wild bockend zurück ins tiefe Wasser. Dort warf er sich zur Seite und stieg mit den Vorderhufen in die Luft, um sie dann wieder dröhnend auf den Sand aufzusetzen. Jeder Schlag seiner Hufe vibrierte in Pias Fußspitzen, pulsierte durch ihre Brust und brachte ihr Herz zum Flimmern.
Plötzlich warf Goldglanz den Hals herum und verschwand in den tobenden Fluten.
Pia sog erschrocken die Luft ein. Was war passiert? War er in ein Loch getreten? Panisch ließ sie das Fahrrad los und stolperte vorwärts, bis das Wasser ihre Knie umspülte.
Wo war er?
Weiter, dachte sie, *einfach weiter!*
Pia kämpfte sich gegen die Wucht der schäumenden Wellen immer tiefer ins Wasser hinein. Die kräftige Strömung zerrte an ihren Beinen und es fiel ihr zunehmend schwerer, sich aufrecht zu halten. Eine große Welle rollte auf sie zu.
„Goldiiiii!“, brüllte sie gegen das Röhren des Meeres an.
Gleich hatte die Welle sie erreicht. Sie musste tauchen! Pia holte ein letztes Mal Luft – und tauchte unter.

Schlagartig wurde es still. Nur noch gedämpft nahm sie das Rauschen und Gluckern des Wassers wahr. Doch die Welle riss sie schonungslos mit sich. Das Meer zog und zerrte, riss und rang ihr den letzten Atem ab. Pias Lunge begann zu brennen. Ihre Bewegungen wurden hektischer und die Luft immer knapper. Die Haare bauschten sich in einem undurchdringlichen Schleier vor ihren Augen, die vom Salz brannten. Alles brannte.

18

ETWAS STREIFTE PIAS SCHULTER, sie unterdrückte einen Schrei. Dann wurde sie heftig zur Seite gestoßen, wirbelte haltlos durchs Wasser und kam zu ihrer eigenen Überraschung zurück an die Oberfläche.

Keuchend rang sie nach Luft. „Hiiiii…“, versuchte sie zu schreien. Doch ein Schwall Wasser rauschte ihr ins Gesicht. Sie musste husten. Blinzelte.

Und da war er. Schrill dröhnte sein Wiehern durch das Tosen der Wellen. „Goldglanz!“, keuchte Pia.

Der Hengst stand direkt neben ihr. Sein seidennasses Fell streifte ihren Arm. Mit steifen Händen tastete sie nach seiner Mähne, packte zu und zog sich mit dem letzten bisschen Kraft, das sie noch hatte, auf seinen Rücken. Keuchend kam sie zum Liegen. Ihr Atem rasselte, sie spuckte Wasser.

„Hey, mein Schöner!“, hauchte sie schließlich vollkommen erschöpft in die nasse Schulter des Pferds.

Goldglanz schien weit weniger Probleme mit dem Seegang zu haben. Die Ohren gespitzt, den Hals nach oben gewölbt, pflügte er durchs Wasser.

Aus dem Augenwinkel sah Pia den Strand näher kommen. Gleich hatten sie es geschafft! Dankbar schlang sie die Arme um den Hals des Pferds und schloss die Augen. „Ich dachte, ich komme zu spät, um dich zu retten“, flüsterte Pia in sein Fell. „Und nun musst du mich retten …“ Kraftlos ließ sie sich von Goldglanz und den Wellen zurück ans Ufer tragen. Ein Schritt, noch ein Schritt. Goldglanz’ Hufe tauchten ins Wasser und sein mächtiger Körper verdrängte das brandende Meer so mühelos, als wäre es bloß ein Tümpel.

Plötzlich begann die Wasseroberfläche zu leuchten. Pia richtete sich mühsam auf. Das Haar klebte ihr in dicken Strähnen an Wangen und Rücken, sie tropfte und fror erbärmlich, doch das alles war vergessen, als sie den Himmel sah. Er loderte über dem dunklen Wasser und die Sonne brannte eine rotgoldene Gasse in die Fluten. Millionen von kleinen Regenbögen glitzerten im Spritzwasser und wirbelten um Pia herum. Sie legte den Kopf in den Nacken und ließ die Sonne ihre kalten Arme wärmen.

Goldglanz blieb einen Moment im seichten Wasser stehen. Dann spannte er die Muskeln und trabte los. Erschrocken griff Pia nach der Mähne. Der Hengst lief schwungvoll über den Strand und legte die kurze Strecke zwischen Meer und Dünen in einem Wimpernschlag zurück.

„Wo willst du denn hin?“, fragte Pia halb ängstlich, halb euphorisch. Was, wenn Goldglanz auf einmal lospreschte? Noch immer hatte sie das Bild des springenden Hengstes vor Augen. Wie er den mannshohen Zaun überwunden hatte, als wäre er ein kleines Mäuerchen. Doch Goldglanz trabte unbeirrt weiter. Ohne schneller zu werden oder gar zu stolpern, schwebte er durch die Dünen. Pia konnte es nicht fassen. Wie einfach es war, sich an seine Bewegungen anzupassen! Als hätte sie ihr Leben lang nichts anderes getan.

Unter ihrer nassen Jeans spürte Pia seinen Rücken schwingen, seine Muskeln arbeiten. Sie ließ die Beine locker hängen, versuchte sich so aufrecht wie möglich zu halten, und schwang dann einfach mit. Vorsichtig löste sie eine Hand von der Mähne, dann die andere.

Vor ihnen kamen die Koppeln in Sicht. Offenbar hatte Goldglanz vor, zurück nach Hause zu laufen. Pia lachte auf. „Sag bloß, du gehst freiwillig zurück?“

Doch der Hengst hatte andere Pläne. Er fiel in einen gemächlichen Galopp.

„Uwupsiii!“ Pia rutschte ein wenig zur Seite und griff sofort wieder nach Goldglanz’ Mähne.
Gerade als sie anfing, auch die schnellere Gangart richtig zu genießen, tauchte vor ihnen ein Pferd mit Reiter auf. Goldglanz wieherte bebend und Pia sackte nach vorn. Nur in letzter Sekunde konnte sie einen Absturz verhindern.
„Bist du jetzt total übergeschnappt?!“, rief der Reiter erzürnt.
Goldglanz war zum Stehen gekommen. Direkt vor dem fremden Pferd.
Pia durchströmte Erleichterung, als sie den Reiter erkannte. „Helge!?“, rief sie ein wenig atemlos.
Er saß kerzengerade im Sattel des zierlichen Rappen und funkelte sie böse an. „Ich hab euch schon überall gesucht! Du kannst nicht immer ...“ Er hielt kurz inne. „Bist du etwa schon wieder gestürzt?“ Sein Blick wanderte an der klitschnassen Pia herunter.
Helges Rappe brummelte und beschnupperte derweil Goldglanz’ Nase.
Pia unterdrückte das Bedürfnis, an sich herunterzusehen. Sie konnte sich auch so ausmalen, was Helge sah: ein Mädchen mit sandigen, verfilzten Locken in vollkommen durchnässten Sachen, das wahrscheinlich auch noch rot

wie ein Krebs war von der Anstrengung, auf dem Pferd zu bleiben.

Pia räusperte sich verlegen, bemüht, sich ihre Atemlosigkeit nicht anmerken zu lassen. „Ich kann das erklären. Es war keine …“

„Alles okay?“ Plötzlich war die Wut aus seiner Stimme gewichen und er wirkte besorgt. „Poetin und ich sind los, um euch zu suchen. Wir haben uns echt Sorgen gemacht …“

Der zierliche Rappe, auf dem Helge saß, war dann wohl eine Rapp*stute* und hieß Poetin.

Pia lächelte verlegen. „Ja, alles gut. Ich hatte Goldi auf die Koppel gelassen und er ist mir abgehauen.“ Sie zuckte hilflos die Achseln. „Hab ihn erst im Meer wieder … ähm … gefunden.“

Helge sah sie sprachlos an. Dann prustete er unerwartet los. „Jetzt echt? Du hast ihn wirklich auf die Koppel gelassen? Ich kann mich noch genau dran erinnern, wie zickig du warst, als ich das mal versucht habe!“

Pia rutschte unruhig auf Goldglanz’ Rücken herum. Doch der Hengst schien unbeeindruckt. Er hatte zwischenzeitlich das Gras für sich entdeckt.

„Ja, ich weiß“, improvisierte Pia. „Aber das ist ja schon eine Weile her …“ Sie hoffte inständig, dass das stimmte. „Und er musste einfach mal raus, frische Luft schnuppern. Lahm ist er auch nicht mehr, zumindest nicht, wenn er sich frei bewegen darf."

Helge sah dem Hengst nachdenklich beim Grasen zu. „Ja, das habe ich auch schon überlegt. Ich glaube, die Arbeit in der Halle ist ihm einfach zu viel geworden in letzter Zeit. Vielleicht hat er eine Depression. Manche nennen es Hallenkoller, aber ich denke, da steckt mehr dahinter." Zärtlich strich er Goldglanz über den Hals. Dann sah er wieder zu Pia. „Ich würde vorschlagen, wir schauen ihn uns bei Gelegenheit einfach mal draußen an."

„Bei Gelegenheit?", fragte Pia verwirrt. Gab es denn eine bessere Gelegenheit als jetzt?

„Na ja", begann Helge, „in den klatschnassen Klamotten wirst du wohl kaum ..."

„Doch, werde ich", fiel Pia ihm ins Wort und staunte kurz über sich selbst. Aber die Sonne wärmte nun schön und ihr war gar nicht mehr kalt. Worauf warteten sie also noch?

Helge wirkte einigermaßen verblüfft. „Echt jetzt? Sonst steigst du doch nur in den teuersten Reitklamotten aufs Pferd ... und jetzt willst du in nassen Jeans und T-Shirt reiten? So kenn ich dich gar nicht." Seine grünen Augen leuchteten amüsiert. „Und ohne Zaumzeug."

Pia zupfte an einer nassen Haarsträhne. „Ja, ich hatte heute Morgen nicht so viel Zeit, ich musste …"

„Mir gefällt's so besser", sagte er schnell. Dann verstummten sie beide. Und lachten laut los.

Pia wanderte ein seltsames Prickeln über die Haut. Dies war schon das zweite Mal, dass Helge sie nicht nur mit hasserfüllten Blicken durchbohrte.

Sie machte Fortschritte!

Mutig strahlte sie ihn an. „Du hättest sehen sollen, wie er über das Gatter gesprungen ist! Als würde er fliegen, direkt in den Himmel …" Sie verstummte. Das klang echt albern!

Doch zu ihrer Erleichterung lächelte Helge noch immer und klopfte Goldglanz' Hals. „Ich weiß, was du meinst. Es gibt nicht viele Springpferde mit seinem Potenzial." Dann wurde er plötzlich ernst. „Schade nur, dass er es im Ring nie zeigt." Helge sah Pia vorsichtig an. Und Pia verstand: An diesem Punkt waren sich Marie und ihr Bruder wohl öfter in die Haare geraten.

„Ich habe eine super Idee!", sprudelte sie hervor. „Warum lassen wir ihn nicht einfach springen, wie er möchte?" Pia vergaß auf einmal vollkommen, welche Rolle sie zu spielen hatte. Alles, was zählte, war Goldglanz! Sie wollte nicht, dass er verkauft wurde, erst recht nicht, wenn es überhaupt nicht seine Schuld war, dass sein Talent verkümmerte.

„Na ja, ob das die internationalen Richter so super finden …" Helge sah Pia zweifelnd an. Man merkte, dass er ihr noch nicht so recht traute. „Der Reiter sollte schon mit übers Hindernis!"

Aber diesmal ließ sich Pia nicht beirren. „So meine ich das doch gar nicht! Er soll über Hindernisse in der Natur springen – über Steine, Bäume, Sandhügel, was auch immer …" Pia deutete hinter sich. „Am Strand lag ziemlich viel Treibholz. Daran dachte ich."

Helge kraulte nachdenklich Poetins Mähne, dann nickte er. „Das ist gar kein schlechter Vorschlag! Komm mit!" Er schnalzte und die Stute setzte sich augenblicklich in Bewegung.

Pia schluckte. „Du meinst, *ich* soll das jetzt ausprobieren?" Pia hätte sich ohrfeigen können. Natürlich sie, wer sonst!

Helge legte den Kopf schief. „Ja, okay … Vielleicht sollte ich dir schnell noch Sattel und Trense holen."

Pia schüttelte den Kopf. Wenn sie mit Sattel ritt, würde es sicher auffallen, dass sie keine Ahnung vom Reiten hatte. Ohne fühlte sie sich irgendwie sicherer. Sie spürte die Bewegung besser, den Schwung, und konnte sich ganz ungeniert an Goldglanz' Mähne festhalten. Außerdem hatte Helge Marie offenbar noch nie ohne Sattel reiten sehen. Somit würde er auch nicht so schnell Verdacht schöpfen.

„Ich hab jetzt aber keine Lust zu warten, bis du die Sachen geholt hast", versuchte Pia einen nörgelnden Prinzessinnentonfall zu imitieren – und prompt verzog Helge das Gesicht.

„Na schön, aber beschwer dich nicht bei mir, wenn du wieder im Sand landest."

Pia schluckte. Nein, Sand hatte sie an diesem Morgen bereits genug gehabt!

„Also los!" Helge schnalzte, und zu Pias Erleichterung hob Goldglanz direkt den Kopf, um der schwarzen Rappstute zu folgen.

Während sie sich von Goldglanz zurück Richtung Strand schaukeln ließ, beobachtete Pia Helge verstohlen von der Seite. Er lächelte leicht und hatte den Blick der Sonne zugewandt. Pias Herz begann ein wenig schneller zu schlagen. Sofort schloss sie die Augen und krallte sich fester in Goldglanz' Mähne.

Was wohl passieren würde, wenn Helge herausfand, wer sie wirklich war? Loser-Pia – das ungelenke, hässliche Entlein aus der Großstadt! Die Welt, in der sie in Wirklichkeit lebte, hätte nicht weiter von seiner entfernt sein können.

Würde er über sie lachen? Nie wieder ein Wort mit ihr reden? Nach all den Lügen …

Pia öffnete die Augen und sah, wie Helge seiner Stute versonnen über den Hals strich und ihr dabei leise Worte zuflüsterte. Ihr Herz zog sich zusammen. Nein, Loser-Pia würde er nicht verachten. Aber Lügen-Pia würde er hassen. Lügen-Pia, die es eiskalt ausnutzte, dass seine Schwester ihr Gedächtnis verloren hatte, und sich nun als falsche Marie sein Vertrauen erschlich. Da spielte es auch keine Rolle, dass Helge und die echte Marie im Clinch lagen. Sie musste es ihm sagen.

Pia starrte auf seine Hände an Poetins Hals. Hitze stieg ihr in die Wangen und sie krallte sich noch fester in Goldglanz' Mähne, als plötzlich eine trotzige Stimme in ihrem Kopf erklang. Sie war eine Lügnerin – ja! –, aber sie tat es ja schließlich nicht für sich, sondern für Goldglanz! Denn dieses Pferd brauchte ihre Hilfe. Schon allein dafür musste sie alle Konsequenzen in Kauf nehmen!

Sie ritten über die Dünen hinunter zum Strand. Das Meer hatte sich etwas beruhigt und die Wellen plätscherten gemächlich über den Sand. In der Ferne erspähte Pia die Klippen mit dem Leuchtturm, die sie schon aus ihrem Kämmerchen im Gasthof gesehen hatte.

Helge schwenkte zu ihr herum. „Wie sieht's aus, Schwesterherz? Bist du bereit?", rief er herausfordernd, und ohne ihre Antwort abzuwarten, drückte er Poetin die Fersen in die Flanken.

19

PIA BLIEB KEINE ZEIT ZUM NACHDENKEN. Wie auf Kommando machte Goldglanz einen Satz nach vorn und trabte der Stute zufrieden schnaubend hinterher. Pia merkte, wie ihr seine Bewegungen zunehmend vertrauter wurden. Jetzt fiel Goldglanz in einen langsamen Galopp. Pia beugte sich ein wenig über den Hals und ließ ihn gewähren.

„Siehst du, da vorn?“, rief Helge ihr über die Schulter zu. „Das ist eine gute Stelle! Fester Sand, große Äste, ein paar Baumstämme und dort drüben die Buhnen!“ Er hielt die Zügel lang in einer Hand und zeigte mit der anderen auf eine Reihe Holzpfähle, die aus dem Sand ragten.

Pia schluckte. Das würde sie niemals schaffen!

„Wobei unser Goldi wahrscheinlich am liebsten über ein paar Strandkörbe springen würde“, scherzte Helge. „Die Buhnen sind zu easy.“

Das bezweifelte Pia stark. Wenn sie Glück hatte, kam sie vielleicht über eines der kleineren Treibhölzer.

Helge parierte seine Stute durch und sprang mit einer einzigen fließenden Bewegung vom Pferd.

Pia hingegen saß steif auf Goldglanz' Rücken und rührte sich nicht. Absteigen war keine gute Idee. Wer wusste schon, ob sie dann jemals wieder hochkommen würde?

Das Wasser hatte sich in der Zwischenzeit einige Meter zurückgezogen. Die Wellen waren ruhiger. Noch mal würde sie allerdings nicht mit voller Bekleidung ins Meer hüpfen, ihre Sachen waren noch immer klamm. Das Salz klebte ihr wie ein dünner Film auf der Haut und brannte im Gesicht. Abgesehen davon konnte sie unmöglich vom Strand aus aufsitzen. Dafür war Goldglanz einfach zu riesig.

„Bleibt ruhig sitzen, Eure Hoheit, ich mach das schon!", rief Helge spöttisch und sammelte ein paar dicke Äste auf.

Pia lief rot an, sagte aber nichts. Sollte er ruhig denken, dass sie sich wie seine arrogante Schwester benahm.

Ohne sie weiter zu beachten, arrangierte Helge das Treibgut in regelmäßigen Abständen, die er mit großen Schritten abmaß, zu Hindernissen. Dann besah er sich den großen Baumstamm, der etwas weiter entfernt lag. Er war etwa kniehoch. Helge prüfte den Sand. „Okay, das sollte gehen.

Der Sand hier ist nicht besonders tief. Schau aber, dass du nach dem Sprung nicht zu weit nach vorn kommst!"

Helge begutachtete sein Werk ein letztes Mal und nickte dann. „Also los! Warm geritten ist er ja schon ..." Er deutete auf den Hindernisparcours aus Ästen. „Fang mit denen an, damit er weiß, was auf ihn zukommt, und nimm dann gleich den Baumstamm mit."

Pias Herz begann wie wild zu schlagen. Sie konnte sich doch gerade mal auf dem Pferderücken halten! Wie um alles in der Welt sollte sie über diesen Stamm springen? Aber sie konnte jetzt keinen Rückzieher machen. Dann würde Helge womöglich misstrauisch werden. Also drückte sie Goldglanz leicht die Fersen in die Flanken und ... der Hengst machte einen erschrockenen Satz nach vorn. „Woaaaaah!", kreischte Pia und landete unsanft auf dem Widerrist. Panisch krallte sie sich an der Mähne fest. Nur im allerletzten Moment gelang es ihr, zurückzurutschen und das Gleichgewicht wiederzufinden. Dann trabte Goldglanz los.

Im Hintergrund hörte sie Helge schadenfroh lachen. Pia schnaubte und blies sich dabei eine Locke aus dem Gesicht. „Lach du nur!", flüsterte sie grimmig und gab sich Mühe, auf dem Pferd zu bleiben.

Indem sie sich zur Seite lehnte, schaffte sie es schließlich,

Goldglanz in einem großen Bogen zu wenden, doch der Sand war so uneben, dass sie immer wieder unsanft in die Höhe geworfen wurde. Nur mit großer Anstrengung gelang es Pia irgendwann, ruhig mit der Bewegung mitzufedern.

Der Hengst trabte schwungvoll auf die drei großen Äste zu. Er spitzte die Ohren. Pia lehnte sich ein wenig nach vorn – und hielt die Luft an. Doch zu ihrer Erleichterung trabte Goldglanz einfach über die Äste hinweg, ein wenig schwungvoller zwar – sie musste die Knie fest an den Pferdekörper drücken, um im Gleichgewicht zu bleiben –, aber ohne zu stocken oder zu stolpern.

„Okay, jetzt den Stamm!“, rief Helge, während er Poetin im Kreis führte. „Lass ihn einfach machen. Wir wollen ja nur sehen, wie er sich anstellt.“

Pia hörte kaum zu. Ihre gesamte Konzentration war auf ihr Pferd und das rasch näher kommende Hindernis gerichtet. Goldglanz galoppierte von selbst an, gemächlich und rhythmisch, so wie Pia es inzwischen von ihm gewohnt war. Um ihn nicht zu verschrecken, verlagerte sie ihr Gewicht ganz vorsichtig und presste mit dem Knie nur leicht in die Richtung, in die sie wollte. Abermals spitzte der Hengst die Ohren. Jetzt hatte er den Stamm gesehen!

Und da passierte es.
Goldglanz hob den Kopf, fixierte den Baumstamm und zog vorwärts. Er beschleunigte so plötzlich, dass Pia nach hinten gerissen wurde. Doch der Hengst ließ sich nicht beirren. Es schien, als hätte er seine Reiterin vergessen. Mit einem Riesensatz riss er die Beine in die Luft und drückte mit der Hinterhand ab.
Pia hatte keine Chance – und sie wusste es. Dennoch tat sie ihr Bestes, oben zu bleiben, und schmiegte sich so eng wie möglich an Goldglanz' Hals.
Der Hengst flog über den Stamm. Dabei sprang er so hoch, als wäre es tatsächlich ein Strandkorb.
Pia sah den Boden näher kommen, spürte, wie sie die Balance verlor, und warf sich in letzter Sekunde zur Seite. Noch eine Kopflandung wollte sie vermeiden. Zu ihrer Überraschung kam sie in der Hocke auf, taumelte ein wenig rückwärts und setzte sich dann mit dem Hintern zuerst in den Sand. „Shit!", fluchte sie und schloss die Augen.
„Der Sprung war genial! Der Abgang noch besser!", spottete Helge. „Hatte ich nicht gesagt, du musst bei der Landung aufpassen?" Sekunden später war er bei ihr. „Alles gut?", fragte er und streckte ihr die Hand entgegen, wobei seine Augen jedoch auf den reiterlosen Hengst gerichtet waren.

„Wie, sagtest du, hast du ihn heute früh wieder eingefangen?“
Goldglanz bretterte vorwärts. Er übersprang ein weiteres Treibholz, schlug einen Haken und galoppierte dann direkt am Wasserrand zurück zu Helge und Pia.
Sprachlos beobachtete Pia, wie Goldglanz in halsbrecherischem Tempo den Strand entlanggaloppierte. Wie war sie bloß auf die irrwitzige Idee gekommen, sie könnte bei dieser Geschwindigkeit auch nur eine Sekunde oben bleiben? Der Schreck über ihren erneuten Sturz steckte ihr noch in den Knochen, aber zum Glück tat ihr absolut nichts weh, nicht einmal ihre Kopfschmerzen machten sich bemerkbar.
„Verrückter Hund!“, rief Helge. „Ich habe ihn seit Monaten nicht mehr so durchziehen sehen! Kaum zu glauben, dass er überhaupt noch weiß, wie das geht!“ Er fuhr sich durch die Haare und lachte fröhlich. „Wahnsinn, dieses Pferd!“
Pia schluckte und sah zurück zu Goldglanz. Gerade näherte er sich den Buhnen. „Oh nein ...“, hauchte sie. Dort, wo der Hengst nun den Strand entlangstürmte, waren die Holzpfähle besonders hoch. Zweireihig – mit einigem Abstand – ragten sie weit aus dem Sand heraus.
Pia schloss die Augen. Er musste bremsen! Unmöglich konnte er so hoch und weit springen!

„Siehst du, er braucht dich gar nicht für meinen Parcours!", bemerkte Helge fröhlich. Er schien kein bisschen besorgt zu sein. Entspannt gegen seine Stute gelehnt, beobachtete er, wie Goldglanz auf das Hindernis zuflog. Vor dem Absprung verkürzte der Hengst seine Tritte ein wenig, dann drückte er ab.

„Ooooh!", entwich es Pia. Sie biss sich auf die Fingerknöchel.

Mit gespitzten Ohren und lang gestrecktem Hals schwebte Goldglanz über die Buhnen. Dann setzte er mühelos wieder auf, schlug einen Haken und wechselte bockend den Galopp.

„Ich habe doch schon immer gewusst, dass Goldglanz die ganze Arbeit macht. Du hältst dich nur fest und siehst hübsch aus", stichelte Helge.

Marie wäre nach so einer Ansage vielleicht eingeschnappt gewesen. Doch Pia musste Helge zustimmen. Goldglanz kam prima allein klar. Gerade fiel er in den Trab und marschierte noch einmal über die drei am Boden liegenden Äste hinweg.

Pia lachte auf. „Ja, du hast recht! Das ist keine Kunst mit so einem Pferd!"

Ein letztes Mal übersprang Goldglanz den Baumstamm,

dann kam er auf Helge, Pia und Poetin zugetrabt. Die Stute begrüßte ihn mit einem fröhlichen Brummeln. Goldglanz blieb direkt vor Pia stehen. Laut stieß er den Atem durch die Nüstern und blies ihr ins Gesicht.

Pia kicherte. „Na, du Schelm, das hat dir wohl gefallen!" Glücklich darüber, dass er diesmal einfach zurückgekommen war, klopfte sie ihm ausgiebig den Hals. „Braver Junge, fein gemacht! Wie toll du doch bist und wie schön und ..."

„Wenn du immer so nett bist, wenn man dich eiskalt abserviert, sollte ich das beim nächsten Mal vielleicht auch probieren!" Helge musterte sie unverhohlen. Seine grünen Augen blitzten, doch Pia konnte nicht sagen, was in ihm vorging.

Ein wenig zurückhaltender strich sie Goldglanz nun über die Stirn. „Es war meine Schuld. Ich habe mich dumm angestellt. Er hat alles richtig gemacht." Als sie versonnen Goldglanz' Nase küsste, zog das Pferd erschrocken den Kopf zurück.

„Versteh schon. Küssen ist wohl nicht, was?" Pia lachte.

Helge starrte sie entgeistert an. „Wo ist Marie und was hast du mit ihr gemacht?"

Pia hörte auf zu lachen und versteifte sich. Doch im nächsten Augenblick hatte Helge ihr plötzlich den Arm um die

Schultern gelegt. „Weißt du, was, Schwesterherz? Vielleicht verzeihe ich dir sogar irgendwann.“ Er räusperte sich verlegen. „Bringt ja eigentlich auch nichts, ewig sauer auf dich zu sein.“ Die letzten Worte kamen ihm hörbar schwer über die Lippen.

Pias Gedanken rasten. Zum hundertsten Mal fragte sie sich, was zwischen Helge und Marie vorgefallen war. Wenn sie doch nur die Möglichkeit gehabt hätte, Helge Fragen zu stellen, ohne dass er gleich Verdacht schöpfte! Noch schien er jedenfalls nicht die leiseste Ahnung zu haben, dass er gerade einem wildfremden Mädchen den Arm um die Schultern gelegt hatte, und Pia durfte nicht riskieren, dass sich das änderte. Sonst wären alle Mühen und Lügen umsonst gewesen.

„Heißt das, wir begraben das Kriegsbeil?“, fragte sie mit klopfendem Herzen.

„Ich würde sagen: Waffenstillstand“, erwiderte Helge unerwartet schroff.

Pia erkannte sofort, dass sie an diesem Punkt nicht weiterkommen würde. Einen Moment war sie so enttäuscht, dass sie es nicht einmal verbergen konnte.

Helge war Pias Enttäuschung nicht entgangen. Er grinste. „Wenn du Goldglanz und mich fortan besser behandelst, können wir die Friedensverhandlungen noch mal aufnehmen." Er knuffte sie freundschaftlich in die Seite. „Auf jeden Fall wäre eine gebührende Entschuldigung fällig. Aber ich weiß ja – andere Leute um Verzeihung zu bitten, kommt für eine Marie von Elstenbühl nicht infrage. Eher hackt sie sich einen Arm ab."

Pia wusste nicht, was sie darauf erwidern sollte, und plötzlich war sie auch viel zu müde, um noch einen klaren Gedanken zu fassen. Sie hatte die halbe Nacht nicht geschlafen. Das rächte sich nun. Und auch wenn es für sie nichts Schöneres gab, als auf Goldglanz zu reiten, so sehnte sie sich auf einmal nach einem kuscheligen, weichen Sofa und einer heißen Tasse Tee ...

20

PIA FUHR ERSCHROCKEN HOCH. Im ersten Moment war sie vollkommen orientierungslos, doch dann erkannte sie, wo sie war: Sie lag auf dem riesigen weißen Sofa im Wohnzimmer der Elstenbühls. Nachdem sie Goldglanz sicher zurück in seine Box gebracht, ihn geputzt und gefüttert hatte, war sie so erschöpft gewesen, dass sie es nicht einmal bis nach oben in ihr Zimmer geschafft hatte. Sie hatte sich einfach aufs Sofa fallen lassen und war eingeschlafen. Neben ihr tickte die Standuhr. Erschrocken stellte Pia fest, dass es schon richtig spät war.

Pia stöhnte und schob die Wolldecke von sich. „Aua …“, wisperte sie gequält. Jede Bewegung schmerzte. Noch nie hatte sie so einen fiesen Muskelkater gehabt!

Pias Magen holte sie knurrend ins Hier und Jetzt zurück. Ächzend stand sie auf und tapste durch die Eingangshalle in Richtung Küche.

Es war still im Haus, nur das Klicken der Heizungsanlage im Keller war zu hören. Ob Helge wohl noch da war? Nach dem Strandritt hatte er sich in sein Zimmer zurückgezogen, um zu lernen. Aber vielleicht war er danach noch weggegangen? Schließlich musste er Freunde und Bekannte auf der Insel haben. Ob er wohl eine Freundin hatte? Der Gedanke versetzte Pia einen Stich und sie schob ihn schnell beiseite. Wie kam sie überhaupt dazu, sich so etwas zu fragen? Glaubte sie etwa ernsthaft, einer wie Helge könnte sich für eine wie sie interessieren? Mal ganz davon abgesehen spielte sie gerade seine Stiefschwester! Zumindest bis alles aufflog. Und es war nur eine Frage der Zeit, bis alles aufflog, denn früher oder später würde die echte Marie ihr Gedächtnis wiedererlangen, Pia würde in ihr altes Leben zurückkehren müssen und Helge würde sie nie wiedersehen.
Pia schluckte. Sie sollte sich wirklich nicht den Kopf darüber zerbrechen, mit wem Helge wo hinging. Also schob sie die trüben Gedanken beiseite, während sie in die Küche lief, um dort den Kühlschrankinhalt zu inspizieren.
Sie lächelte traurig. Helge hatte ihr ein Sandwich gemacht und es auf einem Teller in Klarsichtfolie verpackt in den Kühlschrank gestellt. Noch nie hatte sich jemand so um sie gekümmert!

Sie goss ein Glas Orangensaft ein, stellte den Teller auf den Tisch und setzte sich auf die Bank neben dem Fenster. Dann wickelte sie seufzend ihr Sandwich aus und biss herzhaft hinein.

Während sie zufrieden kaute, wanderte ihr Blick nach draußen. Das Waldstück gegenüber wirkte wie eine bedrohliche, düstere Wand. Undurchdringlich und abweisend. Wie hatte sie nur einfach so dort herumstromern können? Pia schauderte allein bei dem Gedanken.

Sie schob sich den letzten Bissen in den Mund und stand auf. Gerade als sie die Küche verlassen wollte, hörte sie ein Knacken. Erschrocken fuhr sie herum. „Was zum …“, flüsterte sie ängstlich und sah aus dem angekippten Fenster.

Doch da war niemand.

„Ganz ruhig, Pia“, murmelte sie vor sich hin. „Das war bestimmt nur ein Tier … oder vielleicht Nele drüben beim Stall …“

Doch im nächsten Moment sah sie, wie sich eine Gestalt aus dem Dickicht schälte. Pia schrie kurz auf. Der Mann von der Ruine! Er war zurück!

Pias Atem ging flach. Wie versteinert verharrte sie in der Küche und sah den Mann an, der am Waldrand stehen geblieben war und Richtung Haus starrte. Konnte er sie ebenfalls sehen? Nein. Sicher spiegelte sich das Licht in den Scheiben und machte sie unsichtbar.

Pia zitterte. Was konnte sie tun? Was wollte der Kerl?

Aber da drehte sich der Fremde um und verschwand so plötzlich, wie er aufgetaucht war.

Pia trat näher an die Scheibe heran. „Wo ist er hin ...", flüsterte sie atemlos. Doch sosehr sie sich auch anstrengte, zwischen den Bäumen eine verräterische Bewegung zu erkennen – der Mann war weg.

Pia wartete. Und wartete.

Nichts rührte sich.

Auf einmal kam Pia ein schrecklicher Gedanke. Was, wenn der Mann ins Haus einbrechen wollte? Panisch rannte sie aus der Küche und durch die Halle zur Haustür. Mit schweißnasser Hand drückte sie die Türklinke.

Abgeschlossen! Puh! Erleichterung durchströmte sie.

Pia lief zurück ins Wohnzimmer und ließ die Jalousien herunter. Dann setzte sie sich im Halbdunkel aufs Sofa und lauschte dem Hämmern ihres eigenen Herzens. Je länger sie so dasaß, umso ruhiger wurde sie.

Irgendetwas Seltsames ging hier vor. Aber was? Hatte das Auftauchen des fremden Mannes vielleicht etwas mit dem abgebrannten Gebäude im Wald zu tun? Dem Glänzehof?

Schließlich hatte sie den Mann dort das erste Mal gesehen. Und auch diesmal war er aus dem Wald aufgetaucht. Wenn sie bloß mehr über diesen Hof herausfinden könnte!
Da kam ihr eine Idee. Maries Smartphone! Natürlich! Warum war sie darauf nicht schon viel eher gekommen?
In Windeseile lief sie die Treppe hinauf in Maries Zimmer und nahm das Handy von der Fensterbank. Mit zittrigen Händen tippte sie den ersten Suchbegriff ein. „Marie von Elstenbühl“. Zu ihrem Erstaunen ergab der Name ihrer Doppelgängerin nur wenige Treffer. Meist handelte es sich bei den Suchergebnissen um wenig aufschlussreiche Berichte über irgendwelche Turniere und Platzierungen. Ähnlich verhielt es sich mit Helge. Offensichtlich führten die von Elstenbühls trotz ihres Reichtums ein eher zurückgezogenes Leben.
Als Nächstes gab Pia „Glänzehof“ in die Suchmaschine ein. Und endlich wurde sie fündig.
„Das gibt's doch nicht ...“, flüsterte sie und scrollte durch die vielen Schlagzeilen:

Tragödie auf dem Glänzehof.

Eine Insel unter Schock.

Die Jagd nach dem Feuerteufel.

Pia wurde stutzig. Die Jagd nach dem Feuerteufel? Bedeutete das etwa, dass jemand das Feuer absichtlich gelegt hatte? Sie las weiter:

Polizei durchsucht benachbarten Reitbetrieb.
Verdacht auf Brandstiftung.

Pias Gedanken rasten. Hatten die Heinemanns etwa etwas mit dem Brand zu tun? Einen anderen Reitstall gab es in der Nähe schließlich nicht. Sie öffnete den Artikel und überflog den Bericht. Der Brand hatte sich vor über fünfzehn Jahren ereignet, und der mutmaßliche Brandstifter hatte damals im Zuchtbetrieb der Familie Heinemann als Bereiter gearbeitet. Robbies Familie, tatsächlich! Pias Puls schnellte in die Höhe. Aufgeregt klickte sie auf den nächsten Bericht. Darin wurde auch die Schadenssumme genannt: zehn Millionen Euro! So viel Geld für einen kaputten Stall?
Pia scrollte weiter bis zu dem Bild eines Mannes. Sein Gesicht war verpixelt, doch der Rest von ihm war gut zu erkennen: Er war schlank und sehr groß, schätzungsweise Ende dreißig. Unter dem Bild stand klein gedruckt: *Der mutmaßliche Brandstifter Mathias S. sitzt derzeit in Untersuchungshaft. Er bestreitet die Tat.*

Pia wollte wissen, wie die Geschichte ausgegangen war. War dieser Mathias S. nun der Schuldige gewesen oder nicht? Doch zu ihrem Verdruss fand sie nichts über den Ausgang des Falles.
Plötzlich hatte sie eine gruselige Eingebung. War der Mann dort draußen im Wald vielleicht der Täter, der nach Jahren zum Ort des Verbrechens zurückkehrte? So was hörte man doch immer wieder!
Pia schauderte. Sie musste dringend mit Robbie reden! Er musste ihr erzählen, was damals vor fünfzehn Jahren passiert war, und sie musste ihm erzählen, dass ein fremder Mann bei der Ruine vom Glänzehof herumschlich. Womöglich hatte er ja wirklich etwas mit dem Brand zu tun! Vielleicht war er sogar der Feuerteufel!
Pia wählte aufgeregt Robbies Nummer, doch so oft sie es auch versuchte – er ging nicht an sein Telefon. Mist!
Auf einmal musste Pia an Marie denken. Wenn sie öfter im Wald gewesen war, war sie dem unheimlichen Mann vielleicht auch schon begegnet. Hatte er ihr vielleicht sogar heimlich aufgelauert? Pia dachte an den Tag des Unfalls und Maries panisches Gesicht. War ihre Doppelgängerin etwa vor ihm davongeritten, als wäre der Teufel persönlich hinter ihr her?

Je länger Pia darüber nachdachte, umso stärker hatte sie das Gefühl, dass nicht Goldglanz derjenige war, der ein Problem hatte, sondern seine Reiterin.

21

MIT KLOPFENDEM HERZEN STECKTE PIA am nächsten Morgen den Kopf aus der Haustür. Im Licht der Morgensonne erschienen der Park und das angrenzende Wäldchen weit weniger bedrohlich als am Abend zuvor, aber trotzdem konnte sie das ungute Gefühl nicht abschütteln. Was, wenn der Kerl noch immer irgendwo lauerte?

„Reiß dich zusammen, Pia …“, flüsterte sie. Dann zog sie die Tür mit einem Ruck auf und marschierte in Richtung Stall.

Pia hatte beschlossen, zu den Dünen zu reiten – zurück zu der Stelle, an der ihr Marie mit Goldglanz begegnet war. Sie wollte sich dort ein wenig umsehen. Wer weiß, vielleicht fand sie ja irgendeinen Hinweis darauf, wer oder was Marie kurz vor ihrem Sturz so verschreckt hatte.

Mit Erleichterung stellte sie fest, dass Goldglanz heute wieder friedlich in seiner Box stand und fraß. Als er ihre Schritte vernahm, spitzte er die Ohren und sah auf.

Pia strahlte ihn an, und für einen kurzen Moment vergaß sie einfach alles um sich herum. In diesem Augenblick gab es nur sie und ihr Pferd. *Ihr* Pferd! Pia hätte sich beinahe selbst gezwickt, einfach nur um zu sehen, ob das alles echt war.

Voll Dankbarkeit strich sie dem Tier über die weiche Nase. „Na, mein Schöner, du siehst ja heute schon viel frischer aus!" Grinsend schnappte sie ein Halfter, zog es ihm über die Ohren und führte Goldglanz aus der Box. Neugierig schnüffelte er an Pias Hosentaschen. „Na, hast du vielleicht schon Hunger?" Sie lachte überschwänglich. „Am besten, wir plündern erst mal die Futterkammer, bevor wir losreiten."

Sie führte den Hengst zum Haupteingang, wo sie am Tag zuvor die Futterkammer gesichtet hatte. Sie befand sich neben dem Raum mit den Sätteln.

Sie stellte Goldglanz vor der Tür ab und schnappte sich den großen Futterkarren, der gleich dahinter parkte. „Du frisst, und ich hole in der Zeit eine Trense." Pia war wild entschlossen, weiterhin ohne Sattel zu reiten. Aber ein Zaumzeug war sicherlich von Vorteil.

Rasch lief sie die Reihen mit den aufgehängten Trensen ab. Goldglanz' Name stand auf dem Halter einer dunkelbraunen Trense mit Glitzersteinen. Ehrfürchtig strich Pia darüber. Wie fast alles im Stall der von Elstenbühls erschien ihr diese Trense fast zu schön, um benutzt zu werden. Aber da sie nichts anderes fand, ging sie damit zurück zu Goldglanz.

Pia betrachtete die Vielzahl an Schnallen und Riemen. „Puh, na das kann ja was werden …“, murmelte sie. „Ich habe ehrlich keine Ahnung, wie ich dir das Ding am besten überziehen soll.“

Während Goldglanz aus dem Futterwagen fraß, versuchte Pia verzweifelt, ihm die Trense überzustülpen. „Also der könnte hierher gehören … hm … und dieser hier …“

„Brauchst du Hilfe?“

Pia fuhr erschrocken zusammen und ließ dabei die Trense zu Boden rasseln. „Oh nein, das tut mir leid, sie war so schön sauber …“, jammerte sie entschuldigend und ging in die Hocke.

„Nicht schlimm. Ich muss die Dinger sowieso jeden Tag putzen“, erklärte Nele und hob die Trense für Pia wieder auf. „Du bist aber früh dran. Gab es wieder Probleme mit unserem Goldstück hier?“ Nele grinste, dabei tätschelte sie Goldglanz den mächtigen Hals.

Pia schluckte. Was Nele wohl dachte? Wunderte sie sich

insgeheim, dass Marie plötzlich nicht mehr trensen konnte?
Nele schien ihr Unbehagen zu bemerken. „Hey, kein Stress. Ich verstehe schon. Seit du aus dem Krankenhaus zurück bist, bist du jemand total anderes." Sie zuckte verlegen mit den Schultern. „Jemand Nettes!"
Pia riss alarmiert die Augen auf.
Doch Nele plapperte einfach munter weiter. „Also mach dir keinen Kopf. Was auch immer dein Geheimnis ist, bei mir ist es sicher", sagte sie grinsend und begann, Goldglanz vorsichtig das Trensengebiss ins Maul zu schieben. „Das gehört hier rein." Dann zog sie den Hengst vom Futterkarren weg und schloss die unzähligen Riemchen. Einen nach dem anderen.
Pia stand stocksteif daneben und schwieg.
„Sattel?", fragte Nele schließlich.
Pia schüttelte langsam den Kopf.
„Okay ..." Nele machte eine raumgreifende Bewegung. „Wo auch immer es euch so früh am Morgen hinzieht." Sie grinste und streckte Pia den Zügel entgegen.
Endlich erwachte Pia aus ihrer Starre. „Ich danke dir", sagte sie leise. „Ich ... ich bin dir was schuldig. Ich ..."
Nele winkte ab. „Ach, Quatsch. Aber tu mir einen Gefallen

und komm heile wieder, ja? Falls jemand fragt, sag ich nur, dass du ausreiten bist. Gut?"

Wieder nickte Pia bloß stumm, während sie nach Goldglanz' Zügel griff. Ihre Gedanken schlugen Purzelbäume.

Sie führte den Hengst nach draußen, warf Nele zum Abschied ein schüchternes Lächeln zu und stieg dann von der Mauer neben dem Stall aus auf.

Wenn sie nicht alles täuschte, hatte sie gerade eine Freundin gefunden.

Glücklich ließ Pia Goldglanz losschreiten. Seine Wildheit vom Tag zuvor hatte sich offenbar in Eifer verwandelt, denn er zog mit gesenktem Hals und gespitzten Ohren eilig dem Strand entgegen.

Ähnlich wie am Vortag wurde Pia von einem wunderbaren Hochgefühl erfasst. Der Seewind blies ihr die Locken aus dem Gesicht und auf den Lippen schmeckte sie bereits das Salz der Wellen. Goldglanz' Rücken fühlte sich an wie eine sanfte Schaukel, sein herber Pferdeduft vermischte sich mit dem Duft nach Dünengras und feuchtem Sand. Pia atmete tief ein und spürte dabei, wie jede Faser ihres Körpers vor Glück am liebsten explodiert wäre. Sie lachte laut auf, was Goldglanz als Aufforderung verstand, das Tempo zu erhöhen. Er trabte locker an und schnaubte da-

bei zufrieden. Pia lenkte ihn am langen Zügel den Strand hinunter.
Goldglanz trabte mit riesigen Tritten durch die Brandung. Es war seine Art, mit den Wellen zu spielen. Begeistert riss er die Beine hoch, und als er schließlich in einen schnellen Galopp fiel, bremste Pia ihn nicht.
Sie kam schon wesentlich besser zurecht als beim ersten Mal. Nach ein paar unsteten Hopsern, zu denen Goldglanz jedes Mal verwundert den Hals hochwarf, fand Pia schließlich ihren Rhythmus auf seinem Rücken.
Wie im Flug brachten sie den langen Strandabschnitt bis zur Reitschule hinter sich. Als sie die schmale Schneise in den Dünen erreichten, die vom Meer hinauf zur Anlage der Heinemanns führte, gelang es Pia auch mühelos, Goldglanz zu bremsen. Willig fiel er zunächst in den Trab und dann in den Schritt.
Pia schluckte. Hier war es passiert. Sie erinnerte sich genau.
Die steile Schneise zwischen den Dünen lag verlassen im Morgenlicht. Das Dünengras wogte sanft im Wind. Alles war ruhig und friedlich.
Pia schnalzte. „Komm, mein Schöner, lass uns schnell weiter, bevor ich es mir noch anders überlege."

Goldglanz schien Pias Unruhe zu spüren, denn er trat nur unsicher voran. Konnte er sich ebenfalls an diesen denkwürdigen Tag erinnern? Zum wiederholten Male fragte sich Pia, was ihn wohl aufgeschreckt hatte. Der Galopp, mit dem er damals auf sie und Feuerstern zugekommen war, hatte nichts von der spielerischen Leichtigkeit in den Wellen gehabt. Nein. Er war geflüchtet. Aber wovor?
Instinktiv lehnte sich Pia ein wenig nach vorn, während Goldglanz den steilen Hang hinaufstampfte. Mit einer Hand hielt sie sich an seiner Mähne fest, um nicht nach hinten zu rutschen.
Als sie oben waren, sah Pia sich um. Zu ihrer Rechten zogen sich die Dünen weiter bis zum Leuchtturm. Von dort war Marie gekommen. Pia ignorierte das mulmige Gefühl in ihrem Bauch und lenkte Goldglanz zwischen den Sandhügeln hindurch Richtung Klippen. Noch immer hing der Morgendunst über der Insel, und am Himmel schwebte eine einzelne leuchtend weiße Möwe – sie wurde von den ersten Strahlen des neuen Tages berührt.
In Gedanken versunken, strich Pia Goldglanz über den Hals. Und da bemerkte sie es: Nicht sie war angespannt, sondern er. Der Hengst hatte den Kopf erhoben und hielt den Hals auf einmal steif zur Seite gedreht. Jeder Schritt, den

er machte, rüttelte Pia unsanft durch. Nur noch zögerlich bewegte er sich durch die hügelige Dünenlandschaft voran. Alarmiert griff Pia die Zügel kürzer und sah sich verstohlen um. Sollte sie absteigen? Lieber nicht. Wenn von irgendwoher Gefahr drohte, konnte sie schnell wegreiten.

Plötzlich blieb Goldglanz wie angewurzelt stehen. Vor ihnen war wie aus dem Nichts ein silberner Wohnwagen aufgetaucht.

Pia runzelte die Stirn. „Ist ja gut, mein Lieber …“ Beschwichtigend tätschelte sie Goldglanz’ Hals und spähte kurz über die Schulter. Sollte sie umkehren?

Der Wohnwagen schien verlassen zu sein. Seine Außenwände waren verbeult und stellenweise rostig. Vorsichtig trieb Pia Goldglanz vorwärts. Nur unwillig setzte er sich in Bewegung und schritt in einem großen Bogen um den Wohnwagen herum.

Pia schnappte erschrocken nach Luft. Vor ihnen im Sand war eine Feuerstelle, aus der hellgrauer Rauch aufstieg. Hier musste bis eben noch ein Feuer gebrannt haben!

„Da wohnt ja doch jemand …“, flüsterte Pia, und ein ungutes Gefühl in ihrer Magengegend verriet ihr, dass derjenige nicht gern gefunden werden wollte. Wieso sonst stand der Wohnwagen hier versteckt zwischen den Dünen?

Goldglanz tänzelte unruhig auf der Stelle. Pia hatte ihre Mühe, den Hengst überhaupt zu wenden. Immer wieder brach er seitlich aus. „Hooo, ist ja gut, mein Schöner! Hab keine Angst ..."

Doch Goldglanz ließ sich nicht beruhigen. Während Pia sich abmühte, ihn wieder zurück auf die andere Seite des Wagens zu lenken, spürte sie seinen Herzschlag rasen. Wie zur Antwort beschleunigte auch ihr eigener Puls.

Und plötzlich stand er vor ihnen.

Der Mann aus dem Wald. Er trug einen dunklen Regenmantel und hatte die Kapuze tief heruntergezogen, sodass Pia sein Gesicht nicht erkennen konnte. Sie schrie entsetzt auf.

Der Mann hob langsam die Arme. Wie in Zeitlupe. Und in dieser Sekunde gab es für Goldglanz kein Halten mehr.

Er drückte sich ab und sprang mit ein paar wenigen Sätzen den erstbesten Sandhügel hinauf. Pia hatte keine Chance nachzudenken. Sie ließ die Zügel fallen und krallte sich mit aller Kraft an Goldglanz' Mähne fest.

Im gestreckten Galopp flogen sie über den Dünenkamm, dann arbeitete sich Goldglanz ein paar Tritte nach unten vor, sprang ab und flog dem Sandtal entgegen. Unten angekommen, brauste er weiter. Pia hing schief auf Goldglanz'

Rücken, doch gerade als sie sich zurück in die richtige Position gezogen hatte, machte der Hengst eine Vollbremsung und riss wiehernd den Kopf in die Höhe.

Ein einsamer Reiter versperrte ihnen den Fluchtweg.

22

PIA HATTE KEINE KRAFT MEHR. Mit zittrigen Knien ließ sie sich seitlich vom Pferderücken gleiten.

„Helge?“, japste sie. „Was machst du hier?“

Erleichterung durchströmte sie.

„Ich fass es nicht!“, rief Helge und stieg ab.

Oh. Ob er ihr jetzt eine Standpauke hielt, weil sie einfach allein losgeritten war?

„Das war ja ein krasser Sprung!“, sagte er stattdessen. „Ich wusste gar nicht, dass Goldglanz im Gelände so solide unterwegs ist. Du könntest glatt eine Geländeprüfung mit ihm bestreiten! Schwieriger als ein Ritt durch die Dünen ist das auch nicht …“ Helge schüttelte den Kopf. „Das war unglaublich!“

Erledigt sackte Pia in den Sand.

„Alles klar?“, fragte Helge besorgt. „Du siehst aus, als hättest du einen Geist gesehen.“

„Das kann man wohl so sagen …“ Pia strich sich die verklebten Haare zurück unter den Helm. „Da war gerade so ein komischer Typ in den Dünen …“, begann sie langsam. „Den habe ich gestern Abend auch schon bei uns im Park gesehen und neulich bei der Ruine im Wald. Ich glaube, er folgt mir.“

Helge sah sie forschend an. „Ein komischer Typ? Aber wie soll der denn unbemerkt auf unser Grundstück gekommen sein? Und wieso habe ich den dann noch nie gesehen?“

„Kein Ahnung! Aber ich denke mir das ganz bestimmt nicht aus!“, rief Pia, fast empört.

„Schon gut“, sagte Helge beschwichtigend. „Ich glaube dir ja.“

„Und ich glaube …“, begann Pia zögerlich, „… dass Goldglanz wegen des Kerls gescheut hat.“

„Bist du dir sicher …?“ Helge schien nicht überzeugt.

„Doch! Am Tag meines Unfalls … Ich …“ Pia versuchte ihre Gedanken zu sammeln. Sie durfte jetzt nichts Falsches sagen. „Ich selbst habe den Mann zwar nicht gesehen, aber Goldglanz war so panisch und … wir waren ungefähr an derselben Stelle wie heute, als es passiert ist“, spekulierte sie und deutete zurück in die Richtung, aus der sie gerade gekommen waren.

Helges Blick folgte ihrem ausgestreckten Arm. „Aber dort ist doch nichts … außer einer Menge Sand."
„Dort steht ein alter Wohnwagen, gut versteckt in den Dünen." Pia sah ihn eindringlich an. Sie wollte unbedingt wissen, was er von all dem hielt. „Ich glaube, der Kerl, der dort wohnt, hat damals den Glänzehof angezündet." Jetzt war es raus. Pia schluckte. Würde er sie nun auslachen?
Helge starrte sie entgeistert an. „Das ist ja … das ist …" Er blies die Backen auf und lehnte sich gegen Poetins Sattel. „Der Kerl, der wegen Brandstiftung im Knast saß, ist ja schon lange wieder auf freiem Fuß. Warum sollte er ausgerechnet jetzt …" Plötzlich hob Helge stirnrunzelnd den Blick.
Pia sah ihn hoffnungsvoll an.
„Ich finde, wir sollten der Sache auf den Grund gehen", entschied er und griff entschlossen nach den Zügeln. „Wir reiten jetzt zu diesem Wohnwagen. Ich will mich dort mal umsehen."
„Was?", quiekte Pia erschrocken. „Das geht nicht! Was, wenn der Kerl noch dort ist?"
Helge schüttelte den Kopf. „Ich hab keine Angst vor dem! Mit den Pferden sind wir sowieso schneller, falls es drauf ankommt. Und wenn dieser Typ tatsächlich auf unserem

Grundstück herumstreunt, will ich wissen, wer er ist! Ich bin schließlich für dich verantwortlich, solange Kristine und Dad nicht hier sind."

Pia blinzelte. „Ich finde trotzdem, dass das keine gute Idee ist", sagte sie mit belegter Stimme. Er fühlte sich für sie verantwortlich, wollte sie beschützen. Ihr Herz machte einige holprige Sätze. Es war sein brüderlicher Instinkt, sagte sie sich. Mehr nicht.

Aber was, wenn Helge etwas zustieß? Dann war das ihre Schuld!

Helge lachte nur und schwang sich auf sein Pferd. „Ach, was! Jetzt komm schon. Du sollst mir doch nur den Weg zeigen. Den Rest regle ich allein."

„Was? Nein! Ich komme mit!", sagte Pia bestimmt.

Sie fand einen Felsen als Aufsteighilfe, kletterte darauf und schaffte es ohne Probleme zurück auf Goldglanz' Rücken. Mittlerweile hatte sich der Hengst auch wieder beruhigt und knabberte nun genüsslich an seinem Zügel.

Helge wendete sein Pferd und kam neben Pia geritten. Er musterte sie aufmerksam. Mittlerweile kannte Pia diesen Blick. Sie hatte wohl mal wieder etwas gesagt, was Marie niemals gesagt hätte. Pia seufzte.

„Bloß keine Panik!", sagte Helge und trieb Poetin vorwärts.

Goldglanz folgte willig, und im Nu waren sie zurück auf dem Dünenkamm. Doch bereits nach ein paar Hundert Metern wurde der Hengst langsamer. Seine Ohren zuckten aufmerksam.

„Ich glaube, hier müssen wir irgendwo runter", sagte Pia leise. „Goldglanz wird nervös." Sachte strich sie ihm über das goldene Fell.

Helge lächelte schief. „Na schön, dann vertrauen wir mal auf Goldglanz' Feingespür." Vorsichtig ließ er seine Stute den Abhang hinunterklettern. Im tiefen Sand rutschten sie immer wieder ein paar Meter, doch Helge hielt den Oberkörper etwas zurück, sodass sich Poetin besser ausbalancieren konnte. Pia beobachtete ihn dabei verstohlen und probierte es selbst. Sofort wurden Goldglanz' Tritte sicherer.

„Hier sind tatsächlich frische Spuren im Sand", bemerkte Helge, als sie unten angekommen waren. „Dann sind wir wohl richtig."

Pia nickte. Das mulmige Gefühl in ihrer Magengegend wurde stärker.

Entschlossen stieg Helge ab. „Du wartest besser hier, ich sehe mich mal um."

Bevor Pia Einwände erheben konnte, war er auch schon

hinter einem Sandhügel verschwunden. Poetin hatte er einfach neben Goldglanz stehen lassen. Genüsslich kaute sie am trockenen Strandhafer.

Pia knetete nervös die Zügel. Hätte sie doch einfach die Klappe gehalten! Jetzt begab sich Helge ihretwegen womöglich in Gefahr und sie saß untätig hier herum. „Ach, verdammt!“, fluchte sie leise und schwang das rechte Bein über Goldglanz Rücken.

„Sorry, ihr zwei Süßen, ihr müsst kurz allein klarkommen“, flüsterte sie den Pferden zu. Dann rutschte sie hinab in den Sand und schlich Helge hinterher.

Der Wohnwagen leuchtete in der Morgensonne. Helge stand gerade auf der Treppe vorm Eingang und spähte zu einem der Fenster hinein. Dann drückte er die Türklinke.

Erschrocken riss Pia die Augen auf und sprintete los. Sie konnte Helge unmöglich allein dort hineingehen lassen!

Fast war sie bei ihm angelangt, als sie im tiefen Sand stolperte und gegen Helges Bein taumelte.

Er fuhr herum. „Marie?“, zischte er. „Du solltest doch warten!“

„Nein, wir machen das hier gemensam oder gar nicht!“, verkündete Pia, während sie den Sand von den Knien klopfte. Dann sah sie ihn mit großen Augen an.

Helge kniff die Lippen zusammen und schluckte, was auch immer ihm gerade auf der Zunge gelegen hatte, hinunter. Dann öffnete er die Tür und betrat den Wohnwagen.
Pia kletterte ihm hinterher. „Wo ist der Kerl hin?“, flüsterte sie unsicher. „Was, wenn er gleich zurück ist und wir ...“
„Pst, jetzt sei doch mal still!“, unterbrach Helge sie. „Wir sehen uns nur schnell um und dann gehen wir wieder. Vertrau mir!“
Im Wohnwagen herrschte das reinste Chaos. Überall standen Kisten herum und auf jeder freien Fläche stapelten sich irgendwelche Unterlagen.
Plötzlich erregte etwas direkt vor ihren Füßen Pias Aufmerksamkeit. Sie ging in die Hocke und beugte sich über einen Stapel ausgeblichener Fotos. Sie mussten schon ein paar Jahre alt sein, denn das Fotopapier klebte zusammen. Das oberste Bild zeigte einen dunkelhaarigen Mann mit einem schwarzen Hengst. „Der Typ kommt mir irgendwie bekannt vor“, murmelte sie und griff nach dem nächsten Foto. Auch darauf war ein schwarzer Hengst zu sehen. Er trug eine gelb-weiße Schärpe und einen riesigen Blätterkranz um den Hals. Doch im Gegensatz zu dem Hengst auf dem ersten Foto hatte dieser eine breite Blesse auf der Stirn.

Pia zog das nächste Bild hervor. Es zeigte eine Menschentraube, die sich um einen blutenden Schimmel scharte, und im Hintergrund stand ein Krankenwagen. „Was ist das denn?“, fragte Pia tonlos.

Helge kletterte über ein paar Kisten und trat hinter Pia. „Hm, ich weiß, wann das Foto aufgenommen wurde. Schlimme Geschichte ...“ Er deutete auf das Bild. „Das ist an den Nordklippen, während eines Wettkampfes vor zehn, zwölf Jahren oder so. Damals war ich noch ganz klein, aber erinnern kann ich mich noch gut.“

„Was ist geschehen?“, fragte Pia leise.

„Eine Reiterin ist tödlich verunglückt.“

Pia betrachtete das Bild genauer und zeigte auf einen Mann in der Menschenmenge. „Der Typ da vorn, kennst du den? Er ist, glaube ich, auch auf dem anderen Bild hier.“ Pia zeigte Helge das Foto von dem Mann und dem schwarzen Hengst.

Helge sah sie schief an. „Ist das eine Fangfrage? Das ist doch der alte Heinemann, Robbies Vater. Er hat den Wettkampf organisiert.“

Pia schoss die Hitze in die Wangen. „Ach so, ja klar ... Ich hab ihn nur nicht gleich erkannt, weil das Bild schon so alt ist.“

Helge schüttelte den Kopf und beugte sich nun selbst über

eine Kiste mit Unterlagen. Plötzlich pfiff er durch die Zähne. „Wenn das mal nicht ein interessanter Fund ist!" In den Händen hielt er ein marmoriertes Papier. „Die Körurkunde von Dark Diamond."

Körurkunde? Dark Diamond? Pia verstand nur Bahnhof, doch bevor sie Helge dazu befragen konnte, drang auf einmal das helle Wiehern eines Pferds durch die offene Wohnwagentür.

Helge und Pia fuhren herum.

„Oh nein …", hauchte Pia und sah Helge panisch an. „Meinst du, der Kerl ist zurück und hat Goldglanz und Poetin gefunden?"

Helge warf die Urkunde zurück in die Kiste. „Komm, lass uns abhauen!"

Das ließ Pia sich nicht zweimal sagen und sprang hinter Helge aus dem Wohnwagen.

„Jetzt komm schon!" Drängend streckte er ihr die Hand entgegen.

Pia knallte die Tür hinter sich zu und griff, ohne nachzudenken, nach Helges Hand. Dann rannten sie zurück zu Goldglanz und Poetin.

„Nichts passiert!", rief Helge erleichtert, als er die Pferde Strandhafer kauend zwischen den Dünen stehen sah. Er

blickte sich um und studierte wie ein Detektiv den Sand zu ihren Füßen. „Keine Spuren außer unseren eigenen", erklärte er fachmännisch. „Fehlalarm. Hier war niemand."
Sein Blick fiel auf seine Hand, die noch immer Pias hielt. Verlegen ließ er sie los. „Okay, ich denke, du kommst jetzt allein klar."

Sie spürte, wie ihr die Hitze in die Wangen schoss, und wich einen Schritt zurück.

„Oder schaffst du es etwa nicht bis zurück nach Hause, ohne vom Pferd zu fallen?", neckte Helge sie und lächelte.

„Haha! Sehr witzig", plapperte Pia drauflos. „Ich bin eben ein bisschen unsicher seit meiner Bruchlandung und dem Krankenhaus und …"

„Tollpatsch-Marie ist irgendwie niedlich, weißt du …", unterbrach Helge sie und grinste frech.

Pia sah ihn eine Sekunde sprachlos an. Dann musste sie auch grinsen. „Immerhin kann man beim Reiten nicht über seine eigenen Füße stolpern."

Helge lachte. „Das stimmt wohl." Er tätschelte Goldglanz' Hals und lief dann zu Poetin hinüber, die ihn mit einem sanften Brummeln begrüßte. „Okay, lass uns nach Hause reiten, bevor wir doch noch eine böse Überraschung erleben."

Pia sah sich um. Nirgends gab es einen Stein oder einen Baumstamm zum Aufsteigen. Das würde schwierig werden. Sollte sie es riskieren und zurück zum Wohnwagen laufen? Wenn sie sich auf die Treppe am Eingang stellte, könnte sie es schaffen.

„Komm schon!", sagte Helge und trat wieder neben sie. „Ich werfe dich hoch."

Bevor Pia wusste, wie ihr geschah, hatte Helge ihr linkes Bein gepackt und sie mit Schwung in die Höhe gehoben. Gerade rechtzeitig dachte sie daran, ihr anderes Bein übers Pferd zu schieben. Dann saß sie oben.

Ihre Blicke trafen sich, und Helge sah sie einen Moment länger an als nötig. Pia spürte, wie ihr Herz wild gegen den Brustkorb zu schlagen begann, als wollte es heraushüpfen – direkt in Helges Arme.

Pia blinzelte hektisch und holte tief Luft. Das hier – was auch immer da gerade zwischen ihnen war – würde nicht gut enden. Nicht, wenn er die Wahrheit herausfand.

Helge räusperte sich und lief zu seinem Pferd. „Dann mal los!", rief er Pia über die Schulter zu.

Pia atmete scharf aus. Sie spielte Marie, Helges Stiefschwester, um Goldglanz zu helfen! Also sollte sie sich besser zusammenreißen.

23

PIA TIGERTE DURCH MARIES ZIMMER. Der Ausritt am Morgen hatte sie vollkommen aufgewühlt. Warum hortete der Typ in dem Wohnwagen all diese alten Fotos und Unterlagen? Und warum stellte er ihr nach? Wenn er wirklich der Brandstifter von damals war, wie sie vermutete, was hatte sie – also eigentlich Marie – damit zu tun?

Und auch wenn sie nicht wollte, so musste Pia ununterbrochen an Helge denken. Seine Hand in ihrer. Seine Hand an ihrem Bein, als er sie aufs Pferd gehoben hatte ... Pia seufzte. Helge von Elstenbühl konnte ihre ganze Welt mit einem einzigen Blick auf den Kopf stellen.

Fahrig zog sie ihren schmutzigen Stallpullover über den Kopf, pfefferte ihn in die Ecke und stapfte in Maries begehbaren Kleiderschrank. Automatisch ging das Licht an und erleuchtete die unzähligen Kleiderstangen voller Klamotten. Pia war viel zu durcheinander, um lange über ein

Outfit nachzudenken, darum griff sie nach dem Erstbesten, was sie in die Finger kriegte: dunkelblauen engen Jeans und einem cremefarbenen, seidenen Sommershirt. Wieder einmal hatte Pia das Gefühl, noch nie so ein edles Kleidungsstück in den Händen gehalten zu haben.

Während sie sich umzog, schaute sie hinaus aufs blitzeblaue Meer unter wolkenlosem Himmel. Es war ein herrlicher Sommerabend und Pia musste dringend raus hier. Sonst würde sie noch verrückt werden. Sie schlüpfte in Maries Sneakers, doch gerade als sie auf den Flur hinausmarschieren wollte, klopfte es an der Tür. Pia erstarrte.

„Marie?“ Helge spähte ins Zimmer hinein.

Pia stand immer noch wie angewurzelt da und blickte Helge verwirrt an. „Ähm … ja?“

Zu ihrem Erstaunen lächelte er. „Wohin des Weges?“ Er lehnte sich lässig gegen den Türrahmen, von wo er sie von Kopf bis Fuß musterte.

„Weiß nicht, wieso?“

„Heute ist Donnerstag“, sagte er.

Pia hatte keine Ahnung, was er ihr damit sagen wollte.

„Pizzatag?“, schob Helge nach und sah sie fragend an.

Pia kaute auf ihrer Lippe. „Äh … ja, okay, klar.“ Sie hatte immer noch keinen Schimmer, versuchte aber mitzuspielen.

Helge grinste und hielt ihr die Tür auf. „Cool. Dann lass uns losfahren."
Endlich machte es bei Pia Klick. Er wollte keine Pizza *bestellen*, sondern mit ihr essen gehen!
„O-okay", stammelte Pia verwirrt und erfreut zugleich. Pizza essen mit Helge an einem strahlenden Sommertag. Etwas Schöneres hätte sie sich selbst nicht ausdenken können. Erwartungsfroh folgte sie ihm zur Garage.
Sie fuhren in Helges Sportwagen in den kleinen Ort, den Pia schon von ihrer Anreise kannte. Sie freute sich darauf, das Urlaubsidyll endlich einmal selbst erkunden zu dürfen!
Tatsächlich konnte sie die ganze Fahrt über kaum stillsitzen. Immer wieder huschte ihr Blick unfreiwillig zu Helge, und sie versuchte seinen Gesichtsausdruck zu deuten oder seine Körpersprache zu lesen. Aber im Gegensatz zu ihr war Helge von Elstenbühl ein Bild der Gelassenheit.
Wie es sich angehört hatte, handelte es sich bei diesem Ausflug um ein Ritual, das die Geschwister von Elstenbühl miteinander teilten. Donnerstag: Pizzatag. Das hier war also keinesfalls ein Date, erinnerte sich Pia. Egal wie es sich für sie auch anfühlen mochte.
Sie hatte sich nur schwer vorstellen können, dass je-

mand wie Marie in eine gewöhnliche Pizzeria mit roten Plastikstühlen und billigen Papierservietten essen ging. Trotzdem überraschte es sie, als Helge den Wagen in einer ruhigen Nebenstraße vor einer Schranke zum Stehen brachte. Fast alle Gebäude in dieser Straße waren klein und hatten weiße Holzfassaden. Wie eine Spielzeugstadt wirkte die Umgebung mit den sauberen Gehwegen, den verschnörkelten Straßenlaternen und den unzähligen Blumenkübeln.

Helge ließ die Scheibe herunter und drückte auf einen Knopf für die Sprechanlage.

Es summte kurz. Dann knackte es. „Hallo!?", dröhnte eine weibliche Stimme aus dem Lautsprecher.

„Von Elstenbühl, wir haben einen Tisch reserviert", sagte Helge.

Pia rutschte nervös auf dem Sitz umher. Das klang tatsächlich nicht nach einer Pizzeria mit Plastikstühlen.

Die Schranke hob sich und Helge steuerte den Wagen um ein niedriges Gebäude herum. Direkt dahinter lag das Hafenbecken.

Entzückt stieß Pia die Luft aus und drückte die Nase an die Scheibe, als sie das zweistöckige Gebäude aus getünchtem Backstein erblickte, das direkt am Wasser stand. „Yachtclub“ las sie auf einer goldenen Platte neben der Tür. Eine breite Terrasse zog sich ringsherum bis vor zum Hafenbecken, wo die glänzenden Segel- und Motorboote sanft in der Brise schaukelten. Über dem Eingang flatterte eine weiß-blaue Markise und darunter führte ein roter Teppich durch die offene Flügeltür.

Helge stellte den Motor ab, kam um den Wagen herumgelaufen und öffnete Pia die Tür. Etwas unsicher grinste sie ihn an und stieg aus.

„Da wären wir“, sagte er überflüssigerweise und klang dabei ein wenig atemlos.

Eine Frau im blütenweißen Kostüm kam ihnen entgegen. „Guten Abend, die Herrschaften. Fräulein von Elstenbühl, Herr von Elstenbühl? Hatten Sie eine angenehme Anfahrt?“

Pia runzelte die Stirn. Wie unangenehm konnte eine zehnminütige Anfahrt schon sein?

Helge begrüßte die Empfangsdame jedoch mit seinem charmantesten Lächeln. „Alles wunderbar, wir freuen uns auf den Abend bei Ihnen.“

„Hervorragend. Ich führe Sie direkt zu Ihrem Tisch oder möchten Sie lieber erst einen Drink auf dem Pooldeck einnehmen?“ Ihr Blick wanderte zu Pia, dann fuhr sie fort:

„Oder will das Fräulein zuerst noch in unserer Boutique vorbeischauen?"
Pia zupfte verlegen an ihrem seidenen Oberteil. Warum denn das? Und weshalb starrte die Frau sie so an? War sie irgendwie unpassend gekleidet? Reichte es denn nicht aus, wenn man in teuren Klamotten kam? Gab es zusätzlich noch einen Dresscode oder so was?
Sie spürte nun auch Helges Blick auf sich ruhen. „Also direkt zum Tisch?", fragte er etwas vorsichtiger. Ihr Unbehagen stand ihr offenbar deutlich ins Gesicht geschrieben.
„Wie Sie wünschen!" Die Empfangsdame klang verwirrt, führte sie dann aber lächelnd hinein.
Pia hätte am liebsten auf dem Absatz wieder kehrtgemacht, als sie das mit Marmor geflieste Foyer betraten. Verstohlen blickte sie auf ihre Sneakers, die einen schreienden Kontrast zu dem blank polierten Boden bildeten. Aus dem Augenwinkel sah sie eine Gruppe Frauen, die in einer Ecke standen und an ihren Gläsern nippten. Die meisten von ihnen trugen knielange, elegante weiße Cocktailkleider, und eine von ihnen – eine etwas ältere Frau – hatte sogar ein langes Abendkleid an. Es glitzerte und glänzte, denn es war mit unzähligen kleinen Steinen besetzt.
Die Empfangsdame führte sie über einen langen Korri-

dor mit allerlei kleinen Läden. Es gab einen Friseur, eine Parfümerie, einen Juwelier und eine Boutique. Als Pia die Abendkleider im Schaufenster sah, wurde sie langsamer.
Die Empfangsdame musste ihr Zögern bemerkt haben, denn sie sagte: „Als Gold-Member-Mitglied können Sie natürlich anschreiben lassen, Fräulein von Elstenbühl, bis die Eltern wieder von ihrer Reise zurück sind."
Helge schnaubte. „Na klar! Was auch sonst."
Pia horchte auf. Hieß das etwa, sie konnte sich ein Kleid aussuchen, ohne dafür zu bezahlen? Sie schluckte. Was würde die echte Marie wohl tun?
Pia hielt an. „Ja, wieso nicht?", hörte sie sich selbst sagen.
„Ich warte am Pool", sagte Helge genervt. Sein Gesichtsausdruck ließ keinen Zweifel daran, dass Pia ihre Rolle als Marie perfekt gespielt hatte. Auch wenn Helges Reaktion schmerzte, war es besser so, sagte sie sich und betrat den Laden, bevor sie kalte Füße bekam.
Pia blickte sich staunend um. In der Boutique gab es alles, was das Prinzessinnenherz begehrte: festliche Kleider, Tücher, Schmuck, Hüte, Schuhe, Handtaschen.
„Marie! Schön, dass du vorbeischaust!"
Pia wirbelte herum, taumelte leicht zur Seite und hielt sich im letzten Moment an einer Kleiderstange fest.

Vor ihr stand eine untersetzte Dame mit knallroter Brille und knallroten Lippen.
„Ich … ich … ich suche ein Kleid. Und ein paar passende Schuhe." Während die Verkäuferin sie über den Rand ihrer Brille hinweg von oben bis unten musterte, zupfte Pia nervös an ihren Klamotten.
„Hast du abgenommen, Liebes?", fragte die Dame und beäugte Pia immer noch kritisch. „Du siehst verändert aus … Oder sind es vielleicht die Haare? Hm …"
„Höchstens ein halbes Kilo!", sagte Pia schnell.
„Hm, ja, das sehe ich …"
Nun war es an Pia, verwundert zu schauen.
„Warte einen Augenblick, meine Hübsche!", sagte die Verkäuferin. „Ich glaube, ich habe genau das Richtige für dich!" Sie watschelte hinter einen Vorhang und kam mit einer Kleiderhülle zurück. „Das ist heute Morgen erst gekommen." Sie zog den Reißverschluss auf.
Pia traute ihren Augen kaum. „Das ist doch nicht …" Ehrfürchtig streckte sie die Hand nach dem Kleid aus.
Es war weiß und irgendwie auch nicht. Es glänzte wie flüssiges Silber und war mit unzähligen Pailletten besetzt, die wie Perlmutt schimmerten. Unter dem Rock bauschte sich weich ein weißer Unterrock aus Tüll.

„Glaub mir, Herzchen, darin wirst du umwerfend aussehen! Mit wem bist du denn hier? Mal wieder mit deinem entzückenden Bruder, auf den alle Damen hier ein Auge geworfen haben?“ Sie zwinkerte verschmitzt.

Pia wurde rot.

Die Verkäuferin zog das Kleid aus der Hülle und reichte es Pia. „Probier es mal an. Ich suche dir in der Zwischenzeit noch ein paar passende Schuhe dafür raus.“

Langsam nahm Pia das Kleid entgegen und verschwand hinter einem schweren Samtvorhang. Prüfend hielt sie das Kleid von sich gestreckt. Würde sie da wirklich reinpassen? Es sah so ... eng aus.

„Der Schnitt ist sehr figurbetont. Ich kann dir also gern mit dem Reißverschluss helfen, sobald du drinsteckst, Liebes!“, hörte sie die Stimme der Verkäuferin durch den Vorhang hindurch.

In Zeitlupe streifte Pia ihre Klamotten ab und legte sie ordentlich über den Sessel in der Kabine. Dann nahm sie das Kleid vom Bügel, zog den Reißverschluss auf und stieg vorsichtig hinein, wobei sie darauf achtete, nicht versehentlich auf den Saum zu treten. Sie zog die Träger hoch und trat, ohne vorher noch einmal in den Spiegel zu sehen, aus der Kabine. „Okay, ich bin so weit.“

Die Verkäuferin kam herbeigeeilt und schloss das Kleid für Pia. „Na, was hab ich gesagt? Perfekt!" Sie schob Pia ein Paar schlichte, aber elegante Riemchensandalen entgegen. „Hier, probier die mal!"

Pia schlüpfte in die Schuhe und trat vor einen großen Spiegel. Verwundert musterte sie ihr Spiegelbild. Sie sah aus wie eine echte von Elstenbühl! Sie sah aus wie Marie. Das Kleid hatte sie verwandelt. Pia fühlte sich plötzlich groß, schlank und schön. Sie reckte den Hals und lächelte versonnen. „Ja, es passt", war alles, was sie sagte, während sie sich vor dem Spiegel drehte, sodass das Kleid hin und her schwang.

„Ich nehme an, du möchtest es gleich anbehalten?", fragte die Verkäuferin.

Ohne den Blick von ihrem Spiegelbild abzuwenden, nickte Pia. „Ja, das wäre großartig."

Die Verkäuferin verschwand hinter der Theke und tippte auf einer Computertastatur herum. „Deine anderen Sachen packe ich dir in eine Tüte", sagte sie. „Du kannst sie dann später am Empfang abholen."

„Danke." Pia wandte sich zum Gehen.

Die Verkäuferin spitzte die roten Lippen. „Gern geschehen, Liebes."

Als Pia auf den Korridor hinaustrat, musste sie erst mal kurz nach Luft schnappen. Bestimmt hatte sie gerade ein Vermögen ausgegeben! Aber was hätte sie sonst tun sollen? Sie durfte nicht aus ihrer Rolle fallen, und Maries Rolle verlangte es offenbar, mit Geld um sich zu werfen, als wäre es Konfetti.

Pia lief ans Ende des Korridors, bog um die Ecke und trat durch eine Tür auf die Terrasse hinaus. Frische Meeresluft blies ihr entgegen und die Abendsonne blendete sie. Sie wurde langsamer und versuchte durch den Schleier aus Licht und Farben etwas zu erkennen. Die Gäste standen in Grüppchen an Stehtischen um einen Pool herum. Leise elektronische Musik rieselte durch ein paar große Lautsprecherboxen neben einer Bar.

Wie in Trance bahnte sich Pia einen Weg durch die Menschen. Ihre Augen suchten Helge. Hatte er nicht gesagt, er wolle an den Pool? Doch das war vor einer Viertelstunde gewesen. Oder sogar einer halben?

Sie umrundete das Becken und arbeitete sich zum Terrassengeländer vor. Die untergehende Sonne hatte das Wasser im Hafen zum Brennen gebracht. Wie flüssiges Gold waberte es zwischen den Booten. Pia blieb eine Weile am Geländer stehen und nahm den Anblick in sich auf. Sie würde

diese Bilder tief in sich verwahren, um sie wieder hervorzuholen, sobald sie zurück in Frankfurt war. Allein in ihrer grauen, tristen Wohnsiedlung.
Ein unvorstellbarer Gedanke.
Ruckartig drückte sie sich vom Geländer ab und drehte sich um. Und da stand er, inmitten einer Gruppe von Partygästen, im Zentrum der Aufmerksamkeit. Wo auch sonst!
Pia holte tief Luft. In diesem Moment fing sie seinen Blick ein – genauso glühend wie die Abendsonne – und vergaß, wie man ausatmete.
Auch Helge rührte sich nicht, bis seine Gesprächspartner sich ebenfalls umwandten. Sie ansahen. Lauter unbekannte Gesichter in einem Meer aus brennenden Farben. Pia beachtete sie nicht. Denn endlich löste sich Helge aus der Gruppe und kam auf sie zu.
„Das hat ja lang genug gedauert", sagte er mit rauer Stimme. Dann fiel sein Blick auf ihr Kleid. „Ich weiß nur nicht, ob du in dem Teil nicht mehr auffällst als in den Jeans."
Pia wandte den Blick von ihm ab und sah sich um. Tatsächlich starrten sie noch immer einige Leute an. Doch anstatt der üblichen Welle von Hitze und Kälte fühlte sie dabei lediglich ein sanftes Prickeln in der Magengegend. Denn in den Blicken der Gäste lag kein Mitleid, nein, da

war Bewunderung, Freude, echtes Staunen und vielleicht ein klein wenig Neid.

Pia strahlte Helge an. „Wie sieht's aus? Pizza?"

Maries Stiefbruder musterte sie aufmerksam und reichte ihr schließlich wortlos den Arm. Augenblicklich war sie wieder nervös. Warum war er auf einmal so schweigsam? Eben hatte er sich doch noch so prächtig unterhalten!

Helge führte sie über das Pooldeck zu einer flachen Treppe, die hinauf zum Restaurantbereich der Terrasse führte. Mehrere der elegant eingedeckten Zweiertische waren bereits belegt. Helge steuerte zielsicher einen ruhigen Tisch am Rand an und schob Pia wie ein Gentleman den Stuhl zurück. Verlegen nahm sie Platz.

Sekunden später kam ein adretter Kellner herangeeilt: „Schon etwas zu trinken, die Herrschaften? Vielleicht eine Flasche Wasser?", fragte er eifrig.

Helge nickte. „Herzlichen Dank, Francesco, das wäre wunderbar."

Pia hatte ihn kaum gehört, denn sie musste sich zusammenreißen, um nicht alles allzu offensichtlich in sich aufzusaugen: die ältere Dame schräg neben ihr am Nachbartisch mit dem vielen Schmuck an Hals und Händen oder das Pärchen schräg gegenüber, das aussah, als wäre es ge-

rade einer Hollywood-Liebeskomödie entsprungen, oder der Mann mit der Zigarre in Helges Rücken. Pias Blick blieb wie immer an Helge kleben. Erst jetzt fiel ihr auf, dass er sie die ganze Zeit aufmerksam beobachtete. Seine hellen Augen sahen sie interessiert an, sein Ausdruck noch immer unergründlich, schweigsam.
„Was?“, fragte sie ihn ein wenig gereizt.
Ein Lächeln zupfte an seinem Mundwinkel. „Du wirkst so anders. Ruhiger, zufriedener. Ich würde fast sagen – glücklich. Gibt es denn einen bestimmten Grund dafür?“
Ihr Herz setzte einen Schlag aus. Was sollte sie ihm sagen? Was wollte er hören? Dass dieses Leben, das er führte, ein Traum war? Dass sie sich gerade vorkam wie im Märchen? Dass er sich glücklich schätzen konnte, Eltern zu haben, die zufällig auch noch steinreich waren?
Pia öffnete den Mund und schloss ihn wieder.
Während Helge den Blick über die Boote im Hafen schweifen ließ, fragte er beiläufig: „Steckt da vielleicht ein Junge dahinter?“
Pia musste husten. Okay, diese Wendung hatte sie nicht kommen sehen. War sie doch so leicht zu durchschauen? Hatte er etwa gemerkt, wie es in ihrem Inneren aussah? Welche Wirkung er auf sie hatte?

„Also gibt es jemanden?", ließ er nicht locker. „Komm schon, Schwesterherz, du kannst es mir ruhig sagen."
„Ich … ich …", stammelte sie und startete ein unbeholfenes Ablenkungsmanöver. „Goldglanz, er ist … wundervoll. Und es geht ihm besser. Das macht mich glücklich." Das war immerhin die halbe Wahrheit.
Ihre Antwort schien Helge jedoch nicht zufriedenzustellen, ja, sogar ein wenig zu verärgern. „Der wundervolle Goldglanz, soso", sagte er tonlos. „Hoffentlich kommt diese Einsicht nicht ein bisschen zu spät."
Pia erstarrte. „Zu spät? Was meinst du damit?" Ihr Mund war auf einmal trocken wie Sandpapier.
Helge winkte dem Kellner. Der Mann kam angehastet. „Was kann ich Ihnen bringen, Herr von Elstenbühl?"
„Zweimal wie immer, oder willst du etwas anderes, Marie?", fragte er, und Pia erkannte, wie er es in diesem Moment genoss, sie zappeln zu lassen. Einmal mehr musste sie feststellen, dass er unerbittlich war, wenn es um Goldglanz ging. Sie konnte es ihm nicht verübeln. Im Gegenteil.
Pia lächelte schwach. „Klar, wie immer", bestätigte sie geistesabwesend, ohne Helge aus den Augen zu lassen.
Der Kellner kritzelte etwas auf einen kleinen weißen

Schreibblock, dann eilte er auch schon wieder zum nächsten Tisch.
„Was meinst du mit ‚zu spät'?", wiederholte Pia leise.
„Kristine und Dad werden dich nie wieder auf ein Pferd lassen, das dich ins Krankenhaus befördert hat. Und schon gar nicht, wenn es noch nicht mal mehr Turniere gewinnt", sagte er mit unterdrückter Wut. „Das muss dir doch klar gewesen sein, oder?"
Helges Worte trafen sie wie Dolche. Glühend und unfassbar schmerzhaft. Sie zuckte zurück. Blickte ihn flehend an.
„Wieso das denn? Es war doch nicht Goldglanz' Schuld, dass ich gestürzt bin! Der Typ mit dem Wohnwagen ist an allem Schuld! Ich weiß es genau!"
„Wenn du das Dad erzählst, dreht er erst recht durch", sagte Helge bedeutungsvoll.
„Und was jetzt?", jammerte sie. „Bitte, Helge, du musst mir helfen! Ich will Goldglanz nicht verlieren. Wer weiß, wo er dann landet, und er ist doch so sensibel und ..." In ihrer Verzweiflung griff sie über den Tisch und nahm seine Hand. Sie ignorierte die Hitze, die ihr dabei durch die Adern schoss.
Helge legte den Kopf schief und schluckte. „Du meinst es diesmal wirklich ernst", sagte er verblüfft. Er zog seine

Hand nicht weg. Stattdessen lehnte er sich über den Tisch und sah sie eindringlich an. „Du willst ihn tatsächlich behalten und ihn wieder fit bekommen."

Helge war ihr so nah, dass sein Atem ihr Gesicht streifte, und Pia sog seinen Duft nach Sonnenmilch und Zitrone ein. „Ja …", hauchte sie benommen. „Ja, das will ich unbedingt."

Helge sah sie aus großen Augen an, und dann schien ihn plötzlich eine Erkenntnis zu durchzucken. Pia kam es so vor, als hätte er sie in diesem Moment das erste Mal richtig angesehen. Er blinzelte und zog seine Hand ruckartig weg – fast wie nach einem Stromschlag.

„Bitte, Helge!", flehte Pia noch einmal. „Bitte hilf mir! Sag mir, was ich tun kann, damit sie mir Goldglanz nicht wegnehmen. Ich mach alles, was du vorschlägst, versprochen!"

Helge schien innerlich mit sich zu ringen. „Okay", sagte er schließlich kraftlos, so als hätte er sich ergeben.

Pia strahlte ihn an. „Du hilfst mir also?", rief sie glücklich.

Jetzt lächelte er zurück. „Mal sehen. Ich habe da so eine Idee …" Seine Augen funkelten spitzbübisch. „Eigentlich hast du mich sogar darauf gebracht."

„Zweimal Pizza Frutti di Mare." Der Kellner war an den Tisch getreten und stellte die Pizzen ab. Pia beäugte ihr

Essen kritisch. Muscheln. Sie hatte noch niemals Muscheln gegessen. Gerade als sie kosten wollte, fiel ihr Blick über die Schulter des Kellners, hinüber zur Kaimauer des Hafens. Schlagartig wurde ihr kalt. Eine einsame Gestalt stand reglos auf der Mauer und starrte unverhohlen zu ihnen herüber. Auch wenn er diesmal keinen Mantel trug, erkannte Pia ihn sofort: den Mann aus den Dünen. Er hatte sie wieder gefunden.

Als Helge Pias entgeisterten Blick sah, drehte er sich um. „Ist er das?“, fragte er, wieder an Pia gewandt. „Der Typ vom Wohnwagen?“

Pia nickte stumm.

Ohne sein Essen überhaupt nur angerührt zu haben, legte Helge ein paar Scheine auf den Tisch und stand auf. „Los, komm, Marie! Wir gehen.“

24

PIA STAND VOR DEM SPIEGEL in Maries Zimmer und dachte nach. Ihre Gedanken kehrten immer wieder zum gestrigen Abend zurück. Sie seufzte versonnen. Es war wunderschön gewesen, aufregend und sogar ein wenig romantisch … bis der Mann aufgetaucht war. Selbst Helge schien besorgt.

Pia seufzte noch einmal, diesmal frustriert. Maries Handy lag auf dem Bett und war überfüllt mit Nachrichten und verpassten Anrufen irgendwelcher Leute. Die meisten von ihnen hatten „Marie“ angeblich im Yachtclub gesehen und wollten nun wissen, wie es ihr nach dem Unfall ging. Pia schnaubte. Wenn es diese Leute wirklich so brennend interessierte, wie es Marie ging, warum waren sie gestern dann nicht einfach zu ihr gekommen und hatten sie gefragt?

Aber was kümmerten sie irgendwelche Leute von dieser verrückten Insel? Sie kannte keinen von ihnen – und keiner von denen wusste, wer sie wirklich war.

Außer einer.
Als sie am späten Abend mit Helge zurückgekommen war, hatte sie die neue Textnachricht entdeckt:
Wir müssen reden. Morgen Abend, Stallfest, 18 Uhr. Robbie
Am liebsten hätte Pia Helge längst gefragt, ob er sie zum Fest begleitete, erstens, weil sie sich in seiner Gegenwart irgendwie wohl und sicher fühlte, und zweitens, weil sie sich nicht traute, das Fahrrad zu nehmen. Allein im Dunklen über die Insel zu radeln, während dieser Verrückte irgendwo da draußen rumschlich, war ihr dann doch eine Nummer zu heftig.
Trotzdem hatte sie es bis jetzt nicht fertiggebracht, Helge zu fragen. Weil es sich mies anfühlte. Weil sie sein Vertrauen ausnutzte.
Eine Weile hatte Pia sogar mit dem Gedanken gespielt, Robbie mit einer faulen Ausrede abzuspeisen. Aber das Problem war: Sie selbst hatte eine Menge Fragen an ihn, und da er nie an sein Handy ging, war dieses Stallfest wohl die einzige Möglichkeit, ihn zur Rede zu stellen.
Eben begutachtete sie im Spiegel ihr Reitoutfit für den heutigen Tag, als Maries Handy plötzlich vibrierte. Erschrocken fuhr Pia herum. War das vielleicht Robbie? Rief er sie endlich zurück? Pia rannte zum Bett, schnappte sich

das Telefon und sah aufs Display. Nein, es war nicht Robbie. Auf dem Bildschirm blinkte das Wort „Mama“. Soweit Pia wusste, weilte Frau von Elstenbühl noch immer in der Südsee.

Pias Hand begann zu zittern. Sollte sie rangehen? Maries Mutter war wahrscheinlich diejenige, die sie am ehesten durchschauen würde. Oder auch nicht. Es war ja nur ein Telefonat. Und vielleicht war die Verbindung schlecht.

Abgesehen davon würde Pia nur für unnötigen Wirbel sorgen, wenn sie jetzt nicht ans Telefon ging. Marie hatte schließlich einen Unfall gehabt. Da wollte Frau von Elstenbühl natürlich wissen, wie es ihrer Tochter ging. Seltsam eigentlich, dass sie jetzt erst anrief.

Pia drückte auf den grünen Hörer. „Hallo?“, sagte sie leise ins Telefon.

„Liebling!“, kreischte die Frau.

Erschrocken hielt Pia das Telefon ein Stückchen vom Ohr weg.

„Seit Tagen versuche ich dich zu erreichen, aber wir schippern hier von einem Funkloch ins nächste!“, ereiferte sich die Frau weiter. „Wie geht es dir, mein Schatz?“

„Ach, eigentlich geht es mir ...“

„Du setzt dich auf keinen Fall wieder auf dieses Pferd, hörst du?“, fiel ihr Frau von Elstenbühl ins Wort. „Dein Vater sagt, er wird Goldglanz verkaufen. Das ist ja sicher auch in deinem Sinne, nach allem, was passiert ist.“

„Also um ehrlich zu sein …“

„Mach dir keine Vorwürfe, mein Schatz! Wir suchen dir einen schicken Neuen aus, ja?“

„Ich will nicht, dass wir Goldglanz verkaufen!“, protestierte Pia nun heftig, fast ein wenig pampig. „Weißt du, Mama …“, versuchte sie einzulenken – was sich als Fehler entpuppte, denn sofort riss Frau von Elstenbühl das Gespräch wieder an sich.

„Hör zu, Liebling. Wir wissen, dass du zu dieser Kadersichtung möchtest und wie viel sie dir bedeutet, aber dein Vater wird mit dem Bundestrainer sprechen. Es gibt bestimmt eine Lösung, du kennst Papi ja. Er kann so was und mit einem neuen Pferd …“

„Ich will kein neues Pferd!“ Diesmal brüllte Pia fast in den Hörer, und sie versuchte auch nicht zurückzurudern.

Eine Weile war es still am anderen Ende der Leitung. Dann hörte Pia ein leises Seufzen. „Ich muss jetzt leider Schluss machen, mein Schatz. Schön, dass es dir besser geht. Pass auf dich auf. Und ärgere Helge nicht zu sehr. Am Sonntag sind wir wieder zurück. Küsschen.“

Dann hatte Frau von Elstenbühl auch schon aufgelegt.
Pia starrte auf das Handy in ihrer Hand.
Sie kochte innerlich vor Wut. Noch nie war sie so wütend gewesen! Was glaubten diese Leute eigentlich? Dass man Pferde einfach so ersetzen konnte? „Papi kann so was …" Pah! Hier ging es um ein Lebewesen, nicht um Autos, Abendkleider oder Handtaschen!
Am liebsten hätte Pia das Handy in die Ecke gepfeffert. Doch dann fiel ihr Helge wieder ein und sie bekam ein schlechtes Gewissen. Helge war nicht so. Er liebte seine Pferde und er liebte Goldglanz, auch wenn es nicht sein eigenes Pferd war.
Helge … Sie musste mit ihm reden! Er hatte versprochen, ihr zu helfen. Und egal wie sie es drehte oder wendete: Sie musste auf dieses Stallfest gehen. Nur so konnte sie mehr über den Glänzehof, Maries Unfall und den Mann im Regenmantel herausfinden. Pia war sich inzwischen ganz sicher, dass das alles irgendwie zusammenhing. Und wenn sie beweisen konnte, dass Goldglanz an Maries Sturz überhaupt keine Schuld hatte, würde es sich Herr von Elstenbühl vielleicht noch einmal anders überlegen und den Hengst doch nicht verkaufen.
Ja, bestimmt konnte Robbie ein wenig Licht ins Dunkel

bringen. Hoffentlich. Denn bis zur Rückkehr von Maries Eltern blieben nur noch zwei Tage.

Pia stürmte aus dem Zimmer und klopfte an Helges Tür.

„Hey, Schwesterherz! Was ist denn los?“, fragte er beim Öffnen.

„Meine ... Mu-Mutter hat angerufen! Sie wollen am Sonntag zurückkommen.“

„Ach echt?“ Helge grinste. „Damit wäre mein Job als Babysitter ja dann beendet.“

Seine Antwort versetzte Pia einen Stich. Aber sie riss sich zusammen. „Sie wollen Goldglanz tatsächlich verkaufen und sie hat mir verboten, ihn zu reiten!“

Helge zog eine Braue hoch. „Hab ich's dir nicht gesagt?“

„Wenn ich ihnen doch nur beweisen könnte, wie toll Goldglanz in Wirklichkeit ist!“, rief Pia verzweifelt.

„Ich schätze, da gibt es nur eine Möglichkeit“, erwiderte Helge und klang plötzlich fast ein wenig aufgeregt.

„Und die wäre?“, fragte Pia ungeduldig.

„Ganz einfach: Reite mit ihm zum Sieg!“

Pia schluckte. Okay. Das klang irgendwie logisch. Aber wie sollte das gehen? Sie hatte keine Ahnung vom Springreiten!

Helge berührte sie am Arm. „Komm schon, Kopf hoch! Was ich gestern in den Dünen gesehen habe, war sensationell“, tröstete er Pia. Dann nahm er plötzlich ihre Hand, zog sie hinter sich her auf den Flur hinaus und die Treppen hinunter. „Ich finde, heute ist genau der richtige Tag für einen Ritt zum Leuchtturm! Schön heiß und schwül. Da wird der Wind dort draußen richtig guttun."

Völlig überrumpelt stolperte Pia ihm hinterher.

„Okay, du machst Goldglanz fertig, ich kümmere mich schnell um den Proviant, und wir treffen uns anschließend beim Weg zu den Koppeln. Gut?" Er warf ihr ein letztes umwerfendes Lächeln zu, dann eilte er auch schon in Richtung Küche.

Einen Augenblick sah Pia ihm noch verwirrt hinterher, dann verließ sie das Haus und lief selig lächelnd zum Stall. Ein freudiges Wiehern riss sie aus ihren Gedanken. Goldglanz!

Erwartungsfroh stand er in seiner Box und blickte ihr entgegen. Schlagartig vergaß Pia alles um sich herum, nahm das Halfter von der Halterung und öffnete die Tür.

„Na, mein Schöner? Lust auf einen kleinen Ausritt?", flüsterte Pia und tätschelte Goldglanz den Hals. Dann führte sie ihn aus der Box zur Sattelkammer.

Während Pia dem Hengst die Trense anzog, grollte in der Ferne über dem Meer der erste Donner.

25

ALS PIA MIT GOLDGLANZ zum verabredeten Treffpunkt kam, wartete Helge bereits auf sie. Gelassen lehnte er an Poetins Flanke und sah zu Pia. Sein durchdringender Blick raubte ihr kurzzeitig den Atem.

Spöttisch zog er eine Braue hoch. „Wieder ohne Sattel?“, fragte er.

Pia nickte bestimmt. „Ja, Goldglanz gefällt es so!“

Helge zuckte die Schultern. „Wie du meinst. Dann werde ich wohl den Proviant aufschnallen müssen“, sagte er und befestigte eine Tasche am Sattel seiner Stute.

Pia drehte sich zu Goldglanz um, um aufzusitzen, als es ihr wieder einfiel: kein Sattel – keine Steigbügel.

Helge hinter ihr seufzte. „Brauchst du mal wieder Hilfe? Soll ich dich hochwerfen?“, fragte er amüsiert. Er ließ Poetin am Wegrand grasen, kam zu Pia herüber und stellte sich dicht neben sie.

Sofort kam die Erinnerung an seine Berührung vom Vortag wieder auf. Pias Herz begann zu rasen.
Er lachte leise. Ihre Reaktion auf seine Nähe war ihm offensichtlich nicht entgangen. Anstatt wie beim letzten Mal ihr Bein zu packen und sie hochzuwerfen, umfasste er auf einmal ihre Taille und hob sie mühelos hoch. Pia sog erschrocken die Luft ein, Gänsehaut breitete sich auf ihren Schultern aus. Und sie sah ihn an.
Ein Fehler.
Seine Augen waren groß und dunkel, sie ruhten auf Pias Lippen. Abwägend. Etwas stimmte hier ganz und gar nicht …
Auf einmal lächelte er zufrieden, verstärkte seinen Griff und schob sie aufs Pferd. Pia war gerade noch geistesgegenwärtig genug, das rechte Bein über den Pferderücken zu schwingen.
Erst als sie oben saß, entspannte sie sich. Auf Goldglanz' Rücken war sie sicher! Sogar vor ihren eigenen verrückten Gefühlen.
Der Hengst zuckte aufmerksam mit den Ohren. Keine Frage, er freute sich auf den Ausritt. Pia versuchte sich ganz auf das Pferd zu konzentrieren und alles um sich herum auszublenden.

Helge war inzwischen auch aufgestiegen und trieb Poetin auf den Feldweg. Goldglanz schritt eilig hinterher. Sofort blies ihnen die gewohnt frische Brise vom Meer entgegen, doch ohne Sonne wurde es schnell kühl. Pia schloss ihre Jacke und stellte den Kragen auf. Jetzt erst fielen ihr die dunklen Wolken auf, die über die Insel hinwegzogen.

„Das sieht nach Unwetter aus!“, rief Pia besorgt.

Helge zuckte die Achseln. „Ja, wahrscheinlich wird es gegen Nachmittag regnen. Bis dahin sind wir aber längst zurück.“ Er warf ihr einen herausfordernden Blick zu. „Es sei denn, du hast vor, diesen Ausritt im Schritt zu bestreiten.“

Pia sah in die Ferne. Der Leuchtturm war gut sichtbar am Ende der schmalen Landzunge des Naturschutzgebietes. Blutrot stachen seine Streifen in das Dunkelgrau der Wolkenberge. Weit war es nicht, aber dass sie es vor dem Unwetter hin und zurück schaffen würden, bezweifelte Pia. Doch sie hielt den Mund. Sie wollte diesen Ausritt mit Helge und Goldglanz unbedingt. Womöglich war es der letzte in ihrem Leben.

„Nein, wir sollten uns besser beeilen“, sagte sie also und fasste entschlossen die Zügel nach.

Helge nickte. „Die Strecke zum Leuchtturm ist zufälliger-

weise fast die gleiche, die bei Heinemanns Championat am Sonntag geritten wird."
Pia sah Helge verwirrt an.
„Wir nutzen den Ausritt als kleine Trainingseinheit. Damit du Goldglanz dort am Sonntag zum Sieg reiten kannst!", erklärte Helge strahlend. „Na, was sagst du?"
Pia wurde auf einmal ganz flau im Magen. Er hatte es also ernst gemeint? Sie sollte mit Goldglanz bei einem Geländeritt starten? Das also war sein Plan? Sie konnte doch noch nicht mal richtig springen!
„Schnelligkeit ist die halbe Miete, also los – beeilen wir uns!" Helge lachte. Bevor Pia ihre Bedenken äußern konnte, ließ er Poetin antraben.
Die beiden legten tatsächlich ein ordentliches Tempo vor, und Pia musste zusehen, dass sie hinterherkam. Sie krallte sich in Goldglanz' Mähne. Sein schwungvoller Trab war sicherlich nicht schwer zu sitzen, doch Pia fehlten die Muskeln und das Training. Es kostete sie all ihre Kraft, sich auf Goldglanz' Bewegungen einzulassen. Ein paarmal rutschte sie noch zur Seite, aber längst nicht mehr so oft wie am ersten Tag. Schnell ging es über die Ebene zwischen Stall und Dünen. Und auch dann wurde Helge nicht langsamer. Trabend arbeiteten sie sich durch den tiefen Sand.

Als sie endlich am Strand waren, rann Pia der Schweiß bereits in Strömen den Rücken hinab. Der kalte Wind störte sie nun nicht mehr. Das Haar klebte ihr unter dem Helm an Stirn und Wangen, doch Helge dachte nicht daran, das Tempo zu drosseln. Zielstrebig ritt er auf die Wasserlinie zu. Kaum berührten die Hufe der Pferde den festen, nassen Untergrund, trieb er seine Stute in den Galopp.
Pia keuchte und krallte die zitternden Finger noch fester in Goldglanz' Mähne. Im Galopp saß es sich leichter. Fast wie auf einem Schaukelpferd. Der Hengst schnaubte zufrieden und Pias verkrampfte Muskeln entspannten sich allmählich. Sie beugte den Oberkörper tief über seinen Hals und ließ sich von seinen Bewegungen mitziehen.
Sie waren noch nicht weit gekommen, als schon die ersten Tropfen fielen. Aber Helge ritt unbeirrt weiter. Direkt vor ihnen erhob sich eine Reihe Buhnen aus dem Watt. Er steuerte Poetin direkt darauf zu. Die Stute spitzte die Ohren, verkürzte ihre Galoppsprünge und federte leicht über das Hindernis.
Pia blieb kaum Zeit nachzudenken – was vielleicht ihr Glück war, denn Goldglanz kannte sich aus. Auch er zuckte mit den Ohren, hob den Kopf ein wenig und sprang ab. Wie in Zeitlupe fühlte Pia den Boden davongleiten, spürte

den rauen Nordseewind in ihren Haaren zerren, das Salz im Gesicht brennen. Sie flog! Die Schwerelosigkeit ihrer Gedanken wanderte in ihre Arme und sie löste kaum merklich den Griff um Goldglanz' Mähne.

Dann setzten sie auf. Leichtfüßig, mühelos. Den Blick auf das unfassbar weite Watt gerichtet, brausten sie los.

Pia kicherte glücklich.

Ungestüm zog der Hengst nun an Poetin vorbei. Seine Hufe trommelten auf dem glänzenden Schlick und schienen schon bald nicht mehr die Erde zu berühren. Wie im Flug durchpreschten sie einen Schwarm Möwen. Kreischend stoben sie auseinander, flatterten empor, umhüllten Pia und Goldglanz wie eine weiße Wolke und flogen davon.

Nun lag nichts mehr vor ihnen außer wilde graue Weiten. Sand, Schlick, Meer, Wolkentürme.

Pia beugte sich tief über Goldglanz' Hals, streckte die Arme zur Seite, als wären sie Flügel, schloss die Augen und ließ sich davontragen. Immer weiter und weiter.

Sie hatte keine Ahnung, wie lange sie so dahinbrausten. Erst als der Wind immer stärker wurde und das Wasser schließlich von allen Seiten auf sie einspritzte, wurde Goldglanz langsamer.

Pias Beine zitterten. Sie war klatschnass und total erschöpft. Der rasante Ritt durchs Watt hatte sie mehr Kraft gekostet, als vernünftig war. Goldglanz fiel in den Schritt und Pia sackte in sich zusammen. Mit der einen Hand umklammerte sie die vollkommen durchweichten Zügel, mit der anderen versuchte sie sich das Salzwasser aus den Augen zu reiben. Dann sah sie sich um.

Vor Schreck rutschte ihr das glitschige Leder aus der Hand. Sie war allein! Von Helge war weit und breit nichts zu sehen. Mittlerweile fiel der Regen so dicht, dass sie zu allen Seiten ein undurchdringlicher Schleier aus Wasser umgab.

Goldglanz blieb ruckartig stehen. Pia lehnte sich ein wenig zur Seite und sah nach unten. Panisch griff sie nach den Zügeln. Goldglanz stand bis zu den Fesseln im Wasser! Jetzt war Pia auch klar, warum der Hengst so plötzlich die Bremse gezogen hatte: Direkt vor seinen Beinen wurde das Wasser tiefer. Ein schäumender Strom aus Meerwasser durchzog das Watt.

„Oh nein …“, flüsterte sie. Ihre Worte ertranken im Sturm.

Pia wendete Goldglanz und ritt ein Stück zurück. Wolkenfetzen jagten über ihre Köpfe hinweg und der Wind wurde immer stärker. Immerhin schien das Toben der Gezeiten dem Hengst nichts auszumachen. Zufrieden schnaufend marschierte er durchs Wasser. Pia sah noch einmal nach unten. Das Wasser wirbelte um sie herum, schäumte und strudelte. Pia wurde schwindelig. Verzweiflung stieg in ihr hoch. Wo war sie hier nur gelandet? Wo hatte Goldglanz sie bloß hingeführt?

Ein paar Schritte weiter blieb ihr Pferd abermals stehen. Unsicher senkte es die Nase und blies ins Wasser.

„Na komm, mein Schöner! Wir müssen weiter. Hier können wir wirklich nicht bleiben." Energisch drückte sie ihm die Fersen in die Flanken. Goldglanz warf entrüstet den Kopf in den Nacken. Pia spürte seinen Unmut. „Bitte, bitte, komm, wir müssen zurück zu Helge und Poetin!", versuchte es Pia noch einmal.

Konnte der Hengst die Gefahr denn nicht wittern? Das Meer, das sie einzuschließen drohte? Denn genau so war es: Während sie gedankenlos durchs Watt galoppiert waren, hatte die Flut sie gefunden. Wie ein hungriges Tier drängten die Wassermassen dem Land entgegen, als wollten sie es verschlingen.

Plötzlich kam Pia ein Gedanke. „He, mein Schöner, wenn du uns sicher bis hierhergeführt hast, findest du dann nicht auch wieder zurück?" Vorsichtig ließ sie die Zügel durch die Hände gleiten, bis sie nur noch die Schnalle hielt. Sofort senkte Goldglanz die Nase und blies sachte über die Wasseroberfläche. Dann ging er einige Schritte rückwärts, reckte den Hals und lief los.

In raschem Tempo durchquerten sie die Wasserfurchen im Watt. Der Sturm tobte so laut, dass Pia außer dem Prasseln des Regens und dem Rauschen des Meeres nichts mehr hörte. Ihr war eisig kalt und das Leder ihrer Reithose klebte ihr an der Haut.

Goldglanz schritt unbeirrt weiter, obwohl ihm das Wasser inzwischen bis übers Schienbein reichte. Ungeduldig trieb Pia ihn an. Sie merkte, wie sich sein Rücken verspannte, wie sein taktvoller Schritt gestört wurde, doch darauf konnte sie jetzt keine Rücksicht nehmen. Die Zeit lief ihnen davon.

Auch wenn Pia wenig über die Gezeiten wusste, so kannte sie doch die Erzählungen von Ertrunkenen im Watt, die von der plötzlich einsetzenden Flut überrascht worden waren. Die tückische Strömung eines Priels konnte schnell zur Todesfalle werden. Wahrscheinlich selbst für ein Pferd.

Pia starrte angestrengt durch den Schleier aus Regen und versuchte, einen Fixpunkt auszumachen, etwas, was ihr

sagte, wo sie war, als sie plötzlich ein Geräusch hörte. War es ein Schrei? Auch Goldglanz hatte den Kopf gehoben, drehte sich aufgeregt um die eigene Achse und wieherte.
Pia machte sich groß. „Hilfe! Wir sind hier! Ist da jemand?“, schrie sie. Doch der Gegenwind riss ihre Stimme mit sich. Sie selbst hatte Mühe, ihr eigenes Wort zu verstehen.
Abermals presste sie Goldglanz die Absätze in die Flanken und riss am Zügel. Sie wollte einfach nur noch weg. In die Richtung, aus der die Stimme gekommen war.
Widerwillig setzte sich Goldglanz in Bewegung und bahnte sich einen Weg durch den Sturm. Eine Weile schienen sie gut voranzukommen. Doch das Meer stieg unaufhaltsam. Bald war kaum noch Schlamm zu sehen, nur noch Wasser. Überall Wasser.
„Hallo! Ist da jemand?“, versuchte es Pia noch einmal. Der Wind pfiff ihr entgegen. Ein Schrei.
Ruckartig zog Pia am Zügel, um Goldglanz in die Richtung zu reiten, aus der das Geräusch gekommen war. Aber diesmal wurde es dem Hengst zu viel. Er rammte die Beine in den Boden und bewegte sich nicht.
Eine einsame Möwe schlingerte durch den Sturm. Vollkommen orientierungslos, genau wie Pia.
Pia fing am ganzen Körper an zu zittern. Ihre Zähne klap-

perten. Sie wimmerte. Verzweifelt nestelte sie in Goldglanz' tropfender Mähne. Das Pferd rührte sich noch immer nicht. Sosehr sich Pia auch bemühte, es war zwecklos. „Okay, dann muss ich dich eben führen!", erklärte sie dem Hengst und sprang ab. Eiskaltes Meerwasser schoss in ihre Reitstiefel. „Oh verdammt! Verdammter Mist!" Pia hüpfte durchs Wasser, um sich aufzuwärmen, und immerhin gelang es ihr danach, das Pferd von der Stelle zu bewegen.

Pia war so damit beschäftigt, Goldglanz hinter sich herzuziehen, dass sie die Gefahr zu spät erkannte: Plötzlich tat sich der Boden unter ihr auf. Zumindest fühlte es sich so an. Pias nächster Schritt ging ins Leere. Sie sackte vornüber ins tiefschwarze Meerwasser.

Nicht schon wieder!, war das Erste, was ihr durch den Kopf schoss, als sie langsam nach unten glitt. Bereits nach wenigen Augenblicken brannte ihre Lunge, doch es gab kein Entkommen, sie fühlte die Strömung an ihrem Körper zerren. Unermüdlich nach unten. In die Tiefe.

Doch so plötzlich wie sie ins Wasser gefallen war, riss es sie auch wieder heraus. Ein heißer Schmerz schoss ihr durchs Schultergelenk, als der Zügel, den sie noch immer fest umklammert hielt, ihren Arm herumriss. Hart schlug sie auf festen Untergrund.

Pia spuckte und keuchte. Das Wasser hatte mit einem Schlag all ihre verbliebene Kraft gefressen. Schwankend stand sie auf, packte Goldglanz' Mähne und zog sich an ihm hoch. Schwer atmend sackte sie gegen seine Schulter. „Danke", flüsterte sie. Vorsichtig setzte sich Goldglanz wieder in Bewegung und zog die erschöpfte Pia neben sich her. Ohne Hilfe würde sie unmöglich auf Goldglanz' Rücken gelangen. Nicht ohne Steigbügel, und erst recht nicht im knietiefen Wasser.

Pia fror erbärmlich. „Wenn wir nicht bald den Strand wiederfinden, war's das …" Sie hustete, krallte sich an Mähne und Zügel, während sie versuchte, so gut es ging, mitzuhalten. Goldglanz' Tritte waren nun langsam und vorsichtig, als prüfte er jede Stelle auf ihre Festigkeit.

Wie lange waren sie schon hier draußen? Eine Stunde? Weniger? Das Wasser kam schnell, wenn es kam. So viel wusste Pia. Was sie nicht wusste, war, ob sie überhaupt die richtige Richtung eingeschlagen hatten. Oder folgte sie dem Pferd gerade blind hinaus ins offene Meer?

Pia stolperte. „Uhaaaa!" Platschend landete sie abermals in den eisigen Fluten. „Ich kann nicht mehr!", schluchzte sie laut, rollte durchs Wasser und kämpfte sich zurück auf alle viere. Goldglanz blieb neben ihr stehen und wartete geduldig, bis Pia genügend Kraft gesammelt hatte, um wieder aufzustehen. Doch schon die nächste Welle warf sie wieder um. Am Ende ihrer Kräfte, blieb Pia schließlich im Wasser sitzen, ließ sich gegen Goldglanz' Vorderbein sacken und schloss die Augen.

„Marie!" Der Name wehte ihr entgegen, von unendlich weit weg. Pia zuckte zusammen, als Goldglanz einen unerwarteten Schritt nach vorn machte. Er musste das Rufen ebenfalls gehört haben.

„Marie!"

Pia öffnete die Augen. „Helge?", flüsterte sie hoffungsvoll. Ungeschickt rollte sie zur Seite und rappelte sich auf. Das Wasser plätscherte nun sanft um ihre Beine, die Sogkraft war nicht mehr so stark.

„Helge!?", rief sie noch einmal etwas kräftiger.

Ein Platschen war zu hören. Der schnaubende Atem eines Pferds. Und dann sah sie ihn: Helge kam direkt auf sie zugaloppiert.

„Marie?!", schrie er ihr entgegen und war im nächsten Moment vom Pferd gesprungen. Die letzten Meter sprintete er durchs Wasser. „Was ist passiert?"

Statt zu antworten, ließ sich Pia erleichtert ins Wasser gleiten.

„Bist du total übergeschnappt?“ Helge packte Pia an der Schulter und zog sie in die Höhe. „Wir müssen zum Leuchtturm, bevor das Wasser weiter ansteigt!“
Wie einen Sack Mehl hievte er sie aufs Pferd. Pia wehrte sich nicht. Verschwommen sah sie, wie er selbst wieder aufstieg, Goldglanz’ Zügel packte und losritt.
Erst nach ein paar Minuten gelang es ihr, sich wieder aufzurichten. Da waren sie bereits an den Klippen angekommen. Pia spürte ihre Beine kaum noch. Ihre Hände waren taub, weshalb sie einfach Helge die Zügel überließ. Das Einzige, wozu sie im Augenblick noch selbst in der Lage war, war zu versuchen nicht vom Pferd zu fallen.
Goldglanz und Poetin stampften den steilen Weg zwischen den Felsen hinauf, hoch bis zum Leuchtturm. Daneben stand ein heruntergekommener Schuppen. Die Tür war offen und schlug im Wind. Am Eingang hatten sich große Pfützen gesammelt, doch drinnen war es trocken.
Helge saß ab und half dann Pia beim Absitzen. Allein hätte sie es wohl kaum geschafft. Gemeinsam führten sie die Pferde in den Schuppen. Beide Tiere dampften von der Anstrengung, und Goldglanz ließ erschöpft die Nase hängen. Pia wünschte sich, sie hätte den Hengst niemals ins Wasser getrieben. Sie wusste genau, wie knapp es gewesen war.

Während sie erschöpft an der Wand lehnte, nahm Helge den Pferden das Zaumzeug ab und rieb ihnen mit einer Decke, die er auf dem Boden gefunden hatte, übers Fell.
„Okay, komm!“, rief er. „Hier sind die beiden erst einmal sicher.“ Helge schnappte sich seine Satteltasche und zog Pia hinter sich her.
Draußen angekommen, verriegelte er sorgfältig die Holztür. Der Sturm schlug ihnen wieder mit einer solchen Wucht entgegen, dass sie sich regelrecht gegen den Wind stemmen mussten, um nicht von den Füßen gerissen zu werden.
Bis zum Leuchtturm waren es nur ein paar Meter, aber Pia erschien es wie eine Weltreise. Als Helge an der Tür rüttelte, fürchtete Pia schon, sie wäre verschlossen. Doch dann endlich gab sie nach und flog mit einem heftigen Schlag auf.

26

„HEREINSPAZIERT!" Helge gab den Durchgang frei und Pia schwankte hinein.

Drinnen war es fast dunkel. Außer Schutt und ein paar leeren Holzkisten gab es nicht viel zu entdecken. Direkt neben der Tür allerdings führte eine Treppe nach oben. Helge zerrte sich die nasse Jacke von den Schultern und hielt Pia die Hand hin. „Na komm. Hoch zum Ofen. Wenn wir Glück haben, bekommen wir ihn angefeuert."

Er lächelte.

Pias Zähne klapperten so sehr, dass sie weder denken, geschweige denn antworten konnte. Aber Ofen klang traumhaft! Wie in Trance griff sie nach Helges Hand und ließ sich von ihm die steile Wendeltreppe nach oben ziehen.

Auch in der ersten Etage lagen überall zerbrochene Gegenstände herum. Helge durchquerte den Raum mit wenigen großen Schritten. Dabei klaubte er mehrere Stücke Holz

vom Boden auf, die aussahen wie die zerbrochene Lehne eines Stuhles. Dann stiegen sie die Treppe weiter hinauf bis ins oberste Stockwerk.
Keuchend lehnte sich Pia gegen Helges Schulter, was ihn zu ihrer Erleichterung nicht zu stören schien. Er hielt noch immer ihre Hand.
Hier oben war es richtig gemütlich, fand Pia. Es gab tatsächlich einen alten, rostigen Schwedenofen, einen Tisch, ein paar Schränke und ein durchgesessenes altes Sofa.
„Hol uns doch ein paar der Decken, ja?", rief Helge schließlich und ließ Pias Hand los. „Ich kümmere mich ums Feuer."
Fröstelnd schlang Pia die Arme um sich. Decken. Ja, Decken wären gut! Aber wo waren die? Pia lief los und öffnete einen der Schränke. Er war leer. Der Boden knarrte und die Wände ächzten. Der Sturm hatte die Insel noch immer fest im Griff.
Pia durchsuchte sämtliche Schubfächer und jede Nische. Aber Decken konnte sie nicht finden.
„Helge, wo sind denn die Decken?", fragte sie schlotternd, als er plötzlich hinter sie trat und ihr sachte über die kalten Schultern rieb. Da bekam sie erst recht eine Gänsehaut.
„Die Decken sind in unserem Versteck, du weißt schon ..." Er ließ den Satz in der Luft hängen.

In Zeitlupe schloss Pia den Schrank. Sie hatte keine Ahnung, wo das Versteck war.
Wie auch? Langsam drehte sie sich um. „Ich ... ich glaube, ich habe vergessen, wo es ist ...“
Einen Moment lang sah Helge sie verwirrt an. Dann grinste er. „Ach ja? An Weihnachten wusstest du aber noch ziemlich genau, wo es ist ...“
Er schob das Sofa zur Seite, ging auf die Knie und löste ein Brett aus dem Boden.
Pia trat neugierig näher und spähte ihm über die Schulter. „Ach ja, ich erinnere mich ...“, versuchte sie die Situation noch zu retten.
Unter dem Brett befand sich ein Hohlraum. Darin lag allerlei Zeug: ein Taschenmesser, ein verbeulter Metallbecher, Kerzen, Streichhölzer – und die Decken. Helge reichte Pia eine und warf sich die andere um die Schultern. Dann legte er das Brett wieder auf das Loch und ging zum Ofen. Da erst fielen Pia die Buchstaben auf, die in das Holz geritzt waren. „J&M“. Wer waren die beiden? Stand M für Marie? Aber wer war dann J? Traf sich Marie hier oben vielleicht heimlich mit einem Jungen? Allerdings sah die Einkerbung schon älter aus.
„So, jetzt brennt es!“, riss Helge sie aus ihren Gedanken.

„Hast du Hunger?“ Er griff nach der Satteltasche, um die belegten Brote herauszuholen.
Pia nickte und setzte sich neben ihn. „Danke“, sagte sie, als er ihr ein Brot reichte. „Ich meine … für alles. Ohne dich wären Goldglanz und ich jetzt wahrscheinlich …“
Helge wandte sich ab und starrte durch das kleine Fenster im Ofen in die Flammen. „Das mit dem Sturm könnte noch eine Weile dauern“, erklärte er dann. „Wir sitzen also erst mal hier fest.“
„Gibt Schlimmeres“, hörte Pia sich plötzlich sagen. Prompt wurde sie rot. „Ich … ich meine …“, stammelte sie hastig, „wir haben es warm und was zu essen haben wir auch und …“
„Du bist irgendwie anders geworden seit dem Unfall“, fiel Helge ihr ins Wort.
„Anders?“, fragte Pia nervös.
„Ja, anders. Du bedankst dich plötzlich für Sachen. Du behandelst die Leute um dich herum nicht mehr, als wären sie deine Untertanen. Und wie du mit Goldglanz umgehst … Manchmal hab ich echt das Gefühl, der Unfall hat einen anderen Menschen aus dir gemacht.“
Wenn du wüsstest!, dachte Pia mit klopfendem Herzen.
Wie gern hätte sie Helge in diesem Augenblick die Wahr-

heit gesagt. Es fühlte sich scheußlich an, ihn so hinters Licht zu führen. Sie mochte diesen Jungen, sehr sogar. Und neben ihm zu sitzen, vor diesem kleinen knisternden Öfchen, während draußen der Sturm das Meer aufwühlte, war einfach nur wunderschön.

Helge sah gedankenverloren ins Feuer. Pia betrachtete ihn verstohlen von der Seite – seine nassen blonden Locken, seine endlos langen Wimpern, seinen schönen Mund, der sich so gern zu einem schelmischen Lächeln verzog.

Pia schluckte. Wie es sich wohl anfühlen würde, ihn zu küssen? Sie hatte noch nie einen Jungen geküsst. Wahrscheinlich würde sie direkt in Ohnmacht fallen so wie die Frauen in diesen albernen Kitschfilmen, die sie manchmal ganz gern sah.

Pia schüttelte den Kopf. Sie musste seine Schwester spielen! Sie durfte jetzt nicht ans Küssen denken! Sie durfte sich nicht in diesen Jungen verlieben! Sie durfte …

Plötzlich rückte Helge ein Stück näher an sie heran, sodass ihr Handrücken ganz leicht seine Hand berührte. Pia hielt es kaum noch aus. Sie musste irgendetwas tun! Denn wenn sie nichts unternahm, würde sie es vielleicht schon bald ganz bitter bereuen.

Sie holte Luft, nahm all ihren Mut zusammen und griff

nach seiner Hand. Er zog sie nicht weg und wirkte auch sonst nicht so, als würde ihn die Nähe zwischen ihnen stören. Im Gegenteil.

Pia wurde noch mutiger und legte ihren Kopf an seine Schulter.

Plötzlich spürte sie, wie Helge sich verspannte, und richtete sich schnell wieder auf. War sie zu weit gegangen?

„Du versuchst mich mal wieder einzuwickeln, oder?", sagte Helge mit kalter Stimme. „Damit ich dir mit Goldglanz helfe, hab ich recht?" Er schnaubte verächtlich. „Dafür musst du dich nicht bei mir einschleimen. Das hätte ich auch so gemacht. Weil ich dich ..." Er brach ab. In seinen Augen tobte ein kleiner Sturm. „Ich bin so ein Idiot. Du hast dich kein bisschen verändert, Marie von Elstenbühl."

Ich bin nicht Marie von Elstenbühl!, hätte Pia am liebsten gebrüllt, damit er endlich aufhörte, sie wie seine dämliche Stiefschwester zu behandeln. Aber dann hätte sie womöglich alles verloren, auch Goldglanz. Das durfte sie nicht zulassen. Sie musste also weiterhin mitspielen. Ihn in seinem Irrglauben lassen.

Dennoch fiel es ihr schwer, nicht die Beherrschung zu verlieren. Sie hatte sich gerade ausgemalt, wie es wäre, ihn zu küssen, und er redete davon, dass sie sich bei ihm einschleimen wollte?! Hatte er denn keine Augen im Kopf?! Sie und seine Stiefschwester hatten in etwa so viel gemeinsam wie Goldmarie und Pechmarie!

„Spiel du ruhig weiter deine Spielchen“, sagte Helge schließlich und stand auf. „Ich geh mal nach den Pferden sehen.“

27

NACH DREI STUNDEN hatte es endlich aufgehört zu regnen. Es war nun früher Abend. Die Sonne stand tief über dem Meer – bahnte sich immer wieder einen Weg zwischen den Wolkenbergen am Horizont hindurch.
Schweigend ritten Pia und Helge nebeneinanderher. Pia versuchte sich auf Goldglanz zu konzentrieren und Helge auszublenden.
Seit er von den Pferden zurückgekommen war, hatte er kein Wort mehr zu ihr gesagt. Stattdessen hatte er mit verbissener Miene vor dem Ofen gebrütet. Zu gern hätte sie gewusst, was in ihm vorging. Aber ihre zaghaften Versuche zu reden hatte er mit einem stummen Kopfschütteln abgeblockt. Nicht unfreundlich, aber bestimmt.
Goldglanz spürte Pias Unruhe und machte sich fest. Anstatt wie am Vormittag erwartungsfroh vorwärtszupreschen, kamen sie nun fast gar nicht voran.

„Vielleicht geht es ihm wieder schlechter und das bisschen Training war bereits zu viel für ihn", sagte Helge auf einmal. „So wie der schleicht!"
Aber Pia wusste inzwischen, dass Goldglanz körperlich nie etwas gefehlt hatte. Trotzdem ging es ihm nicht gut.
Pia spürte, wie sich Tränen in ihren Augenwinkeln sammelten. Sie hatte ihr Seelenpferd enttäuscht. Genau wie sie früher oder später auch Helge enttäuschen würde.
Goldglanz hatte ihr im Watt helfen wollen. Er hatte ihr den Weg zeigen wollen! Und was hatte sie getan? Sie hatte sie beide beinahe in den sicheren Tod geführt! Kein Wunder, dass Goldglanz ihr nicht mehr vertraute. Genauso wenig wie Helge.
Doch am allermeisten war Pia von sich selbst enttäuscht.
Sie ließ Goldglanz' Zügel lang und ihr Pferd in Ruhe. Ab und zu musterte sie Helge aus dem Augenwinkel. Aber er schien noch immer in Gedanken versunken, während sie das lange Stück Sandstrand hinter sich brachten.
In der Ferne kamen die ersten Häuser in Sicht, ebenso wie eine Ansammlung weißer Zelte. Pia richtete sich auf.
Helge räusperte sich. „Dort findet am Sonntag das Championat statt."
Pia nickte, froh, dass er wenigstens wieder mit ihr sprach.

„Ihr werdet das schon machen“, sagte er weiter. „Du und Goldglanz.“ Er kam näher an sie herangeritten. „Das ist deine Chance. Wenn du ihn wirklich behalten willst, musst du übermorgen alles geben.“

Pia sah ihn an und nickte. „Ich werde ihn nicht hängen lassen“, sagte sie leise. „Nicht noch einmal. Niemals wieder. Ich verspreche es.“

Helge kniff die Lippen zusammen, sagte aber nichts mehr.

„Du, Helge ...“, begann Pia vorsichtig. „Ich weiß, es ist gerade ein ziemlich schlechter Zeitpunkt, dich um etwas zu bitten, aber ...“

„Allerdings“, unterbrach er sie schroff.

Pia ließ sich nicht beirren. „Begleitest du mich heute Abend zum Stallfest? Robbie hat mich eingeladen.“

Helges Miene verfinsterte sich. „Robbie Heinemann? Was hast du denn mit dem zu schaffen? Ich dachte, du kannst ihn nicht ausstehen.“

„Kann ich ja auch nicht“, improvisierte Pia. „Aber vielleicht weiß er was über den Typ, der in den Dünen kampiert. Immerhin haben wir in seinem Wohnwagen Fotos von Robbies Vater gefunden und außerdem ...“ Pia nahm all ihren Mut zusammen. „Und außerdem würde ich mich besser fühlen, wenn du dabei wärst.“

Statt einer Antwort schnaubte Helge verächtlich und lenkte seine Stute vom Strand in die Dünen hinein.

Ohne ein weiteres Wort erreichten sie den Stall, wo Nele schon auf sie wartete. „Hey, schon mal was von Handys gehört?“, rief sie ihnen zu. Sie hatte die Hände in die Hüften gestemmt und funkelte sie böse an. „Wir haben uns Sorgen gemacht!“

Stöhnend rutschte Pia von Goldglanz’ Rücken.

„Wir wurden vom Gewitter überrascht und haben uns untergestellt“, sagte Helge, während er Poetin an den Mädchen vorbei in den Stall führte. „Wir haben für Sonntag geübt.“

Nele sah Pia fragend an. „Was ist am Sonntag? Hab ich was verpasst?“

Pia seufzte. „Ja, Goldglanz und ich werden beim Championat mitreiten“, berichtete sie und führte Goldglanz in die Waschbox. Er hatte sich die Dusche redlich verdient. „Ich werde ihn noch schnell abspritzen, damit er wieder schön sauber ist. Äh ... Nele?“ Pia drehte sich um.

Nele war wie angewurzelt in der Tür stehen geblieben.

„Was ist, kommst du?“, fragte Pia.

„Du kannst da nicht mitreiten!“, platzte Nele hervor.

„Wieso ...“

„Weil es gefährlich ist! Hast du nicht davon gehört? Beim letzten Mal ist eine junge Frau ums Leben gekommen. Darum hat das Championat auch seit über zehn Jahren nicht mehr stattgefunden."
„Aber das war ein Unfall", wandte Pia ein.
Nele schnaubte und nahm Goldglanz die Trense ab. „Ja, das sagt man, aber ich habe was anderes gehört."
Pia runzelte die Stirn. Sie erinnerte sich an das Foto aus den Kisten im Wohnwagen, das mit dem verletzten Pferd und dem Krankenwagen. „Wo hast du das denn aufgeschnappt?", fragte sie, während sie das warme Wasser langsam über Goldglanz' salzverkrustete Flanken laufen ließ.
Nele zuckte die Achseln. „Na im Ort. Die Leute reden gerade über nichts anderes. Die meisten finden es nicht gut, dass das Insel-Championat wieder stattfinden soll."
„Aber ist es nicht normal, dass bei solchen Turnieren ab und zu etwas passiert?", fragte Pia.
„Ja, schon, aber trotzdem! Du solltest dich nicht in so eine Gefahr begeben!", erwiderte Nele wütend. „Ein Unfall pro Woche reicht ja wohl!"
„Aber wenn ich nicht reite und gut abschneide, wird Goldglanz verkauft", sagte Pia.

Sie ignorierte Neles bekümmerten Gesichtsausdruck, griff nach Goldglanz' Strick und führte ihn in seine Box zurück. Dort kippte sie ihm noch eine extragroße Schaufel Müsli in den Trog und machte sich dann auf den Weg zurück zum Haus.

In ihrem Zimmer angekommen, ließ sich Pia aufs Bett fallen. Wie gern hätte sie jetzt einfach die Decke über den Kopf gezogen und bis zum nächsten Morgen durchgeschlafen. Aber das würde sie nicht tun. Das konnte sie nicht. Zuerst musste sie zu dieser Party, um mit Robbie zu sprechen. Also schleppte sie sich erst in die Dusche und dann in Maries gigantisches Ankleidezimmer. Rechts neben dem kleinen Fensterchen hingen die Kleider, links davon gab es mehrere Regale mit Hosen und Oberteilen.

Auch wenn Pia sich nicht viel aus Klamotten machte – auf eine Katastrophe wie am Vorabend hatte sie keine Lust. Diesmal wollte sie im richtigen Outfit aufkreuzen. Es konnte also nichts schaden, Maries Garderobe etwas ausführlicher unter die Lupe zu nehmen.

Sie lief hinüber zu den Sommerkleidern und griff nach einem bunt gemusterten mit hellen Stickereien. Vorsichtig berührte sie das teure Material. Nein, das war absolut kein Outfit für eine Stallparty. Also hängte sie es zurück

und strich mit den Fingern über die lange Reihe von Kleidern. Ganz am Ende stieß sie auf ein schlichtes kurzes Trägerkleid in Hellblau.
Pia lächelte. Ja, das würde gehen.
Im Schuhregal fand sie passende Sandalen – ebenfalls in Blau, aber mit Glitzersteinen. Sie schlüpfte in das Kleid und die Schuhe und besah sich zufrieden im Spiegel. Die Haare würde sie offen tragen. Kurz überlegte sie, Maries Glätteisen zu benutzen, entschied sich dann aber dagegen. Ihre Locken erinnerten sie daran, dass sie nicht Marie, sondern Pia war. Und inzwischen fand sie das gar nicht mehr so schlimm.
Sie drehte sich zur Tür. Jetzt kam der schwierige Teil: Helge doch noch davon zu überzeugen, sie zu begleiten.
„Du schaffst das, Pia! Sei kein Frosch!“, redete sie sich selbst laut zu. „Du hast gerade deinen ersten richtigen Geländeritt hinter dir. Wie schwer kann es da schon sein, Helge von Elstenbühl dazu zu überreden, mit dir auf diese Party zu gehen?“
In diesem Moment klopfte es und Pia zuckte zusammen.
„Ja?“, rief sie und wäre am liebsten im Boden versunken. Hatte Helge sie womöglich sprechen gehört?
Er öffnete die Tür und spähte ins Zimmer hinein.

„Hi", sagte er und klang verlegen. „Ich … ich wollte mich entschuldigen, wegen vorhin. Vielleicht waren meine Schlüsse vorschnell und … und ich wollte dich fragen, ob du … ähm … ob wir …" Er holte Luft. „… zusammen auf die Party gehen?"
„Mir tut es auch leid!", platzte Pia heraus. „Ich will nicht, dass du denkst, ich würde dich nur ausnutzen! Weil das überhaupt nicht stimmt. Weil ich dich doch … mag", beendete sie lahm. Das war die Untertreibung des Jahrhunderts! Aber für noch mehr Wahrheiten fehlte ihr der Mut.
Helge lächelte schief. „Ist das also ein *Ja?*"
Pia strahlte zurück. „Ja."

28

IN DER GARAGE ÖFFNETE HELGE erst das Verdeck des Sportwagens und anschließend die Tür für Pia.

„Weißt du, was?", rief sie und fühlte sich so frei wie selten. „An Ausflüge mit dir könnte ich mich gewöhnen!"

Einen Moment sah Helge sie verwundert an. Dann prustete er los. „Natürlich könntest du das!" Lachend sprang er über die Tür hinein auf den Fahrersitz.

Helge trug ausgewaschene Jeans und dazu ein weißes Shirt. Mit seiner braunen Haut und dem blonden Haar sah er heute Abend eher wie ein Surferboy aus als wie ein Reiter.

Er startete den Motor und sie brausten los. Pia legte den Arm auf die Tür, schloss die Augen und ließ sich die Abendsonne ins Gesicht scheinen. In diesem Augenblick schien ihre Heimat in Frankfurt so weit weg wie noch nie. Fast kam es ihr so vor, als gehörte sie hierher. Fast.

„Ich habe mir überlegt, vielleicht sollten wir gemeinsam mit Robbie sprechen …“, schlug Helge plötzlich vor.

Pia öffnete ein Auge und sah ihn argwöhnisch an. „Weshalb denn?“

„Ich dachte, du willst am Sonntag starten?“, sagte er, ohne den Blick von der Straße abzuwenden.

Oh! Natürlich! Pia hätte sich ohrfeigen können. Er sprach vom Championat. Aber hatte er nicht gesagt, der alte Heinemann sei für die Organisation zuständig?

„Wäre es dann aber nicht besser, wenn du mit Robbies Vater sprichst?“, gab sie zu bedenken.

„Ich will erst wissen, ob die Strecke sicher ist. Da vertrau ich eher auf die Auskunft von Robbie“, erwiderte Helge.

„Oh“, machte Pia nur, als seine Worte zu ihr durchsickerten. Dann richtete sie sich im Sitz auf. „Aber ich will auf jeden Fall starten! Es ist mir egal, was damals passiert ist! Ich werde nicht zulassen, dass Goldglanz verkauft wird. Eher würde ich … eher würde ich …“ Ja, was eigentlich?

Er runzelte die Stirn. „Das ist kein Spaß, Marie. Eine junge Frau ist damals ums Leben gekommen, und ich traue diesem Rainer kein Stück über den Weg. Abgesehen davon ist die Strecke schon bei vernünftigen Bedingungen eine echte Herausforderung.“

„Ich weiß“, gab Pia kleinlaut zu. Allein bei dem Gedanken an den Start am Sonntag brach ihr der Schweiß aus und ihr Herz schlug Saltos. Doch zu ihrer eigenen Überraschung war Pia das Salto schlagende Herz nicht wirklich unangenehm …

„Mein Entschluss steht fest. Ich werde reiten“, sagte sie und hoffte, dass ihre Stimme so klang, als würde sie keine Widerrede dulden. „Du brauchst also nicht mit Robbie zu sprechen. Das schaffe ich schon allein.“

Helge fuhr so zackig um die Kurve, dass Pia zur Seite geschleudert wurde. Erschrocken sah sie ihn an. Was war denn nun wieder los?

„Und was genau willst du von ihm?“, fragte er hitzig, die Hände fest ums Lenkrad geschlungen.

Warum wurmte es ihn denn so, dass sie allein mit Robbie reden wollte? Sein brüderlicher Beschützerinstinkt? Sie wurde einfach nicht schlau aus Helge.

Also zuckte Pia die Achseln. „Ich möchte rauskriegen, was er über den Typ im Wohnwagen weiß und über den Brand damals.“ Das war natürlich nur die halbe Wahrheit, und Helge schien das genau zu spüren, denn er starrte immer noch düster vor sich hin.

Mit überhöhtem Tempo steuerte er den Wagen auf eine

Wiese, die als Besucherparkplatz diente. Der tiefergelegte Sportwagen holperte und ächzte. Doch Helge fuhr nicht langsamer. Zielgenau schoss er in eine freie Parklücke, trat voll auf die Bremse und würgte den Motor ab.

„Wir sind da", sagte er knapp.

Pia wollte die Stimmung retten und berührte Helge vorsichtig am Arm, doch der schüttelte ihre Hand unwirsch ab.

„Was ist denn los?", fragte Pia zaghaft. „Eben warst du noch so gut gelaunt und jetzt ..." Verzweifelt suchte sie seinen Blick.

Er wischte sich mit dem Handrücken über die Stirn. „Ich verstehe dich einfach nicht Marie." Plötzlich wirkte er vollkommen durcheinander. „Wenn das wieder eines deiner Spielchen ist, dann lass es einfach. Ich ertrage das nicht mehr. Und seit dieser Woche ..." Er verstummte und starrte geradeaus.

Pia ging es genau wie Helge. Sein Verhalten verwirrte sie. *Er* verwirrte sie. Warum war er denn plötzlich so gereizt? Heute Nachmittag im Leuchtturm, als sie versucht hatte ... Pia verlor den Gedanken. Auf einmal fiel es ihr schwer, sich zu konzentrieren. Helges Nähe machte sie nervös.

Plötzlich sah er sie an. So intensiv, dass Pia mit einem

Schlag alles vergaß. Sie musste etwas sagen. Doch sie brachte kein Wort heraus.

Und da geschah es. Helge fluchte leise, beugte er sich vor und küsste sie. Einfach so. Mitten auf den Mund.

Pia erstarrte und schloss die Augen. Hinter ihren Lidern explodierten die goldenen Lichter wie ein Feuerwerk aus Glück. Dann stand die Welt plötzlich still, und das Einzige, was Pia spürte, waren Helges Lippen auf ihren.

Doch der Kuss war vorbei, ehe sie wusste, wie ihr geschah. Helge riss die Tür auf und sprang aus dem Wagen.

Schlagartig drehte die Welt sich weiter. Alles drehte sich. Irgendwo hinter Pia dröhnte ein lauter Bass. Ein Pferd wieherte, es roch nach Salz, Fisch, Meer und Heu.

Es war kalt. Wind blies ihr ins Gesicht und riss sie aus ihrer Starre.

„Helge?“, flüsterte sie.

Er war fort.

Unendlich langsam berührte Pia ihre Lippen, genau da, wo er sie vor einer Sekunde noch geküsst hatte. Oder hatte sie das nur geträumt? Wo war er hin? Und warum war er weg?

Wie benommen schnallte sich Pia ab und stieg aus dem Wagen. Ihre Knie waren weich wie Gummi. Wankend lief sie auf das Zelt zu, aus dem der Bass dröhnte.

Wo war Helge hin? Was war hier gerade passiert?
Pia schüttelte sich. *Er hat dich geküsst, das ist passiert!*
Sie atmete tief durch. Jetzt bloß nicht durchdrehen!
Oder vielleicht doch.
Helge! Er hatte sie geküsst! Einfach so! Pia hätte schreien können vor Glück.
Doch auf einmal kam ihr ein beunruhigender Gedanke: Hatte sie vielleicht etwas falsch gemacht? War er deshalb fortgelaufen?
Während sie auf das beleuchtete Festzelt zutaumelte, spulte sie das Geschehene noch einmal in ihrem Kopf ab: Helge hatte geflucht, sich vorgebeugt und sie geküsst. Auf den Mund. Und sie … Da fiel es ihr wie Schuppen von den Augen. Sie hatte seinen Kuss nicht erwidert! Sie hatte überhaupt nichts getan! Sie hatte einfach nur dagesessen wie ein Stockfisch!
Pia war so in Gedanken versunken, dass sie stolperte und um ein Haar der Länge nach in den Sand geknallt wäre, wenn sie nicht plötzlich jemand am Arm gepackt hätte.
„Pia!“, zischte ihr eine vertraute Stimme ins Ohr und zog sie aus dem Schein der Lampen ins Dunkle.

29

PIA WIRBELTE HERUM und starrte ihren Retter verwirrt an. Sie brauchte einen Moment, um zu erkennen, wer da tatsächlich vor ihr stand und sie noch immer am Arm festhielt. „Robbie?“, quiekte sie heiser.

„Was rennst du hier durch die Gegend wie ein kopfloses Huhn?“, zischte Robbie. „Hast du vergessen, wer du gerade bist? Versuch wenigstens so zu tun, als wärst du Marie von Elstenbühl!“

„Hast du Helge gesehen?“, platzte Pia dazwischen und blickte sich suchend um. Sie musste Helge finden und ... und ...

„Davon abgesehen gibt es eine Planänderung!“ Robbie zwang sie, ihn anzusehen. „Du musst sofort von hier verschwinden!“

„Wieso das denn? Du wolltest doch, dass ich komme!“

„Ja, aber das war, bevor ich wusste, dass deine Klasse hier

auftaucht! Anscheinend hat mein trotteliger Vater sie eingeladen. Niemand darf dich sehen, sonst fliegt der ganze Schwindel auf!"
„Aber ich bin mit Helge hergefa..."
„Dann lass dir was einfallen!", unterbrach Robbie sie barsch. „Marie schafft es schließlich auch immer, dass ihr feiner Herr Bruder nach ihrer Pfeife tanzt!"
Pia riss sich los und stürmte zurück auf den beleuchteten Weg. „Okay, okay ... Aber vorher muss ich noch kurz was Wichtiges klären!"
Pia hörte Robbie hinter sich fluchen und hastete weiter. Brennende Fackeln erleuchteten den Weg zu beiden Seiten. Zwei Mädchen kamen Pia lachend entgegen, beide mit einem Plastikbecher in der Hand.
Pia wurde langsamer und blieb dann stehen. Obwohl es ein lauer Sommerabend war, fröstelte sie. Was, wenn sie versehentlich einem ihrer Klassenkameraden über den Weg lief? Oder Marie?
Egal, sie musste mit Helge reden. Und zwar sofort. Denn wenn sie nicht alles täuschte, war er sauer oder noch schlimmer: gekränkt!
Pia schlich an der Zeltwand entlang und spähte ins Festzelt hinein. In der Nähe des Eingangs saßen ein paar Jugend-

liche auf Strohballen. Pia erkannte Helene und Zoe und zuckte zusammen. Ihre Mitschülerinnen unterhielten sich mit ein paar ziemlich aufgestylten Mädchen, die Pia nicht kannte. Und dann sah sie ihn: Helge! Er stand vor einer Bar und hatte einen Geldschein in der Hand. Offenbar wollte er etwas zu trinken holen. Während er wartete, unterhielt er sich mit einem hochgewachsenen Mann. Auch wenn der Mann mit dem Rücken zu Pia stand, so war sie sich doch sicher, dass es der alte Heinemann sein musste. Seine übertrieben lässige Haltung verriet ihn.

Pia schaute zurück zu der Mädchengruppe auf den Strohballen. Warum war es ihr nicht gleich aufgefallen? Ihre schmachtenden Blicke? Das überdrehte Gekicher?

Pia seufzte. Natürlich war sie nicht die Einzige, die ein Auge auf Helge geworfen hatte! Doch da ausgerechnet die zwei Klassenzicken Helene und Zoe ihn ins Visier genommen hatten, konnte Pia jetzt unmöglich ins Zelt hineinspazieren und sich zu ihm an die Bar stellen. Sie musste warten, um Helge irgendwo allein abzupassen.

„Du bist ja immer noch hier!"

Pia kreischte erschrocken auf. „Robbie! Du schon wieder! Warum schleichst du dich ..."

„Oh, wie ich sehe, beherrschst du Maries Rolle ja doch ganz

gut. Sieht schon total echt aus, dieser böse Blick“, stichelte Robbie grinsend. „Und das Outfit übrigens auch. Hammer siehst du aus!“
Pia schnaubte, versuchte aber trotzdem etwas netter zu schauen. „Wo wir schon dabei sind – wo ist Marie?“
Robbies Miene verdüsterte sich. „Sie ist nicht hier“, erklärte er knapp.
„Wieso, wo …“
„Ist jetzt nicht so wichtig.“
Auf einmal spürte Pia, dass Robbie genauso nervös war wie sie selbst, und in diesem Moment fiel ihr wieder ein, was sie ihn so dringend hatte fragen wollen.
Pia versuchte sich zu sammeln. Der Mann im Regenmantel. Der abgebrannte Glänzehof im Wald. Goldglanz’ Unfall. Sie brauchte Antworten. Darum war sie hier.
Während sie Helge weiter im Blick behielt, begann sie zu erzählen. „Ich glaube, ich werde verfolgt. Von einem Mann im Regenmantel. Er wohnt in der Nähe von hier, in einem Wohnwagen. Dort habe ich alte Bilder gefunden, auch von deinem Vater. Ich glaube, der Mann im Regenmantel ist der Grund für unseren Unfall, der Grund, weshalb Goldglanz an dem Morgen durchgegangen ist. Und ich glaube, dass der Kerl auch den Glänzehof angezündet hat …“

„Woah!“ Robbie hob abwehrend die Hände. „Jetzt mal langsam. Was hat mein Vater mit all dem zu tun?“

Pia hielt inne. Ja, genau. Das war die nächste Frage. Was hatte der alte Heinemann mit all dem zu tun?

„Ich weiß es nicht, aber es muss eine Verbindung geben. Er und der schwarze Hengst mit dem Blätterkranz ...“

Plötzlich packte Robbie sie unsanft an den Schultern. „Was weißt du über den Hengst?“, flüsterte er und sah sich dabei verstohlen um.

Erschrocken wich Pia zurück. „Ich ... gar nichts! Er war auf den Fotos drauf, die ich gefunden habe ...“

Robbie blickte finster drein und gab sie frei. „Du hast recht.“ Er ließ die Schultern sacken. „Ich befürchte ehrlich gesagt, mein alter Herr hat tatsächlich mehr Dreck am Stecken, als wir alle vermuten.“

„Was meinst du damit? Was soll das heißen?“

Seufzend strich er sich übers stoppelige Kinn. „Ich war damals noch ein Kind, aber soweit ich mich erinnern kann, wurde mein Vater mehrere Monate von der Polizei vernommen. Er stand ebenfalls unter Verdacht, etwas mit dem Brand zu tun gehabt zu haben“, gestand Robbie zerknirscht. „Letztendlich gab es aber keine Beweise.“

Pia nickte langsam und sah hinüber zum alten Heinemann.

Er stand noch immer an der Bar und unterhielt sich mit Helge. Auf einmal hatte sie das dringende Bedürfnis, Helge von ihm wegzuholen. Von dem Kerl bekam sie Gänsehaut! Doch sie zwang sich zu sagen: „Könnten wir nicht einfach mit deinem Vater darüber reden? Vielleicht ..."
„Nein!", unterbrach Robbie sie grob. Dann fügte er etwas ruhiger hinzu: „Er ist sowieso gerade viel zu beschäftigt mit dem Insel-Championat. Er erhofft sich davon die Lösung für all unsere Probleme", erklärte er bitter.
Pia schluckte schwer. Wenn es doch bloß auch eine Lösung für all *ihre* Probleme geben würde!
Robbie musste ihr die Verzweiflung ansehen. Denn plötzlich sagte er mit einer Stimme, die keinen Platz für Widerspruch zuließ: „Warte kurz hier draußen. Ich hol dir was zu trinken. Du siehst wirklich aus, als könntest du es vertragen."
Während Robbie Richtung Bar lief, beobachtete Pia das Geschehen vom Eingang aus. Der alte Heinemann war gegangen, und Helge steuerte nun direkt auf die schmachtenden Mädchen auf den Strohballen zu. Er begrüßte sie mit einer lässigen Handbewegung, als wären sie alte Bekannte. Allerdings konnte Pia nicht verstehen, was er sagte. Dafür war die Musik viel zu laut.

Jetzt wurde sie nervös. Das würde Helene gefallen! Helge musste total ihr Typ sein. Schön, reich und obendrein noch ein begnadeter Reiter.
„Ich bin definitiv für einen Drink zu haben", murmelte Pia vor sich hin, als sie sah, wie sich Helge auf einem der Strohballen niederließ, direkt zwischen Helene und Zoe.
Pia schnaubte. Was wollte er denn da? Er kannte die Tanten doch nicht einmal!
Was Helene anging, hatte Pia richtig getippt: Gerade beugte sich die Stufenzicke mit einem verführerischen Augenaufschlag zu Helge vor. Helene musste etwas Lustiges gesagt haben, denn Helge warf lachend den Kopf in den Nacken. Dann entgegnete er irgendetwas und Helene rutschte noch etwas näher an ihn heran. Gleich säße sie auf seinem Schoß!
Pias Herz raste. Sie fühlte sich miserabel. Unglaublich schlecht. Warum war sie überhaupt hier? Weil sie einen schönen Abend mit Helge hatte verbringen wollen, fiel es ihr wieder ein. Doch leider amüsierte der sich gerade prächtig mit ihrer Erzfeindin. Und was war mit dem Kuss? Hatte dieser Kuss überhaupt nichts zu bedeuten gehabt?
Pia lehnte sich ein Stück weiter nach vorn. Wenn sie doch nur verstehen könnte, was gesprochen wurde!

„Hey, Pia! Heißes Outfit! Von Helene geliehen?“
Pia erstarrte zu Eis.
„Pia und Helene, die neuen BFF!“, hörte sie Luis grölen. Gelächter folgte.
Langsam drehte sie sich um. Tatsächlich, Luis stand ein paar Meter hinter ihr auf dem fackelbeschienenen Weg. Doch warum hatte er ihr den Rücken zugedreht, wenn er eben ...
„Oh no!“ Pia schnappte nach Luft.
Da kam Marie!

30

BLITZARTIG WANDTE SICH PIA VOM EINGANG AB und tat so, als durchwühlte sie ihre Handtasche. „Los, haut ab!“, flüsterte sie.
Sie musste hier weg! Aber Luis und Johannes blockierten ihren Fluchtweg.
„So ein verdammter …“
„Versteck dich! Ich kümmere mich darum“, raunte ihr auf einmal Robbie ins Ohr und drückte ihr ein kaltes Glas in die Hand, so schwungvoll, dass es überschwappte. Pia warf noch einen verstohlenen Blick über die Schulter. Ihr Puls raste. Wenn Marie sie jetzt sah, war alles aus! Wie hatte sie nur so dumm sein können herzukommen? Der Abend entwickelte sich zunehmend zu einer Katastrophe.
„Hey, Pia!“, rief Robbie. „Hey, Leute! Lasst uns reingehen! Die Party steigt drinnen, nicht hier draußen.“
Pia hörte, wie die Truppe hinter ihr fröhlich schwatzend

ins Zelt ging, und zwang sich, ruhiger zu atmen. Dann setzte sie das riesige Glas, das Robbie ihr gebracht hatte, an die Lippen und trank einen großen Schluck.

„Bäh!“ Pia würgte. „Widerlich!“ Das war Bier! Pia hasste Bier!

Pia schlich zurück zum Zelteingang und fühlte, wie sich ihre Kehle zuschnürte. Erst sah sie, wie Robbie mit Marie tuschelnd durch einen Seitenausgang wieder nach draußen verschwand, doch ihr blieb keine Zeit, sich darüber zu wundern, denn dann sah sie Helene. Auf Helges Schoß!

„Geht's noch?“, zischte Pia wütend und nippte am Glas. Was dachte Helge sich dabei? Erst küsste er sie oder Marie oder egal, wie auch immer ... und dann nahm er ausgerechnet Helene auf den Schoß?

So hätte sie ihn nicht eingeschätzt. Er war so nett zu ihr gewesen!

Pia spürte, wie Selbstmitleid von ihr Besitz ergriff. Sie hasste Selbstmitleid! Wütend trank sie noch einen großen Schluck aus dem Bierkrug, dann stellte sie ihn einfach in den Sand und lief los.

„Oh, verdammt!“ Ihre Beine wollten ihr plötzlich nicht mehr gehorchen. Sie wankte. Zu spät kam ihr in den Sinn, dass der Alkohol sich wohl eher schlecht mit ihren Kopf-

schmerztabletten vertrug. Aber reichten da schon ein paar Schlucke Bier?
Wie auch immer. Sie würde jetzt gehen! Allein. Zurück zum Gut. Egal ob Helge noch blieb oder nicht, sie würde zu Fuß nach Hause gehen.
„Du kannst mich mal, Helge von Elstenbühl!“, fluchte sie leise.
Na, prima, jetzt führte sie auch schon Selbstgespräche!
Ein wenig wackelig auf den Beinen lief sie zurück Richtung Parkplatzwiese, als sie in der Ferne zwei Jugendliche sah. Wahrscheinlich kamen sie vom Strand. Da erkannte Pia, dass es Marven und Melina waren. Keuchend duckte sie sich hinter einen Jeep. Die beiden kamen genau in ihre Richtung.
Melinas Stimme wehte zu Pia herüber. „Hast du die beiden am Strand gesehen? Ich finde es mies von Robbie!“
Marvens Antwort konnte Pia nicht hören. Vielleicht hatte er auch gar nichts gesagt – wie immer.
„Er nutzt sie doch nur aus!“, hörte Pia Melina schimpfen.
Diesmal brummte Marven zumindest Zustimmung.
„Sie ist ’ne billige Arbeitskraft für ihn. Mehr nicht. Aber ich glaube, sie macht …“
Dann waren die beiden vorbeigelaufen und Pia konnte den Rest des Satzes nicht mehr verstehen.

Na großartig! Wie es sich anhörte, waren ihre Doppelgängerin und der junge Reitlehrer *das* Gesprächsthema!

Unschlüssig verharrte Pia hinter dem Wagen. Sie fühlte sich so allein wie schon lange nicht mehr. Helge, der ihr Herz höherschlagen ließ, hatte sie heute Abend eiskalt abserviert. Oder wie sollte man das nennen, wenn der Junge, von dem man soeben seinen ersten Kuss bekommen hatte, fünf Minuten später mit einem anderen Mädchen flirtete? Und Robbie? Der verfolgte offenbar seine ganz eigenen Ziele, auch wenn Pia noch immer nicht kapierte, welche das waren und warum er dafür ausgerechnet eine Marie brauchte, die ihr Gedächtnis verloren hatte.

Wem sollte sie jetzt noch trauen? Wozu sollte sie das ganze Schauspiel noch fortführen, wenn es ihr am Ende nicht das brachte, was sie sich so sehr erhofft hatte? Eine Familie, Freunde ... Und dass sie Goldglanz übermorgen zum Sieg reiten würde, damit er auf Gut Sturmbö bleiben konnte, war wahrscheinlich auch nur eine bekloppte Idee.

Was sollte sie also tun? Hier auf Helge warten? Aber was sollte sie ihm sagen? Die Wahrheit? Ja, so langsam war es Zeit für die Wahrheit! Sie war es leid, Marie zu sein! Sollten die Elstenbühls ihre Familienprobleme doch selbst lösen! Und Goldglanz? Sie würde Marie zeigen, dass er gar nicht

lahm war, und dann würde Marie ihn in Zukunft besser behandeln. Auch wenn es Pia beim Gedanken daran, nicht Teil dieser Zukunft zu sein, einen Stich ins Herz versetzte. Ja, sie würde jetzt zum Strand gehen, Marie und Robbie gegenübertreten und die ganze Sache auffliegen lassen.
Dass ihr Plan allerlei Löcher hatte, war ihr in dem Moment egal. Sie taumelte hinüber zum Schilf in Richtung Strand.
Pia stöhnte. Hinter ihren Schläfen pulsierte es. Sie konnte kaum noch klar denken.
„So ein Mist, Pia! Reiß dich zusammen!“ Ihr war hundeelend zumute. Nein, Alkohol und Tabletten vertrugen sich ganz und gar nicht.
Doch sie torkelte weiter. Das Schilf schnitt ihr in Arme und Beine, aber sie bemerkte es kaum und lief weiter in die Richtung, aus der Marven und Melina gekommen waren.
Als sie endlich die Dünen erreichte, war sie schweißgebadet und vollkommen erschöpft. Die letzten Meter kroch Pia mehr, als dass sie lief. Was ihr Glück war, denn somit wurde sie im entscheidenden Moment nicht gesehen.
Unweit von ihr tauchte auf einmal eine weitere Gestalt in den Dünen auf.
Helge! Und er war allein. Doch plötzlich machte er auf dem Absatz kehrt und rannte zurück zum Parkplatz.

„Helge?", rief Pia. Aber ihre Stimme wurde vom Rauschen des Meeres übertönt.
„Mist! Helge?", schrie Pia lauter. Doch vergebens. Helge rannte so schnell, dass er bereits nach wenigen Sekunden aus ihrem Blickfeld verschwunden war.
„Verdammt!" Pia hätte sich ohrfeigen können. Warum hatte sie bloß das dämliche Bier angerührt!
Gerade als sie sich umdrehen und ihm nachlaufen wollte, sah sie das Pärchen am Strand. „Was zum ..."
Es war sehr dunkel und Pia erkannte nur schemenhaft Umrisse. Aber sie war sich sicher, dass es Marie und Robbie waren, die dort dicht beieinander am Strand standen. Sie wirkten unglaublich vertraut.
Pias Gedanken überschlugen sich. Robbie konnte Marie nicht ausstehen! Zumindest hatte Pia das nach dem Unglück am Strand und seinen wilden Flüchen die ganze Zeit angenommen. Hielten die beiden etwa Händchen? Pia konnte es nicht mit Sicherheit sagen.
Augenblicklich verwarf Pia ihre Pläne, die sie eben noch so hitzig geschmiedet hatte. Solange sie nicht wusste, was Robbie für ein Spiel spielte, würde sie sich nicht zu erkennen geben.
Immer noch wankend, trat Pia den Rückzug an. Trotz der

kühlen Meeresbrise schwitzte sie fürchterlich. Ihre Augen tränten, und sie fühlte, wie sich der Horizont zu drehen begann.

„Komm schon, Pia, nur noch ein kurzes Stück …“, murmelte sie und schleppte sich die letzten Meter bis zum Parkplatz. Dann stolperte sie und fiel der Länge nach ins Gras.

Verschwommen nahm sie wahr, wie sich jemand über sie beugte.

„Alte Gewohnheiten lassen sich schwer ablegen, stimmt’s, Schwesterherz?“ Helges Stimme schnitt durch den Nebel ihrer Gedanken wie Stahl.

Pia war auf einmal eisig kalt.

„Dass ich aber auch immer wieder darauf reinfalle …“

Pia spürte, wie seine Hände unter ihre Schultern fassten und sie unsanft in die Höhe zogen. Sie stöhnte auf.

„Was ist los?“, fragte sie schwach.

„Wie viel Bier hattest du?“, erwiderte er kalt.

„Das war ein Versehen, ehrlich … Ich wollte eigentlich gar nicht …“

„Ja, klar. Und das mit Robbie war auch ein Versehen oder wie?“, zischte er. „Ach, was rede ich eigentlich mit dir?“ Helge fluchte und hob sie hoch. „Ich bringe dich jetzt nach Hause.“

Pia kämpfte sich aus dem Nebel ihrer Gedanken heraus. Dies war ihre Chance. Sie musste es wiedergutmachen, ihm zeigen, dass sie seine Gefühle erwiderte …
Sie umklammerte seinen Hals mit ihren Händen. Ihr Kopf fühlte sich auf einmal ganz leicht an. Sie musste kichern. Was hatte sie schon zu verlieren? Sie wandte ihm das Gesicht entgegen, ihre Lippen suchten seine und …
„Hör auf!“, fuhr Helge sie an.
„Aber ich … der Kuss … er war so … Helge, ich …“ Sollte sie ihm sagen, dass sie noch nie jemanden geküsst hatte? Dass sie einfach nicht gewusst hatte, wie sie reagieren sollte? Dass sie nicht glauben konnte, dass jemand wie er sich für jemanden wie sie interessierte?
Flehend blickte sie ihn an. Er wirkte verwirrt, verletzt, zutiefst gekränkt … Doch das spornte sie nur noch mehr an. Sie würde es ihm beweisen! Würde ihm zeigen, wie sehr sie ihn mochte … Sofort überrollte sie eine Welle des Glückes. Er mochte sie auch! Er hatte sie geküsst. Helge von Elstenbühl mochte sie, Pia! Wieder musste sie kichern. Ein kleiner, immer noch funktionstüchtiger Teil ihres Gehirns schrie ihr entgegen, wie peinlich und lächerlich sie sich gerade benahm. Aber Pia war viel zu überdreht, um sich daran zu stören.

Noch einmal versuchte sie ihn zu küssen. Doch in diesem Moment ließ er sie fallen. Mit einem unsanften Plumps landete Pia auf dem Autositz – und zurück in der Wirklichkeit. Als sie das weiche Leder willkommen hieß, merkte sie mit einem Mal, wie unfassbar müde sie war. Pia hörte auf zu kichern und seufzte.

Das Letzte, was sie sah, war Helges Gesicht – seine Augen voller Wut. Oder war es Verachtung?

Erschöpft schloss Pia die Lider und ließ sich von der Schwärze dahinter davontragen.

31

ALS PIA AM NÄCHSTEN TAG ERWACHTE, merkte sie sofort, dass etwas nicht stimmte. Es war dunkel im Zimmer, aber sie war nicht allein.

Ruckartig setzte sie sich auf. „Was …“ Pia sah einen Schatten durch den Raum huschen. Sie drehte den Kopf und kniff voller Schmerz die Augen zusammen.

„Sie ist jetzt wach …“, flüsterte jemand. Pia kannte die Stimme.

Dann hörte sie durch das geöffnete Fenster ein Pferd wiehern. Leise, aber doch ganz in der Nähe.

Die Erinnerung brach so plötzlich über sie herein wie ein Gewitterregen nach einem sengend heißen Tag. Sofort schoss ihr die Schamesröte ins Gesicht. Was hatte sie getan!?

Die Tür zu Maries Zimmer wurde geöffnet und jemand betrat den Raum. Pia erkannte im Gegenlicht des Flures nur die Umrisse einer gedrungenen Gestalt. Mit bestimmtem Schritt lief sie zum Fenster und zog den Vorhang zur Seite. Pia keuchte erschrocken auf und hob die Hände vors Gesicht.

„Wer sind Sie?“, flüsterte sie ängstlich. Ihre Kehle war staubtrocken. In ihrer Magengegend breitete sich ein flaues Gefühl aus. Sie fühlte sich elend. Körperlich und seelisch.

„Guten Morgen, Marie!“, sagte der Mann freundlich. „Ich bin es, Dr. Jensen. Dein Bruder hat mich angerufen, nachdem es dir gestern Abend so schlecht ging.“

Pia versteifte sich. War dieser Jensen Maries Hausarzt?

„So ein Mist ...“, fluchte Pia leise. Hätte sie bloß weitergeschlafen!

„Das kann man wohl sagen“, antwortete der Hausarzt nüchtern. Er stand nun direkt neben Pias Bett und blickte auf die kleine Dose Schmerztabletten aus dem Krankenhaus, die auf dem Nachttisch stand. „Diese Tabletten und Alkohol. Keine gute Kombination.“ Er nahm die Dose und schüttelte sie. „Fast noch voll.“ Er klang erleichtert. „Wie viel hast du getrunken?“

„Ich wollte doch nur ...“

„Wie viel?“

Pia schluckte und rang verzweifelt die Hände. Der Arzt gehörte wohl ebenfalls nicht zu Maries Fanclub. Gab es denn niemanden, der das Mädchen mochte?
„Hör zu, Marie. Ich bin dein Arzt und ich will dir helfen. Aber das kann ich nur, wenn du mir verrätst, wie viel du getrunken hast."
„Ich habe höchstens ein halbes Glas Bier getrunken."
„Verstehe ...", sagte der Arzt bedächtig und betrachtete das Döschen mit Tabletten. „Unter Umständen verträgst du dieses Medikament nicht." Als er das Etikett las, grub sich eine tiefe Furche in seine Stirn. „Hm, seltsam. Diesen Wirkstoff hast du sonst eigentlich immer gut vertragen." Er sah sie eindringlich an. „Bist du dir sicher, dass es nur ein halbes Bier war?"
Pias Gedanken rasten. Was sollte sie dem Arzt nun sagen? Wenn sie bei der Wahrheit blieb, würde er vielleicht irgendwelche Tests durchführen und merken, dass sie nicht Marie war. Und das durfte auf keinen Fall passieren! Nicht, bevor Pia mit Helge gesprochen hatte.
„Marie?" So langsam wurde der Arzt ungeduldig. Pia spürte es, obwohl er noch immer die Maske der Höflichkeit trug. Bestimmt wurde er von den von Elsenbühls gut bezahlt, schoss es ihr durch den Kopf.

„Sie haben recht. Es war mehr!“ Die Lüge kam ihr so mühelos über die Lippen, dass sie sich schämte. „Vielleicht waren sogar ein paar Shots dabei!“, fügte sie hinzu. Das sollte reichen. Jetzt musste er glauben, sie sei ein reiches Töchterchen auf Drogen.

Pia starrte vor sich hin, unfähig, den Arzt weiter anzusehen.

Von der Tür her hörte sie ein gehässiges Schnauben.

Pia fuhr herum. „Helge?!“ Hastig strampelte sie die Decke von den Beinen. Erst jetzt fiel ihr auf, dass sie noch immer die Kleider von gestern trug. Egal!

„Langsam, junge Dame!“, sagte Dr. Jensen nun streng. „Auch wenn dir offensichtlich nichts weiter fehlt außer gesundem Menschenverstand, solltest du vielleicht noch eine Weile deinen Rausch auskurieren, bevor du aufstehst.“ Er stellte sich ihr in den Weg und zog einen Zettel aus seiner Tasche. „Vitamin C, reichlich Wasser und erst einmal keine Schmerztabletten mehr bis heute Abend. Verstanden?“

Pia nickte ungeduldig. Würde er jetzt endlich gehen?

Der Arzt seufzte. „Ich werde es deinen Eltern sagen müssen, denn für verkaterte Teenager verlasse ich in der Regel nicht meine Praxis.“

Pia war klar: Nach dieser Vorstellung mochte dieser Dr.

Jensen Marie von Elstenbühl noch weniger leiden. Sie schloss die Augen und nickte. „Ja, ist gut."

Endlich packte er seine Sachen und wandte sich zum Gehen. „Gute Besserung, Marie", sagte er noch, dann verließ er das Zimmer und schloss langsam die Tür hinter sich.

Pia ging ins Bad und betrachtete sich im Spiegel. Am liebsten wäre sie rückwärts wieder rausgerannt. „Ach, du meine Güte!", entfuhr es ihr. Sie sah grauenvoll aus! Und sie brauchte dringend eine Dusche. Am besten eine Kalte! Zähneknirschend drehte sie das Wasser auf.

Nachdem sie sich gewaschen und umgezogen hatte, lief sie hinaus auf den Flur. Ihr Kopf pochte, aber sie ignorierte es. *Selbst schuld*, dachte sie sich. Sie hatte es verdient!

Obwohl es Nachmittag sein musste, war es schummrig im Haus. Pia warf einen Blick aus dem Fenster und sah den wolkenverhangenen Himmel. Das passte zu ihrer Stimmung!

Bedrückt schlich sie hinüber zu Helges Zimmer. Nun, da es endlich so weit war und sie mit ihm reden würde, hatte sie Angst. Was sollte sie sagen? Dass ihr der Kuss leidtat? Nein, falsch. Dass sie seither an nichts anderes denken konnte? Hm, auch falsch. Sie konnte seither nämlich überhaupt nicht mehr denken.

Pia blieb vor Helges Tür stehen, klopfte zögerlich und öffnete die Tür. Innerlich machte sie sich auf eine weitere Hasstirade gefasst. Zwar konnte sie sich auf den gestrigen Abend noch immer keinen Reim machen, aber sie hatte Helge auf jeden Fall belogen – mehr als einmal. Er musste einfach sauer sein.
„Marie?" Helges Stimme war überraschend sanft.
Pia schluckte. War er doch nicht sauer? Sie fasste neuen Mut. „Helge, ich ..."
Er machte eine abwehrende Geste. „Schon klar. Ich hab's kapiert. Du hattest ein paar Drinks zu viel." Sein Lächeln war strahlend, aber irgendwie auch künstlich.
Egal. Pia wollte ihm endlich erklären, was gestern mit ihr los war. „Helge, es tut mir leid. Der Kuss, er kam so überraschend und ich ... ich habe mich noch nie ... ich weiß nicht ..."
Er wartete und lächelte dabei noch immer sein steifes Lächeln.
Pia seufzte. „Mich hat noch nie ein Junge geküsst, und dass ausgerechnet du mich küsst ... Ich war so ... glücklich und überrumpelt ... Sagte ich das schon?"
Pia sah Helge an und wusste sofort, dass sie schon wieder einen Fehler gemacht hatte.

„Dein erster Kuss, soso ...", sagte er spöttisch. Es war klar, dass er ihr kein Wort glaubte.
Aber für einen Rückzieher war es jetzt zu spät. Pia zitterte und rang nach Worten, unfähig, einen klaren Gedanken zu fassen. „Ich ... ich glaube, ich habe mich in dich verliebt ...", stotterte sie dann einfach drauflos. „... und ... ich wusste einfach nicht, was ich tun sollte! Mein Herz hat so schnell gehämmert und ich ..."
Pia sah auf. Sie gestand ihm gerade ziemlich peinlich ihre Gefühle. Und er sagte nichts. Warum nur? Doch sein Blick hatte auf einmal etwas Lauerndes, etwas Berechnendes. Oder bildete sie sich das nur ein?
Im nächsten Moment kam Helge grinsend auf sie zu. „Na, wenn das so ist!", flüsterte er ihr ins Ohr. „Ich habe euch gesehen, gestern am Strand." Seine Stimme klang gelassen, aber Pia fühlte seine Wut.
Und da fiel es ihr wie Schuppen von den Augen.
Robbie und Marie!
Helge hatte Marie mit Robbie am Strand gesehen, und jetzt dachte er, sie spielte ein doppeltes Spiel!
„Ich habe nichts mit Robbie!", rief Pia entsetzt. „Ich habe dich nicht belogen! Was du am Strand gesehen hast ... es ist ganz anders, als du denkst ..."

Helge lachte. Aber es war nichts Fröhliches daran. „Hältst du mich für bescheuert?“, schleuderte er ihr entgegen. „Ich hab genau gesehen, wie ihr euch geküsst habt! Ich hab doch schon immer gewusst, dass du insgeheim auf ihn stehst!“
Pia versuchte nachzudenken. Zeit zu gewinnen. Hatte sie noch irgendeine Chance, die Situation zu retten, ohne sich zu verraten? Ohne Helge zu sagen, wer sie wirklich war? Morgen war das Championat. Morgen musste sie siegen – für Goldglanz, und dafür würde sie alles tun. Selbst wenn es bedeutete, Helge zu verlieren. Das tat unendlich weh, aber sie würde die Zukunft ihres Seelenpferds nicht so einfach aufs Spiel setzen. Nicht für ein paar Schmetterlinge im Bauch. Nicht einmal für Helge!
Pia schluckte. „Na schön, ich gebe es zu …“, flüsterte sie endlich. „Ich habe ihn geküsst.“
Das war eindeutig der Nagel in ihrem Sarg. Und sie wusste es. Ihre Augen brannten bereits verräterisch.
Einen Moment hielt Helge ihrem Blick stand, dann wandte er sich abrupt ab, schnappte sich seine Jacke und stürmte aus dem Zimmer.
„Wo willst du hin?“, rief Pia ihm nach. Ihre Stimme drohte zu kippen.
„Raus! Weg! Weg von dir und deinen Spielchen!“

Sie hörte ihn die Treppe hinunterpoltern, hörte, wie er die Haustür aufriss und hinter sich zuschlug. Die Stille, die sich anschließend über das Haus senkte, war vollkommen. Nach einer Weile spürte Pia, wie ihr die Tränen über die Wangen liefen.

32

PIA HOLTE ZITTERND LUFT. Auf ihrer Brust lastete ein Druck, von dem sie dachte, sie würde ihn niemals wieder spüren müssen. Früher, als sie noch klein gewesen war und ständig hin und her geschubst wurde, sich pausenlos allein und verlassen gefühlt hatte, ja, da war ihr dieses Gefühl nur allzu vertraut gewesen. Die bleischweren Arme, der dröhnende Kopf.

Sie brauchte frische Luft.

Wie benommen lief sie die Treppe hinunter ins Erdgeschoss, durchquerte die Eingangshalle, zog die Tür auf und trat nach draußen. Dann lief sie einfach drauflos. Sie wusste nicht einmal, wohin sie eigentlich lief, bis sie vor Goldglanz' Box angekommen war.

Der Hengst stand an seinem nun offenen Fenster und sah hinaus in die Landschaft. Als er Pia bemerkte, begrüßte er sie mit einem überschwänglichen Wiehern.

Ihre Mundwinkel zogen sich leicht nach oben. „Mein Schöner, wenn ich dich nicht hätte ..." Als sie das goldene Pferd ansah, spürte Pia, wie sich der Druck auf ihrer Brust ein wenig löste. Erleichtert seufzte sie auf. Sie öffnete die Boxentür und schlang dem Hengst ihre Arme um den mächtigen Hals. „Ich werde dich vermissen, du Goldstück!", flüsterte sie in sein Fell.
Sie spürte, wie ihre Verzweiflung schon wieder in Wut umschlug. Vor allem in Wut auf sich selbst. „Was habe ich da nur für einen Schlamassel angerichtet?", fragte sie ihr Pferd und strich ihm dabei sanft über die Nase. „Alles, was ich wollte, war dir zu helfen und vielleicht auch mal ... nur ein einziges Mal ..." Pia verstummte. Plötzlich schien ihr alles, was sie in der letzten Woche getan hatte, furchtbar egoistisch. Klar, hatte sie es auch für Goldglanz getan, aber vor allem für sich selbst. Sie schniefte. Das musste aufhören. Sie musste alles wieder ins Lot bringen. Und anfangen würde sie bei diesem Robbie Heinemann! Sie würde ihm ein Ultimatum stellen. Ihm bis morgen Mittag Zeit geben, Marie selbst die Wahrheit zu sagen. Und wenn er es nicht tat, würde sie es tun. Irgendwie.
Sie ging aus der Box und holte Goldglanz' Halfter. „Komm, mein Schöner, wir reiten aus."

Pia führte Goldglanz zum Putzplatz und band ihn auf beiden Seiten an den dafür vorgesehenen silbern glänzenden Pfosten an. Einmal mehr dachte Pia, dass dieser Stall ein wahrer Palast für Pferde war.
Sie massierte Goldglanz ausgiebig das Fell, während sie sich ihre Worte für Robbie zurechtlegte. Dann legte sie die Bürsten zurück in den Schrank und zog dem Hengst die Trense über den Kopf. Sie brauchte eine Weile, bis sie alle Schnallen geschlossen hatte, aber immerhin gelang es ihr – nachdem sie Nele an den Tagen zuvor so genau dabei beobachtet hatte.
Beim Gedanken an Nele sah sich Pia verstohlen um. Sie war zwar froh, im Augenblick allein im Stall zu sein, allein mit ihrem Kummer und Goldglanz, doch ein wenig vermisste sie das quirlige Mädchen mit seiner fröhlichen, offenen Art. Ja, in einem anderen Leben wären sie vielleicht Freundinnen geworden.
Pia schluckte den Kloß in ihrem Hals hinunter und führte Goldglanz hinaus zur Mauer, von der sie aufsteigen wollte. Die Sonne stand schon tief hinter den Wolken überm Meer. Aber eine kleine Runde zur Reitschule würde sie schaffen, bevor es dunkel war.
„Hey, Marie!“

„Wooooaaa!“ Pia geriet vor Schreck aus dem Gleichgewicht und rutschte auf der anderen Seite von Goldglanz’ Rücken wieder herunter.
„Oh, sorry! Das tut mir leid! Alles klar?“ Nele kam mit einem Pferd am Zügel hinter einem Busch hervor.
„Ja, alles gut. Du musst dich nicht immer entschuldigen. Ich bin einfach ein Tollpatsch.“ Pia lachte nervös. Was sollte sie denn jetzt tun? Sicher würde Nele wissen wollen, wo sie um diese Uhrzeit noch hinwollte.
„Ich will zur Reitschule“, gab Pia dann einfach zu. Sie hatte es satt, ständig alle anzulügen. Außerdem war Nele immer so lieb zu ihr. Sicherlich konnte sie ihr vertrauen.
Nele lachte. „Okay, da bin ich aber beruhigt. Ich dachte schon, du wolltest mit Goldglanz durchbrennen.“
Pia sah sie verwirrt an.
„Das war ein Scherz!“, sagte Nele, doch dann wurde sie ernster. „Obwohl … jetzt, wo du so nett bist, würde ich dich echt vermissen, wenn du gehst.“ Nele sah verlegen auf ihre Turnschuhe. „Hm, macht nicht so viel Sinn, was ich da plappere, oder?“
Pia schluckte. „Doch, macht es. Total.“ Wie konnte es sein, dass Nele die Einzige war, die hier überhaupt etwas verstand?

Pias nächste Entscheidung war spontan. „Kommst du mit?“, fragte sie hoffnungsvoll. Denn irgendwie konnte sie eine Freundin heute Abend gut gebrauchen.
„Und ich dachte schon, du würdest nie fragen!“, erwiderte Nele strahlend.
Pia grinste. „Super! Du kannst aber ruhig mit Sattel reiten“, sagte sie und beäugte das große dunkelbraune Pferd, das Nele an der Trense neben sich hergeführt hatte.
Nele sprang auf die Mauer und von dort auf den Pferderücken. „Nee, lass mal, das wollte ich schon immer mal probieren“, verkündete sie und drückte dem großen Braunen die Fersen leicht in die Flanken. Sofort machte er einen Schritt nach vorn. „Uaaaa!“, quiekte Nele und griff nach der Mähne. „Das ist ja total schwer!“
Schwungvoll zog sich Pia auf Goldglanz’ Rücken und trabte an. „Ich finde es mit Sattel schwerer!“, rief sie und lenkte Goldglanz neben Neles Braunen.
Seite an Seite trabten sie den Feldweg entlang hinaus Richtung Meer. Die letzten Sonnenstrahlen des Tages brachten das Gras der Koppeln sanft zum Leuchten, und obwohl schon wieder ein ziemlich kühler Wind wehte, spürte Pia, wie der Sand unter Goldglanz’ Hufen noch die Restwärme des Tages verströmte.

„Okay, ich nehme an, du willst zum Championatsgelände und dir schon mal den Start anschauen?“, mutmaßte Nele wild drauflos, während sie neben Pia Schlangenlinien ritt. „Dich mit der Strecke vertraut machen und so?“
„Nein, ich wollte mit Robbie sprechen“, gestand Pia wahrheitsgemäß und konnte kaum glauben, wie gut sich das anfühlte. Endlich mal nicht lügen!
„Oh, läuft da etwa was zwischen euch? Ein paar der Pfleger haben ja schon geredet, aber irgendwie dachte ich immer …“
„Nein, da läuft nichts zwischen uns!“, rief Pia erschrocken. Nicht noch jemand, der fälschlicherweise dachte, sie hätte was mit Robbie!
„Okay …?“, sagte Nele neugierig. „Ich bin ganz Ohr!“
Wieder musste Pia lachen. Mit Nele war alles so einfach! „Eher zwischen Helge und mir …“, gab sie also zu. „Na ja, zumindest dachte ich das, aber dann … lief einiges schief.“
Nele nickte wissend. „Ja, ich weiß genau, was du meinst! Aus Jungs wird man einfach nicht schlau. Darum halte ich mich auch lieber an die Pferde“, verkündete sie fröhlich und klopfte dem Braunen fest den Hals. „Die sind wenigstens ehrlich, weißt du?“
Das traf Pia wie ein Schlag. *Die sind wenigstens ehrlich.*

Ja, und sie war es nicht! Wenn Nele wüsste, was für eine miese Verräterin neben ihr herritt und einen auf Freundschaft machte!
Plötzlich verschleierten frische Tränen Pias Sicht und sie geriet mal wieder ins Rutschen. Ruckartig zog sie am Zügel und blieb stehen.
Nele drehte sich um. „Hey, alles klar? Ist was mit Goldi?" Doch da sah sie auch schon, dass Pia weinte. „So schlimm, das mit Helge?"
Ja!, hätte Pia am liebsten geschrien. Aber sie wusste, dass das nicht der Grund für ihren plötzlichen Gefühlsausbruch war. Es war die ganze Lügerei! Die machte sie fertig! Sie konnte nicht mehr.
„Nele, ich muss dir was sagen!", schluchzte sie.
Nele wendete ihr Pferd und ritt ganz dicht an Pia heran. „Hey, ist schon gut. Es tut mir leid, wenn ich dich ..."
„Keine Entschuldigungen mehr, okay?", platzte es aus Pia heraus. „Die habe ich nicht verdient!" Ihre Schultern bebten. „Ich bin eine fiese Betrügerin, weißt du? Ich bin überhaupt nicht diese Marie! Ich sehe ihr nur leider verdammt ähnlich! Ich bin Pia!" Pia verstummte.
Einen Moment lang sagte keiner etwas. Dann lachte Nele plötzlich los.

„Wusste ich's doch!", rief sie. „Du warst plötzlich so anders, so nett und ... lieb und überhaupt nicht mehr zickig, überheblich, gemein und hinterhältig ..."
„Hast du nicht gehört? Ich habe alle belogen!", fiel Pia ihr ins Wort und dann sprudelte die ganze Geschichte aus ihr heraus. „Ich lag zufällig im selben Krankenhaus wie Marie, irgendwie haben die da unsere Zimmer vertauscht oder so, und ich hab das eiskalt ausgenutzt und mich als Marie ausgegeben, weil die echte Marie wohl ihr Gedächtnis verloren hat und jetzt denkt, sie wäre ich." Pia holte kurz Luft und merkte, dass Nele sie mit großen Augen ansah. „Kannst du mir noch folgen?", fragte Pia unsicher.
„So halbwegs", erwiderte Nele grinsend.
„Ich habe Marie ... ihr Leben gestohlen!", redete sich Pia in Rage. „Ihr Zuhause, ihre Eltern, ihren Bruder, ihr Pferd! Und jetzt ist sie bei diesem Robbie gelandet, der wer weiß was für ein linkes Spiel mit ihr spielt und ich bin schuld!"
„Robbie weiß, dass das falsche Mädchen auf seinem Hof ist?", fragte Nele, zum ersten Mal ehrlich verblüfft.
„Ja. Er hat die ganze Sache sogar mit eingefädelt im Krankenhaus."
„Das ist echt eine megakrasse Story!", rief Nele. „Und ich versteh total, dass du so durch den Wind bist, aber ..." Pia

sah, wie Neles Gedanken ratterten. „Aber wie kann das sein, dass ihr euch so ähnlich seht? Seid ihr Zwillinge? Guter Zwilling, böser Zwilling oder so?“
Pia schniefte und lachte gleichzeitig. „Nein, mit Sicherheit nicht. Meine Mutter ist tot. Ich bin …“ Pia sah beschämt auf ihre Hände. „Ich bin Loser-Pia“, flüsterte sie.
„Loser-Pia?“, fragte Nele ungläubig. „Also wenn du ein Loser bist, dann wünschte ich, es gäbe ein paar mehr Loser auf dieser Welt! Mann, Pia! Hör auf, dich selber runterzumachen! Klar, die ganze Aktion ist schon ein bisschen durchgeknallt … okay, sie ist *komplett* durchgeknallt, aber weißt du, was? Ich bin sehr froh, dass ich die falsche Marie kennenlernen durfte.“ Nele zwinkerte Pia spitzbübisch zu. Dann wurde sie wieder ernst. „Aber das heißt, Helge hat keinen blassen Schimmer, wer du wirklich bist?“
Pia schüttelte den Kopf.
„Okay, das ist schon ziemlich mies. Er ist echt ein netter Kerl. Wenn er und die tollen Pferde nicht wären, hätte ich schon vor Wochen gekündigt, weißt du? Marie ist echt unausstehlich!“
Pia sah auf. „Und was würdest du an meiner Stelle jetzt tun?“, flüsterte sie.
„Na ja, die Nummer durchziehen. Goldglanz retten, indem

du ihn morgen zum Sieg reitest, und danach … reinen Tisch mit Helge machen. Er wird sauer sein. Aber ich glaube, wenn du ihm die ganze Wahrheit erzählst, wird er's am Ende vielleicht sogar verstehen", sagte Nele und ließ die Zügel fallen. Vollkommen unvermittelt beugte sie sich zu Pia herüber und nahm sie in den Arm. „Kopf hoch, jetzt bist du ja nicht mehr allein."

Pia war so überrascht, dass ihr gleich wieder die Tränen kamen. „Okay", schluchzte sie und löste sich aus Neles Umarmung. „Und du bist nicht wütend?"

„Ach, Quatsch! Im Gegenteil! Endlich mal was los hier!" Nele nahm die Zügel wieder auf, schnalzte mit der Zunge und ließ den Braunen antraben. „Auf geht's, nehmen wir Robbie ins Kreuzverhör!"

Pia grinste und ritt ihrer Freundin hinterher.

33

ALS DIE MÄDCHEN in der Strandreitschule ankamen, war es schon dunkel, und Pia war heilfroh darüber, dass sie nicht allein unterwegs war. Ein paar wenige Lampen erhellten die Anlage. Die großen Pfützen in der Reitbahn reflektierten das Licht.

Pia und Nele stiegen ab, führten die Pferde um den Reitplatz herum und stellten sie auf zwei kleine Sandpaddocks, versteckt hinter den Bäumen.

Dann huschten sie hinüber zum Stall.

Verstohlen spähte Pia durchs Fenster des Büros. Drinnen brannte eine Schreibtischlampe, doch sie konnte niemanden sehen, und außer dem gelegentlichen Schnauben eines Pferds und dem Zirpen der Grillen war nichts zu hören.

„Scheint keiner hier zu sein", raunte ihr Nele zu.

„Sicherlich sind alle unten am Strand", mutmaßte Pia.

„Und was tun wir, wenn uns Marie dort über den Weg läuft?“, fragte Nele besorgt.
Ja, das war natürlich möglich.
„Das Risiko muss ich jetzt eingehen“, sagte Pia. „Ich will unbedingt mit Robbie sprechen.“
„Okay. Ich gehe vor. Dann kann ich dich rechtzeitig warnen, falls uns jemand entgegenkommt“, sagte Nele eifrig und lief auch schon los. „Oh, warte, ich habe eine Idee.“
Zu Pias Überraschung packte Nele Pias Hoodie und zog ihr die Kapuze über den Kopf. „Schon besser. So erkennt dich bei der Dunkelheit kein Mensch. Selbst Marie nicht.“
Pia lächelte dankbar. „Hoffen wir’s mal!“
Im Gänsemarsch marschierten sie durchs Schilf hinunter zum Strand. Schon von Weitem sahen die Mädchen den flackernden Lichtschein eines Lagerfeuers.
„Am besten, wir schauen dort mal nach!“, rief Nele laut, um das Rauschen der Brandung zu übertönen. Pia nickte und schlang ihre Jacke enger um sich. Hier unten am Wasser war es gleich merklich kühler.
Sie umrundeten das große, verlassene Festzelt. Wo am Abend zuvor noch die Musik gedröhnt hatte, flatterten nun die weißen Zeltplanen geisterhaft im Abendwind.
Pia sah sich verstohlen um. Von wo würde sie morgen

wohl starten? In der Ferne meinte sie, die schemenhaften Umrisse eines Zaunes zu erkennen. Daneben hob sich deutlich die Silhouette einer Zuschauertribüne ab.

Pia ließ den Blick übers Meer gleiten. Warum war sie nicht schon vorher mal bei Nacht hierhergekommen? Überwältigt sog sie die Luft ein.

„Marie? Ähm, Pia? Alles klar?", fragte Nele.

Pia lächelte. „Ja, es ist nur so wunderschön hier", flüsterte sie und wurde wehmütig. Bald wäre alles vorbei ...

Pia legte den Kopf in den Nacken und sah hinauf in den Himmel. Überall glitzerte und funkelte es. „In Frankfurt gibt es nicht so viele Sterne."

Der Sternenglanz spiegelte sich im Meerwasser, und jedes Mal wenn die Wellen ans Ufer klatschten und die Gischt spritzte, verteilten sich Hunderte von kleinen Glühpünktchen über den Sand.

Nele lachte und hakte sich bei Pia unter. „Was du nicht sagst! Ich glaube eher, dass man in der Stadt die Sterne einfach nur nicht sehen kann, weil es dort zu hell ist."

Pia lächelte noch immer und konnte sich nur schwer vom bezaubernden Bild des Sternenmeeres losreißen. „Ja, das könnte auch sein." Sie streckte die Hand zum Himmel aus. „Zum Greifen nah", flüsterte sie traurig.

Nele zog sie weiter. „Komm schon, für Trübsal ist keine Zeit. Carpe diem und so …“

Pia musste lachen. „Okay, Boss!“

Als Pia Robbie bei einer Gruppe Leute am Feuer sitzen sah, blieb sie abrupt stehen.

„Da ist er! Und nun?“

„Warte hier!“, antwortete Nele. „Ich hole ihn her.“ Und schon war sie weg.

Pia ging in Deckung. Zwar hatte sie ihre Doppelgängerin noch nicht erspäht, aber das hieß ja nicht, dass sie nicht trotzdem hier war.

Sie lief zu einem der Stallzelte und hockte sich hinter einen Strohballen. Von hier aus beobachtete sie, wie Nele der Gruppe am Lagerfeuer entgegenlief. Pia erkannte Helene und Zoe. Die restlichen Gestalten waren nicht mehr als Schattenrisse in der Dunkelheit.

Während Nele mit Robbie sprach, hörte Pia plötzlich ein seltsames Kratzen hinter sich im Zelt. Sie schreckte auf und starrte zur Zeltplane. Es klapperte.

Pia schnappte nach Luft. Das klang aber nicht nach einem Pferd!

Sie lauschte angestrengt. Ja, es hörte sich eher so an, als durchsuchte jemand das Zelt.

„Pst. Pia, bist du das?", raunte Nele. Pia hatte sie gar nicht kommen sehen.
Die Geräusche im Zelt verstummten schlagartig. Wer auch immer da drin zugange war, wollte nicht gestört werden!
Pia sprang hinter dem Strohballen hervor. „Hier bin ich!", sagte sie laut und sah, dass Robbie bei Nele war.
„Pia, was zum Teufel machst du hier schon wieder?", zischte er. „Und hattest du mir nicht versprochen, niemandem etwas zu erzählen?"
Er spielte ganz klar auf Neles Mitwisserschaft an.
„Unsere Abmachung gilt nicht mehr!", fuhr Pia ihn an. Durch Neles Anwesenheit fühlte sie sich mutiger. „Du verschweigst mir etwas!"
Auch wenn sie sein Gesicht nur schwer erkennen konnte, so meinte sie doch, den Anflug eines schlechten Gewissens darin zu sehen. Na schön, immerhin!
„Ich dachte, du kannst Marie nicht ausstehen!", schleuderte Pia Robbie entgegen. Sie war jetzt so richtig in Rage. „Und dann knutschst du mit ihr am Strand rum? Ich hab euch gestern gesehen. Und Helge auch. Und jetzt denkt er, du und ich hätten ..." Pia versagte die Stimme.
„Und was wäre daran so schlimm?", fragte Robbie kalt. „Was kümmert dich denn Helge?"

„Das geht dich überhaupt nichts an!", fauchte Pia. „Du hast mich benutzt, um Marie rumzukriegen, und was weiß ich, was du sonst noch im Schilde führst ..."
„Wohooo! Jetzt aber mal ruhig mit den jungen Pferden!" Robbie hob beschwichtigend die Hände. „So war das nicht!"
„Sieht aber verdammt danach aus", mischte sich nun Nele ein.
„Was für eine miese Nummer!", zischte Pia. „Ein Mädchen anzubaggern, das sein Gedächtnis verloren hat."
„Du hast doch keine Ahnung!", verteidigte sich Robbie weiter.
„Ich mach da jedenfalls nicht mehr mit!", schrie Pia plötzlich, sodass sie fast selbst erschrak. Aber nur fast. „Morgen wirst du ihr die Wahrheit sagen! Was seit dem Unfall tatsächlich passiert ist! Und wenn du es nicht tust, werde ich es machen."
Robbie zog eine Augenbraue hoch. „Weißt du denn, was seit dem Unfall tatsächlich passiert ist?"
Pia hielt inne. Da war es wieder. Das Geräusch im Zelt.
„Was ist denn da drinnen los?", rief Nele und drehte sich zum Eingang.
Doch Pia war schneller. Durch ihren Zorn beflügelt, hech-

tete sie zu einem Schlitz zwischen den Planen, riss sie zur Seite und stürmte ins Zelt.
„Das gibt's doch nicht …", sagte Pia tonlos.
Der Mann im Regenmantel rannte durch die Stallgasse.
Robbie kam hinter Pia hereingeschossen. „He! Stehen bleiben! Was haben Sie hier zu suchen?" Er drängte sich an Pia vorbei und nahm die Verfolgung auf.
Doch der Mann hatte Vorsprung und warf Robbie in den Weg, was er in die Hände bekam.
Robbie ließ sich jedoch nicht beirren. Trotz seines steifen Beines übersprang er einen Besen, hüpfte über eine Wassertonne und umrundete einen Sack Karotten.
Als der Mann im Regenmantel den Hinterausgang erreicht hatte, riss er an einem Ständer mit Abschwitzdecken. Der Ständer kippte, Robbie krachte mit Vollkaracho hinein und wurde unter einem Haufen Decken begraben.
Sofort waren Pia und Nele bei ihm. „Alles klar, Robbie?", rief Nele. „Warte, ich helf dir …"
Pia sprang unterdessen über den Deckenberg und riss die Zeltplane am Hinterausgang zur Seite, doch sie konnte niemanden mehr sehen.
„Er ist weg!", fluchte sie, als Robbie und Nele aus dem Zelt gerannt kamen.

„Am besten wir teilen uns auf!“, entschied Robbie. „Ihr lauft hoch in Richtung Reitschule, das ist sicherer, und ich übernehme den Strand. Weit kann der Kerl ja nicht sein! Wer weiß, was der da drinnen gemacht hat. Sicher was geklaut!“ Robbie rannte los.
Nele und Pia sahen sich an. „War das etwa der …“, begann Nele zu fragen.
Pia nickte. „Ja, das ist der Typ, der mir damals an meinem ersten Tag auf Gut Sturmbö begegnet ist. Aber das war nicht das einzige Mal, dass er mir aufgelauert hat.“
„Ist ja gruselig“, sagte Nele.
„Ich glaube, dass das der Kerl ist, der damals den alten Hof der von Elstenbühls angezündet hat.“
Während sie durchs Schilf rannten, erzählte Pia ihrer Freundin, was sie und Helge bisher herausgefunden hatten.
„Aber wieso geht ihr denn nicht zur Polizei?“, fragte Nele keuchend, als sie am Parkplatz der Reitschule angekommen waren.
„Was soll ich denen denn erzählen? Dass ich mich von einem Typ im Regenmantel verfolgt fühle? Die halten mich doch für bekloppt!“
Ein Schatten huschte über den Hof und auf die Bürotür zu. Die Mädchen zuckten zusammen.

„Oh Mann, das ist der Kerl, oder?“, raunte Nele aufgeregt. „Aber was will er denn im Büro?“

Pia griff nach Neles Hand und zog sie über den Parkplatz. „Das schauen wir uns an! Komm schon!“

So leise wie möglich huschten sie zum Büro hinüber, nachdem der Kerl darin verschwunden war.

Die letzten Meter sprinteten die Mädchen, dann duckten sie sich blitzschnell unters Fenster und drückten die Rücken gegen die Wand.

Nele keuchte. „Okay, und nun?“

Durch das gekippte Fenster hörten sie, wie jemand hektisch Papier durchwühlte. Irgendetwas fiel polternd zu Boden.

„Der gibt sich aber nicht so viel Mühe, leise zu sein …“, flüsterte Nele.

Plötzlich flog die Bürotür auf und der Mann kam mit einer abgewetzten Aktentasche unter dem Arm herausgerannt.

„Was zum Teufel treibst du denn hier?“, brüllte er, als er Pia erblickte.

„Herr Heinemann?“, fragte Pia verwundert.

Er eilte zu einem dunklen Kombi hinüber, der vor dem Büro parkte. Nachdem er die Aktentasche auf den Beifahrersitz geworfen hatte, drehte er sich noch einmal zu Pia und Nele um. Eine von Haargel verklebte schwarze Strähne war ihm in die Augen gerutscht. Fahrig wischte er sich über die Stirn. „Du hast dich mit dem Falschen angelegt, junge Dame! Das wirst du noch bereuen!“, zischte er. Dann stieg er ein, startete den Motor und brauste mit quietschenden Reifen vom Hof.

Nele und Pia standen da wie angewurzelt.

„Was für ein Freak!“ Nele blies die Backen auf.

Pia brachte keinen Ton heraus.

„Pia?“ Nele sah sie an. „Was der Heinemann da gerade gesagt hat, macht doch alles keinen Sinn, oder? Du hast dich doch nicht mit ihm angelegt, oder?“

Pia blinzelte. „Nein, ich nicht ... aber vielleicht die echte Marie.“

34

PIA STRICH GOLDGLANZ wehmütig über das Fell. „So, das sollte reichen, mein Schöner", flüsterte sie und legte die Bürste beiseite. Der Hengst glänzte mit dem Sonnenschein um die Wette. Doch selbst das wunderschöne Sommerwetter konnte den dicken Eisklumpen in Pias Bauch nicht auftauen. Sie kämpfte mit den Tränen. In wenigen Stunden würde alles vorbei sein. Dann würden alle erfahren, dass sie nicht Marie von Elstenbühl war, und man würde sie zurück in ihr altes Leben schicken.

„Hier sind die Transportgamaschen, die Turnierdecke, die weiße Schabracke, deine Sicherheitsweste …" Nele kam angehetzt und warf die Sachen vor Goldglanz ab.

Pia schniefte. „Für was brauchen wir das ganze Zeug, Nele?"

Nele sah ihre Freundin grinsend an. „Na, für den Parcours, für den Transport, für die Siegerehrung …" Nele seufzte. „Hey, Kopf hoch. Wird schon schiefgehen!"

„Ich werde zum Championatsgelände reiten, nicht fahren. Es ist ja nicht weit."
Nele sah sie mit entgeistertem Blick an. „Aber was ist dann mit der ganzen Einschüchterungsnummer? Großer Lkw, drei Pferdepfleger ..."
Jetzt musste Pia lächeln. „Verstehe." Gleich wurde sie aber wieder ernst und schüttelte den Kopf. „Kein Lkw. Nur du und ich – wenn du möchtest, meine ich."
Nele fiel Pia um den Hals. „Was redest du denn da? Natürlich werde ich dich unterstützen!"
Auf einmal fühlte sich Pia besser. Auf Nele war immer Verlass. „Na dann! Sattele dir ein Pferd und los geht's!"
Doch Nele zögerte. „Willst du das wirklich machen? Ich meine, der Ritt wird vielleicht nicht ganz ungefährlich und ..."
Pia holte tief Luft und schlang die Arme um Goldglanz' Hals. „Ich muss das jetzt durchziehen", flüsterte sie in sein weiches Fell. „Ihm zuliebe. Er hat es verdient, behandelt zu werden wie ein Champion und nicht wie ein abgelegtes Drittpferd."
Sie sah Nele an. „Das verstehst du doch, oder?"
Nele nickte und schniefte. „Und was ist mit Helge?", wisperte sie.

Pia lächelte traurig. „Er wird noch wütender sein, als er ohnehin schon ist, wenn er die ganze Wahrheit erfährt, aber ich kann es nicht ändern. Alles, was zählt, ist ... dass es Goldglanz in Zukunft gut geht." Sie strich dem Hengst über die Nase. Er schnaubte sanft und knabberte zärtlich an Pias Reitjacke.

„Okay", sagte Nele leise. „Ich werde dafür sorgen, dass keine Marie oder irgendjemand sonst dir in die Quere kommt, bis du geritten bist."

Pia nickte dankbar. „Ja, das wäre super ..."

Nele wandte sich ab, um sich ein Pferd zu satteln.

„Nele?", hielt Pia sie noch einmal zurück. „Danke ..."

Nele grinste schief. „Schon gut. Was würde ich nicht alles für die *neue Marie* tun?"

Bevor ihr doch noch die Tränen kamen, machte Pia Goldglanz los, zog ihm die frisch polierte Trense über den Kopf und führte ihn hinaus vor den Stall. Verstohlen betrachtete sie ihre Hände. Nicht nur, dass sie in Maries teuren Lederhandschuhen steckten, nein, heute schienen es auch überhaupt nicht ihre Hände zu sein. Sie fingen jedes Mal unkontrollierbar an zu zittern, wenn Pia an die bevorstehende Prüfung dachte. Und an das, was danach kam. Die Stunde der Wahrheit.

Pia blies die Backen auf. „Okay, mein Schöner, ich tue das für dich, verstehst du? Also gib du auch dein Bestes."

Sie kletterte auf die Aufsteighilfe neben der Tür und schwang sich auf Goldglanz' Rücken. Sofort spitzte der Hengst gespannt die Ohren. Pia lachte und strich ihm über das seidige Fell. Dann sah sie auf die Uhr. Wo blieb nur Helge?

Sie reckte die Nase der Sonne entgegen und versuchte sich zu entspannen. Er würde kommen. Schließlich war das hier alles seine Idee gewesen. Na ja, mehr oder weniger. Warum machte sie sich also Sorgen? Wahrscheinlich, weil sie ihn seit gestern Nachmittag nicht mehr zu Gesicht bekommen hatte. Darum.

„Okay, hier bin ich!", hörte Pia Nele rufen. Sie zog einen zierlichen Dunkelfuchs aus dem Stall hinter sich her. Dann schwang sie sich auf den Rücken des Kleinen und kam neben Pia geritten. „Herrlicher Tag für einen Geländeritt!", seufzte sie zufrieden.

Pia blinzelte in den Sommerhimmel und sah dann nach Westen. Dort ballten sich ganz weit draußen über dem Meer schon wieder die Wolkenberge.

Sie ließ Goldglanz am langen Zügel Richtung Strand laufen. „Du hast Helge nicht zufällig gesehen heute Morgen?", fragte sie Nele so beiläufig wie möglich.

Nele legte den Kopf schief. „Hm, nein. Zuletzt ist er gestern Abend über den Hof geschlichen."
Nach einem schnellen Trab erreichten sie das abgesperrte Turniergelände. Von der großen Wiese, auf der die Lkw und Pferdeanhänger parkten, bewegte sich ein reger Strom von Leuten auf den Streckenstart am Strand zu.
Der gesamte Strandabschnitt war überfüllt mit Schaulustigen. Pia spürte, wie ihre Knie weicher wurden, je näher sie kamen. Weiche Knie – nicht gut, wenn man vorhatte, eine Geländeprüfung zu reiten!
Pia nestelte nervös an Goldglanz' Zügel, während sie durch die Menschenmenge ritt und Ausschau nach Helge hielt. Überall wimmelte es von Pferden und Reitern. Pia ertappte sich dabei, wie sie jedes Mal zusammenzuckte, wenn ein blondes Mädchen irgendwo in der Menge auftauchte.
Ihr Herz schlug immer schneller. Doch es gab kein Zurück. In wenigen Minuten würde sie an den Start gehen. Was danach geschah, spielte keine Rolle mehr.
„Pia, wir sind spät dran!", riss Nele sie aus den Gedanken. „Du brauchst noch eine Startnummer, sonst kannst du nicht reiten." Nele deutete den Strand hinunter. „Ich gehe schnell zur Turnierverwaltung, um dich anzumelden."
Bevor Pia Einwände erheben konnte, war Nele vom Pferd

gesprungen. „Ich bin in einer Sekunde wieder da!“, rief sie Pia noch zu, dann tauchte sie auch schon in der Menge ab. Kaum war Nele mit dem kleinen Braunen im Schlepptau verschwunden, stürzte das ganze Szenario auf Pia ein: wiehernde Pferde, rufende Pfleger und lachende Urlauber. Am Rand bei den Dünen gab es sogar ein paar Verkaufsstände. Berge von Satteldecken, Trensen und allerlei anderes Pferdezubehör türmten sich zwischen den Anhängern der Verkäufer.

Wieder sah Pia einen blonden Schopf in der Menge aufleuchten und zuckte zusammen. Doch auch diesmal war es nicht Marie, sondern eine schicke Dame, die gerade dabei war, den abgetrennten Bereich am Ende des Veranstaltungsgeländes zu betreten. Ein rotes Seil umspannte dort ein paar Tische mit Sonnenschirmen sowie eine Bar.

Ungläubig beobachtete Pia die fein gekleideten Herren und Damen, die dort standen und das Spektakel am Strand beobachteten. Die meisten trugen die seltsamsten Kopfbedeckungen, die man sich vorstellen konnte: ausladende Hüte mit breiten Krempen oder buschigem Blumenschmuck, der bei jedem Schluck Champagner gefährlich zur Seite rutschte. Das musste dann wohl der VIP-Bereich sein. Eindeutig nicht Pias Welt!

Gerade wollte sie sich abwenden, als ihr eine bekannte Gestalt zwischen den Hutträgern ins Auge stach. Helge!

Pia machte sich groß. „Helge!“, rief sie erleichtert und hob die Hand.

Er bahnte sich mit seinem Champagnerglas einen Weg in ihre Richtung.

Übermütig rutschte Pia von Goldglanz’ Rücken und küsste seine Stirn. „Er ist gekommen, mein Schöner! Er hat uns nicht vergessen!“, flüsterte sie dem Hengst zu und zog ihn eilig neben sich her.

Schlagartig war alles um sie herum vergessen. Helge war da! Er war tatsächlich gekommen. Selbst Goldglanz schien erleichtert, denn er schnaubte nun zufrieden vor sich hin.

Während sie aufeinander zuliefen, versuchte Pia zu erkennen, in welcher Stimmung Helge war. Doch seine Miene war nicht zu deuten. Suchend flog sein Blick durch die Menge. Und plötzlich schob sich jemand direkt in Pias Sichtfeld.

35

PIA BLIEB WIE ANGEWURZELT STEHEN.

„Hey, Pia, wusste gar nicht, dass du auch mitreitest!"

Vor ihr stand Marven.

So ein Mist!

„Ich … ich …", stotterte sie und sah hinüber zu Helge. Noch war er ein ganzes Stück von ihr entfernt. Sie musste Marven irgendwie abwimmeln. „Ja, äh, sorry. Ich habe es eilig, ich bin gleich dran!" Sie versuchte sich an ihm vorbeizudrängeln.

„Dann ist das aber die falsche Richtung. Zur Startbox geht es da entlang", sagte Marven und zeigte zum anderen Ende des Geländes. Plötzlich stutzte er. „Das ist aber keines von Robbies Pferden, oder?"

Pia knetete nervös Goldglanz' Zügel.

„Aber es kommt mir irgendwie bekannt vor", überlegte Marven laut.

„Er ist neu, Robbie überlegt, ihn zu kaufen“, log Pia und sah wieder zu Helge. Er war schon fast bei ihnen.
Marven nickte und strich Goldglanz über den Hals. So langsam geriet Pia in Panik. Wenn sie noch länger hier herumstand, würde womöglich ihre ganze Klasse auftauchen ...
„Marven?“, schallte es da auch schon durch die Menge.
Melina.
Marven drehte sich um. „Hier bin ich! Schau mal, was für ein tolles Pferd!“, rief er ihr zu.
Melina kam herbeigeeilt. „Das ist doch das goldene Pferd von dem Unfall!“, rief sie aufgeregt.
Pias Herz fing an zu hämmern und wie zur Antwort begann Goldglanz nervös auf der Stelle zu tänzeln.
„Wo kommt das denn her?“, fragte Melina neugierig.
„Der Hengst steht zum Verkauf“, improvisierte Pia wieder. „Robbie ... ähm ... Robbie wollte, dass ich ihn mal probereite.“
Jetzt musterte Melina Pia skeptisch. „Bei einem Wettbewerb? Und was hast du denn da für Sachen an?“ Ihr Blick wanderte von Pias glitzerndem Reithelm über ihr maßgeschneidertes Jackett zu den teuren Schnürstiefeln.
Pia sah sich verzweifelt um. Sie musste hier weg! Helge würde jeden Augenblick da sein. „Ähm, ich muss jetzt

wirklich los und …" Pia drängte sich zwischen den beiden hindurch und zog Goldglanz einfach hinter sich her, bis sie endlich bei Helge war.

Pia verschlug es einen Moment lang die Sprache. Fast hatte sie vergessen, wie strahlend sein Lächeln sein konnte. Sofort änderte ihr Herzschlag den Rhythmus und trommelte nun übermütig gegen die Brust. Was auch immer sie gerade gedacht hatte – es war wie weggeblasen.

Sie lächelte ihn an. „Du bist hier!" Wahrscheinlich grinste sie gerade wie ein dümmliches Honigkuchenpferd, aber egal. Er war tatsächlich gekommen!

„Ja, ich war … ich war mir nicht sicher … aber …" Er räusperte sich. „Ich bin es ehrlich gesagt noch immer nicht." Er stand nun ganz dicht vor ihr und legte die Hand an Goldglanz' Hals. Pia konnte sich nicht rühren. Hilflos verharrte sie zwischen ihrem Pferd und Helge.

Pia schluckte. „Ich bin froh, dass du da bist", hauchte sie und spürte die Hitze in ihren Wangen.

„Marie, ich …"

Hoffungsvoll hob Pia den Kopf.

„Ich habe lange nachgedacht", sagte Helge nun leise. „Und eigentlich wollte ich nie wieder ein Wort mit dir reden. Ich war echt wütend … und verletzt. Das mit dir und Robbie,

das war für mich echt wie ein Schlag in die Fr... Das war echt hart."
Pia wollte ihn am liebsten unterbrechen, aber sie ließ ihn reden.
Er senkte die Stimme. „Die letzten Tage mit dir, das war ... anders ... Es war schön ... und einen Moment dachte ich, da wäre mehr, aber ..."
„Helge!", kreischte plötzlich eine überdrehte Mädchenstimme. „Ich bin hier! Siehst du mich nicht, hiiiier ..."
Helge drehte sich um, doch Pia war noch so im Gefühlsrausch, dass sie überhaupt nichts mitbekam – bis Helene und Zoe direkt vor ihr standen.
„Was geht denn hier ab?", fragte Helene irritiert und funkelte Pia böse an.
Helge drückte Helene wortlos das Champagnerglas in die Hand.
„Helge, bitte, ich ...", begann Pia verzweifelt.
Helge schüttelte den Kopf. „Lass es einfach, Marie."
„Marie? Wieso Marie? Die heißt Pia!", blaffte Helene.
Pia öffnete den Mund, um etwas zu sagen, schloss ihn dann aber wieder.
Zoe beobachtete die Szene halb lauernd, halb amüsiert.
Helge hörte gar nicht hin. Seine Augen ruhten noch im-

mer auf Pia. Suchend. Testend. Dann, ganz langsam, wie in Zeitlupe, legte er seinen Arm um Helenes Taille. „Helene, das ist Marie, meine Schwester. Marie, darf ich dir Helene vorstellen? Wir haben uns bei der Strandparty kennengelernt ..."

Pia erstarrte zu Stein. Sie hörte auf zu atmen. Und dann begann sich in ihrem Kopf alles zu drehen. Sie taumelte rückwärts und prallte gegen Goldglanz' Schulter.

Ungläubig wanderte ihr Blick von Helges Augen zu seiner Hand, die noch immer auf Helenes Taille lag. Was hatte er gerade gesagt? Seine Worte purzelten durch ihren Kopf wie einzelne Puzzleteile, die kein Bild ergaben. Nichts ergab mehr einen Sinn. Vor Pias Augen tanzten goldene Lichter. Ihr Kopf fühlte sich leicht an.

Die letzten Tage mit ihr waren schön gewesen, hatte er gesagt. Anders.

Ein trauriges Lächeln huschte über ihre Lippen. Wenn er doch bloß wüsste ...

Aber warum dann Helene? Warum hielt er Helene im Arm, als wäre sie ...

„Aber jetzt echt mal! Das ist Pia, Loser-Pia!", platzte Zoe dazwischen. „Wieso sagt er, Pia wäre seine Schwester? Pia hat doch gar keine Familie."

Pias Hände begannen zu zittern. In einem Sekundenbruchteil zerplatzte ihr Traum. Und die goldenen Lichter erloschen. Die Welt um sie herum stand still.
Pia blinzelte und versuchte etwas zu sehen. Etwas anderes als Helge. Helge mit Helene im Arm. Verzweifelt krallte sie ihre Hand in Goldglanz' Mähne.
Goldglanz!, dachte Pia erschrocken. Wenn Helene und Zoe sie jetzt endgültig als Pia enttarnten, würde man sie womöglich nicht mehr zum Turnier antreten lassen und alles – wirklich alles! – wäre umsonst gewesen!
Pia sah sich panisch um. Wo war nur Nele?
„Wie soll das bitte gehen?", wunderte sich Zoe da auch schon weiter. „Die ist mit uns auf die Insel gekommen und geht seit zwei Monaten mit uns in dieselbe Klasse."
In diesem Moment wurde Pia von hinten angestupst. Sanftes Schnauben holte sie aus ihrer Erstarrung zurück. Goldglanz musste ihre plötzliche Verzweiflung gespürt haben, denn er begann nun rückwärts zu laufen.
Pia krallte sich fester an seine Mähne. Sie musste hier weg! Helene und Zoe würden nicht lockerlassen. Und irgendwann würde Helge kapieren, welches Spiel hier gespielt wurde. Das durfte nicht geschehen! Zumindest nicht, bevor Pia mit Goldglanz den Parcours bestritten hatte. Darum

ging es schließlich! Darum hatte sie dieses Spiel überhaupt begonnen. Um Goldglanz zu helfen.
„Nächste Starterin auf der Strecke: Marie von Elstenbühl, mit ihrem Hengst Goldglanz!“, dröhnte es in diesem Moment durch den Lautsprecher.
Pia wirbelte herum. Sie musste los. Aber wo blieb Nele? Hatte sie nicht gesagt, sie wäre gleich wieder da? Und wenn Marie gerade aufgerufen worden war, musste Nele immerhin schon bei der Meldestelle gewesen sein.
In diesem Moment teilte sich die Menge und ihre Freundin kam angeschnauft. „Sorry! ... ’tschuldigung! ... Ich muss mal hier durch ... Danke!“ Nele kam mit einer Startnummer wedelnd auf Pia zugelaufen. „Tut mir leid, dass das so lange gedauert hat, aber da war so viel los. Du bist jetzt dran!“, keuchte sie, und mit einem Blick auf Goldglanz setzte sie hinzu: „Warum sitzt du denn noch nicht auf dem Pferd?“
Erst jetzt bemerkte sie die kleine Menschentraube um Pia herum. „Hey, Leute! Na, alles klar? Oh, hi, Helge, cool, dass du auch da bist! Wir ...“ Nele verstummte, als sie sah, dass er ein anderes Mädchen im Arm hielt.
Pia reagierte blitzschnell, schnappte sich die Startnummer und heftete sie an ihr Jackett. „Kannst du mich bitte hochwerfen, Nele?“, fragte sie.

Sie musste hier weg. Wenn sie nicht gleich verschwand, würde sie noch losheulen. Und nie wieder aufhören …

„Klaro!“ Nele hatte sich zum Glück recht schnell wieder im Griff und hielt Pia ihre verschränkten Hände hin.

„Hey, warte mal! Marie?“, rief Helge, aber Pia hatte bereits den Fuß auf Neles Hände gestellt und zog sich aufs Pferd.

Das Getuschel um sie herum wurde immer lauter. Pia versuchte es auszublenden, doch es gelang ihr nicht. Tränen stiegen ihr in die Augen.

„Wer ist denn Marie?“, hörte sie Marven verständnislos fragen, und aus dem Augenwinkel sah sie, wie Helge Helene losließ.

„Marie?“ Helge berührte Pia am Bein und sah ihr ins Gesicht. Zum ersten Mal erkannte Pia darin so etwas wie Zweifel … und Angst.

„Pia! Warte!“, hörte sie auf einmal jemanden brüllen.

Alle Köpfe schnellten herum. Pia sah in die Menge. Und ein kalter Schauer lief ihr über den Rücken.

Marie. Sie war hier.

Zusammen mit Robbie drängte sie sich durch die Zuschauer und kam schnell näher.

Pia schluckte. Ihr Herz hämmerte schmerzhaft gegen die Rippen. Sie musste sich entscheiden. Bleiben oder fliehen.

Wieder spürte sie, wie alle Blicke sich auf sie richteten. Goldglanz scharrte mit den Hufen. Er wollte los. Viel Zeit blieb ihnen nicht mehr.
Vorsichtig strich Pia durch seine Mähne, streichelte seinen Hals. Er sprühte vor Tatendrang und strahlte dabei doch eine unendliche Ruhe aus.
Sie seufzte und spürte, wie ihr Herzschlag langsamer wurde. Ihre Panik verebbte. Die Trauer zurückwich. Je länger sie sich auf Goldglanz konzentrierte, desto ruhiger wurde Pia. Goldglanz schnaubte. Sie tätschelte seinen Hals. „Gleich, mein Schöner", flüsterte sie ihm zu.
Dann sah sie Helge direkt in die Augen. An seinem Blick erkannte sie, dass er es noch immer nicht verstand. Für ihn war sie noch immer Marie.
Doch Robbie und die echte Marie würden jeden Augenblick hier sein.
Pia schloss die Augen, um die Tränen ein letztes Mal zurückzudrängen. In wenigen Sekunden würde Helge sowieso erfahren, was hier gespielt wurde. Warum also nicht wenigstens von ihr?
„Es ist wahr, Helge", sagte Pia ruhig. „Ich bin nicht Marie, sondern Pia. Ich habe dich getäuscht, um Maries Platz einzunehmen. Es war wie ein Traum, ein wunderschöner

Traum." Ihre Mitschüler um sie herum fingen wieder aufgeregt an zu tuscheln, doch Pias Blick ruhte einzig und allein auf Helge. Dann berührte sie zaghaft seine Hand, die noch immer auf ihrem Bein lag. „Ich danke dir für alles."

Er sah sie ungläubig an. Verwirrt. Entsetzt. Dann ließ er die Hand sinken.

Pia blinzelte die Tränen weg. Heiß und schwer rollten sie ihre Wangen hinab.

Jetzt war es raus.

„Deine echte Schwester ist gleich da …", sagte Pia und schniefte. „Es tut mir leid."

„Marie von Elstenbühl bitte zum Start!", dröhnte die Stimme des Ansagers noch einmal durch den Lautsprecher. „Ansonsten droht dem Paar mit der Nummer 278 die Disqualifikation!"

Pia lachte leise auf, holte Luft und versuchte sich zu sammeln. Sie konnte nichts mehr tun, es war alles gesagt. Die Wahrheit war raus. Und auf einmal fühlte sie sich frei. Unendlich erleichtert.

Sie sah Helge ein letztes Mal in die Augen, dann drückte sie ihre Fersen sanft in Goldglanz' Flanken und ritt los.

„Viel Glück!", hörte sie Nele noch rufen. Ihre erste und einzige Freundin.

Pia straffte die Schultern und atmete tief durch. Jetzt gab es nur noch eines zu tun. Sie würde Goldglanz retten, allen beweisen, was für ein unglaubliches Pferd er war. Und niemand würde sie stoppen!
Pia galoppierte an. Goldglanz spitzte die Ohren. Er war bereit. Genau wie seine Reiterin.

36

GOLDGLANZ BRETTERTE VON DER STARTBOX direkt durch die Lichtschranke. Pia lehnte sich nach vorn und ließ ihn einfach laufen. Noch war das erste Hindernis weit weg. Während sie den Strand hinunterflogen, den grauen Klippen in der Ferne entgegen, fielen all die Bilder von eben von ihr ab. Zuerst zerbarst Helenes gehässiges Grinsen im Brausen des Meereswindes, dann verschwammen die verwirrten Blicke ihrer Mitschüler im Wogen der Wellen, und schließlich verflüchtigte sich sogar Helges trauriges Lächeln im Rhythmus von Goldglanz' Hufschlag. Pias Kopf wurde frei und sie genoss nur noch das Gefühl dahinzuschweben.

Als der erste große Baumstamm näher kam, war sie bereit. Sie war es schon lange gewesen, schoss es ihr durch den Kopf. Goldglanz und sie waren eins, seitdem sie sich das erste Mal begegnet waren. Er war ihr Seelenpferd und sie seine Reiterin. Gemeinsam würden sie es schaffen. Nichts und niemand würde sie jetzt noch aufhalten.

Durch leises Zuflüstern brachte Pia Goldglanz dazu, langsamer zu werden. Dann sprangen sie ab und flogen über das Hindernis. Ohne den Takt zu verlieren, donnerte der Hengst weiter. Pia lehnte sich wieder etwas nach vorn und hielt nach dem nächsten Streckenabschnitt Ausschau.

Mit gespitzten Ohren näherte sich Goldglanz den Dünen. Hier wartete der nächste Sprung. Aus Holzbalken und Reisig hatte man ein natürliches Hindernis zwischen die Sandberge gebaut.

Diesmal wurde Goldglanz von selbst langsamer, denn der Sand war hier tiefer. Pia schnalzte einmal, dann drückte er ab.

Auch diesen Sprung meisterten sie ohne Probleme.

Während der nächsten Galoppstrecke durch die Dünen klopfte Pia Goldglanz ausgiebig den Hals. Freudig jagte er dahin, schlug Haken, umrundete Sandberge. Pia ließ den Zügel etwas länger und Goldglanz bretterte los, ganz dicht an der Brandung entlang.

Erst jetzt bemerkte Pia wieder die Wolkenberge, die sich gefährlich tief über den Klippen türmten. An einigen Stellen verschwand der raue Fels bereits im dichten Nebel.

Eine Sekunde verlor Pia die Strecke aus den Augen, doch dann sah sie das nächste rote Fähnchen im Wind flattern. Es ging nun hinauf auf die Klippen. Dem grauen Nass entgegen.
Pia machte sich leicht, während Goldglanz mühelos den Abhang hinaufkletterte. „Super machst du das, mein Schöner!“, feuerte sie ihn an. Kaum oben, gab Goldglanz auch schon wieder Gas.
Pias Hände und Gesicht waren feucht vom Nieselregen, der ihr immer wieder die Sicht nahm. Doch sie konzentrierte sich darauf, den eifrigen Hengst auf der Strecke zu halten, denn plötzlich änderte sich unerwartet die Richtung. Pia fasste die Zügel nach. „Hooo“, bremste sie ihr Pferd und ritt eine enge Wendung. Das nächste rote Fähnchen flatterte auf einem schmalen Baumstamm am Rand der Klippen.
Pia galoppierte darauf zu. Goldglanz spitzte die Ohren, verkürzte die Tritte und überwand in einem flüssigen Sprung das Hindernis. Doch bei der Landung sah Pia aus dem Augenwinkel einen Schatten vorbeihuschen. Davon abgelenkt, rutschte sie zur Seite und brachte dadurch Goldglanz aus dem Gleichgewicht. Seine Hinterbeine knickten kurz ein und er machte einen übertriebenen Satz nach vorn.
Pia griff erschrocken in Goldglanz’ Mähne und schaffte

es in letzter Sekunde, sich aufrecht zu halten. Zum Glück fing sich der Hengst da auch schon wieder, machte einen letzten kleinen Hüpfer und galoppierte dann gleichmäßig weiter.

„Wow, das war knapp!“ Pia nahm keuchend die Zügel wieder auf und lehnte sich nach hinten. „Hast du das auch gesehen?“ Pia überlegte gerade noch, wer oder was das wohl gewesen sein könnte, als auch schon das nächste Hindernis in Sicht kam.

Es befand sich in einer kleinen Senke, noch immer am Rand der Klippen.

Beim Näherkommen erkannte Pia das Fähnchen. Es steckte auf der Seite eines breiten Steinhaufens. Sie fixierte das Hindernis, konzentrierte sich auf den Absprung – doch da geschah es!

Ein dunkler Wolkenfetzen jagte über die Klippe hinweg, gab einen Moment die Sicht frei und enthüllte die Gestalt eines einsamen Reiters.

Der Mann im Regenmantel!

Aber Pia hatte keine Zeit, sich nach ihm umzusehen. Diesmal würde sie ihr Pferd nicht beim Springen stören!

Diesmal würde sie es machen lassen.

Ihm vertrauen. Sich ganz auf ihr Pferd konzentrieren.

Mutig bretterte Goldglanz voran, riss genau im richtigen Moment die Hufe hoch und flog über den breiten Steinhaufen.

Zu spät bemerkte Pia, dass etwas nicht stimmte. Der Weg, den sie ritten, endete direkt am Abhang! Doch da setzte Goldglanz auch schon auf.

Wird sind zu schnell!, schoss es Pia durch den Kopf.

„Hooo!“, schrie sie und riss die Zügel zurück.

Goldglanz rammte die Hufe in den felsigen Untergrund. Auch er wusste nun Bescheid. Doch seine Hinterbeine rutschten weg, und Pia spürte, wie sein Hinterteil den Boden berührte. Verbissen presste sie die Knie in Goldglanz’ bebende Flanken, ließ die Zügel los und umschlang stattdessen den Hals des Pferds.

Keine Sekunde zu früh – denn im selben Moment warf sich der Hengst zur Seite.

Sein schrilles Wiehern wurde von der brausenden Meeresluft übertönt. Sie waren gefangen in einem Strudel aus Wind, Farben und Regen. Pia schrie. Der Hengst machte einen weiteren Satz und dann war es geschafft. Goldglanz hatte wieder festen Boden unter den Füßen und brauste mit einem Affenzahn über die Felsenlandschaft der Klippen. Benommen angelte Pia nach den Zügeln.

Dann endlich wagte sie es, sich umzudrehen – und das Blut gefror ihr in den Adern. Der Mann im Regenmantel hatte die Verfolgung aufgenommen. Im gestreckten Galopp setzte er ihnen nach.

Pia schnalzte mit der Zunge und trieb auch Goldglanz an. Doch ihr Pferd wusste bereits, was von ihm verlangt war, und preschte auf eine grasbewachsene Freifläche zu. Hier erkannte Pia im Dunst des Regens auch schon das nächste Hindernis. Grimmig wischte sie sich das Wasser aus den Augen, packte die Zügel fester und ritt darauf zu. Goldglanz war schnell, ihr Verfolger würde es nicht leicht haben.

Das Hindernis war eine breite Mauer, aus kleinen und großen Steinen erbaut. Pia fokussierte sich auf die Distanz, nahm Goldglanz ein wenig zurück, dann sprang er ab.

Wir fliegen!, dachte sie in diesem Moment und grinste. Sie würden es schaffen! Egal wie. Sie würden es schaffen.

Goldglanz setzte auf, schlug von sich aus einen Haken und folgte dann weiter dem festgetrampelten Pfad.

Immer schneller und schneller flogen sie dahin, setzten über das nächste Hindernis und sprangen einen kleinen Abhang hinab. Kurz bevor sie eine erneute Biegung nahmen und in ein Labyrinth aus Büschen eintauchten, erhaschte Pia

abermals einen Blick auf den Mann im Regenmantel. Er war ihnen also immer noch auf den Fersen!
Pia musste ihn irgendwie abhängen, loswerden, bevor sie seinetwegen noch einmal in eine brenzlige Situation kamen. Sosehr sie Goldglanz auch zum Sieg reiten wollte – vor allem wollte sie, dass sie beide sicher ins Ziel kamen. Aber noch waren es einige Kilometer, noch gab es ein paar tückische Stellen.
Während sie durch das dichte Blütengeflecht dahingaloppierten, sah Pia sich um. Vielleicht gab es hier eine Abkürzung? Einen Weg, den sie nehmen konnten, um ihren Verfolger abzuschütteln? Doch in welcher Richtung lag der Strand?
Der Nebel hing inzwischen tief über der Insel, was es ihnen erleichtern würde, den Reiter abzuhängen. Allerdings würde es so auch schwieriger werden, den Weg zurück zur Strecke zu finden.
Pia presste die Lippen zusammen. Egal! Sobald sie eine Abzweigung fand, musste sie sie nehmen.
Wieder machte der Weg eine scharfe Kurve, und plötzlich brach ein Sonnenstrahl durch die dichte Wolkendecke. Pia blickte hinauf zum Himmel. Ein paar Möwen kreisten direkt über ihr, tauchten in die Wolkenberge ein und schos-

sen wieder heraus. Dann ließen sie sich fallen, schräg gegen den Wind.

Aus dem Augenwinkel sah Pia eine schmale Schneise im Gebüsch. Entschlossen riss sie den Hengst herum. Sie würde den Vögeln folgen. Wo Möwen waren, war der Strand nicht weit.

Pia legte sich flach auf Goldglanz' Hals. Ein langer Zweig schlug ihr ins Gesicht, doch sie blieb sitzen. Goldglanz fiel in einen raschen Trab. Dann lichteten sich die Büsche und sie ritten wieder auf eine offene Fläche hinaus.

Es hatte aufgehört zu nieseln. Stattdessen blies ihnen nun ein kräftiger Wind entgegen. Pia konnte kaum atmen. Doch die Luft schmeckte salzig, der Sturm kam also vom Meer, überlegte Pia, und ritt ihm hoffnungsvoll entgegen.

Mit sicherem Tritt und ohne ein einziges Mal zu straucheln, bahnte sich Goldglanz den Weg durch die Heidelandschaft. Dankbar klopfte Pia ihm den Hals. „Gleich sind wir da, mein Schöner, gleich haben wir es geschafft!"

In diesem Moment tat sich vor ihnen ein steiler Abhang auf. Pia brachte Goldglanz an der Kante zum Stehen. Der Hengst warf unruhig den Kopf in den Nacken.

„Hooo, mein Schöner! Alles gut! Wir werden einen anderen Weg finden. Wir reiten einfach wieder zurück ..."

Pia sah über die Schulter und erstarrte. Denn hinter ihr kam der Mann im Regenmantel in einem unglaublichen Tempo auf sie zugerast.
„Bleib, wo du bist!“, hallte das Echo seiner Worte durch den Nebel.
Sie riss die Augen auf, doch ihr Schreck währte nur wenige Sekunden. Dann drückte sie Goldglanz die Fersen in die Seiten. „Das werde ich garantiert nicht tun!“, schrie sie und führte Goldglanz über die Kante.
Langsam setzte der Hengst einen Huf vor den anderen. Pias Herz hämmerte wie verrückt, und sie meinte, auch Goldglanz’ trommelnden Herzschlag zu spüren.
Plötzlich rutschte er ab. Pia schrie, doch im nächsten Augenblick fing Goldglanz sich auch schon wieder. Sie lehnte sich so weit nach hinten wie möglich, um ihren Partner nicht zu stören.
Über ihnen hörte sie den Mann immer noch brüllen. Aber Pia beachtete ihn nicht. Für sie gab es nur noch ihr Pferd und den Abhang. Schritt für Schritt arbeiteten sie sich voran.
Nach der Hälfte des Weges wagte Pia einen Blick zurück. Und da war er. Mit wehendem Mantel und tief in die Stirn gezogener Kapuze stand er oben an der Kante. „Marie!“, brüllte er. „Marie, warte doch!“

Pia lief ein kalter Schauer über den Rücken. Was wohl passieren würde, wenn er sie in die Finger bekam? Sie wollte es lieber nicht wissen.

Pia drehte sich wieder nach vorn. Holte tief Luft. Sie waren weit genug unten. Sie konnten es wagen. Sie drückte Goldglanz die Fersen in die Flanken und der Hengst hob ab.

In einem riesigen Bogen sprang er in die Schlucht. Wie im Zeitraffer sah Pia den Strand unter sich näher kommen, sah die Felsen rechts und links an sich vorbeirasen. Sie hatte genau gezielt, hatte die einzige Stelle gefunden, wo sie einigermaßen sicher landen konnten. Inmitten all der heimtückischen Felsen und Einbuchtungen.

Dann setzte Goldglanz auf. Pia schrie, wurde nach vorn geschleudert. Sie verließ seinen Rücken, rutschte über den Hals nach vorn.

In letzter Sekunde riss der Hengst den Kopf wieder hoch und bewahrte Pia vor dem Sturz.

Sie keuchte. Schluchzte und jubelte. „Wir haben es geschafft, Goldi! Wir haben es tatsächlich geschafft!"

Noch einmal drehte sie sich zu dem Mann hoch oben auf der Klippe herum. Er hatte aufgehört zu schreien. Schaute einfach nur zu ihr herunter. Pia wandte sich ab und ritt an. Jetzt würde er sie nicht mehr einholen.

Ausgiebig klopfte sie Goldglanz den Hals und ließ ihn am langen Zügel den Strand hinuntertraben. Das letzte Hindernis war nicht mehr weit, und dank ihrer Abkürzung mussten sie nun auch eine unglaublich gute Zeit haben.
Pia holte tief Luft und trieb ihr Pferd noch einmal an. Ein letztes Mal.
Mit Tränen in den Augen flog sie der Zielgeraden entgegen. Der Menschentraube, die sich am letzten Hindernis versammelt hatte. Pia versuchte nicht daran zu denken, wer oder was sie dort erwartete. Sie nahm all ihren Mut zusammen und schloss die Augen. Sofort fingen die goldenen Lichter an zu tanzen. Sie tanzten einen wilden Tanz aus Schatten und Licht, im trommelnden Rhythmus ihres Herzens und Goldglanz' Hufen. Wie ein einziger Trommelwirbel brausten sie dahin. Ließen alles hinter sich und jagten über das finale Hindernis.
Pia spürte, wie Goldglanz die Sprünge verkürzte, und erst im letzten Moment öffnete sie die Augen. Was sie sah, war ein Stück Himmelblau zwischen dunkelgrauen Wolkenmassen.

37

KAUM WAREN SIE IM ZIEL, sackte Pia in sich zusammen. Ihre Muskeln brannten, ihre Hände zitterten und ihr Hintern schmerzte. Trotzdem stieg sie nicht ab. Stattdessen ließ sie sich vollkommen kraftlos von Goldglanz davontragen. Wohin er ging, wusste sie nicht. Den Jubel und das Chaos um sich herum nahm sie nicht wahr.

„Pia!“, brüllte plötzlich eine vertraute Stimme vor ihr.

Jemand griff in Goldglanz’ Zügel und zog.

„Pia! Du hast es geschafft! Aber wie konntet ihr nur so schnell sein? Eure Zeit ist außerirdisch! Und es gibt nur noch einen letzten Starter, der wird euch niemals schlagen!“

Pia sah Nele verständnislos an. Was hatte ihre Freundin gerade gesagt?

„Pia, hast du gehört? Du hast die beste Zeit! Du liegst in Führung! Du ...“ Nele brach ab. „Pia, ist alles in Ordnung mit dir? Geht es dir gut?“ Nele rüttelte an Pias Bein.

Aber Pia konnte nichts sagen. Konnte sich nicht freuen. Das Einzige, woran sie plötzlich denken konnte, war der Abschied von Goldglanz. Wie sollte sie jemals wieder glücklich werden – ohne ihr Seelenpferd? Was war sie noch ohne Goldglanz? Ein Niemand. Oder noch schlimmer: Loser-Pia.

„Wo ist Marie?“, flüsterte Pia leise.

„Ich ... ich bin mir nicht sicher“, antwortete Nele. „Zuletzt habe ich sie mit Helge gesehen und mit Robbie, aber dann waren sie auf einmal weg ...“

Pia sagte nichts mehr. Sie spürte, wie ihr der Zügel aus der Hand glitt. Goldglanz hatte sich einfach wieder in Bewegung gesetzt und fiel in einen schnellen Schritt. Er wusste, wie sie sich fühlte.

Pia sah sich nicht nach Nele um. Sie sah überhaupt nichts mehr. Die Tränen liefen ihr die Wangen hinab und verschleierten ihr die Sicht. Doch das machte nichts, Goldglanz trug sie ja.

Pia wusste nicht, wie lange sie so dahingeritten waren, doch irgendwann waren die Rufe, das Lachen und die Musik, die vom Championatsgelände über den Strand hallten, verstummt. Sogar das Meer schien den Atem anzuhalten. Goldglanz blieb stehen und Pia hob den Kopf. Sie standen

in einer kleinen, windgeschützten Bucht. Trotz des wolkenverhangenen Himmels schimmerte das Wasser an dieser Stelle türkisblau. Träge schwappte es gegen die hellen Felsen und über den weißen Sand.
Pia holte zitternd Luft. „Es ist wunderschön hier …“, flüsterte sie Goldglanz zu. „Danke!“
Eine Weile saß sie einfach nur da auf seinem Rücken und starrte aufs Wasser. „Es ist so friedlich“, flüsterte sie. „Am liebsten würde ich für immer hierbleiben.“
Vorsichtig ließ sie sich von Goldglanz gleiten und grub die Stiefelspitzen in den weichen Sand. Sie standen so nah beim Wasser, dass die nächste sanfte Welle ihre Füße umspülte.
Pia sah Goldglanz in die Augen. „Dann ist das jetzt wohl der Abschied …“
„Piiiaaa!“ Der Wind wehte ihr seine Rufe entgegen. „Pia!“
Sie erstarrte. Ihr Herz setzte für ein paar schmerzhafte Sekunden aus, nur um dann in vierfacher Geschwindigkeit weiterzuschlagen.
Langsam wandte sich Pia um.
Helge.
Er saß auf Poetin, die sich die letzten Meter zwischen den Felsen durchkämpfte.
Pia versuchte sich seinen Anblick einzuprägen – für später.

Für die qualvollen Stunden der Heimfahrt im Bus. Für die vielen einsamen Stunden im Wohnheim in Frankfurt.
Seine blitzenden grünen Augen, sein blondes Haar, das so golden leuchtete wie das Fell ihres wundervollen Seelenpferds, sein ehrliches, ungezwungenes Lächeln.
Doch während er auf sie zuritt, lächelte er nicht.
Nervös nestelte Pia in ihren Locken. Dann trat sie auf ihn zu. „Ich wollte dich nicht täuschen ... oder dich benutzen“, sagte sie traurig. „Ich ... ich wollte ... Goldglanz ...“ Es hörte sich erbärmlich an. Auch wenn es die Wahrheit war. Sie blieb eine Lügnerin, eine Betrügerin ... eine ... „Es tut mir so leid“, war alles, was sie noch sagen konnte. Für mehr fehlten ihr die Worte.
Helge hatte die Lippen zusammengepresst, in seinen Augen lag ein Ausdruck, den Pia nicht deuten konnte. Dann sprang er vom Pferd und kam auf sie zu.
Kurz vor ihr blieb er stehen. „Du hast das Turnier gewonnen. Du, zusammen mit Goldglanz. Herzlichen Glückwunsch.“
Pias Gedanken rasten. Sie hatte gewonnen. Hieß das, Goldglanz wäre gerettet? Die von Elstenbühls würden ihn nicht verkaufen? War Helge extra hergekommen, um ihr das zu sagen? Wie viel Überwindung musste es ihn wohl kosten, überhaupt mit ihr zu reden ...

„Es tut mir leid“, sagte sie noch einmal.
Helge blieb stumm, doch Pia konnte sehen, wie seine Kiefermuskeln arbeiteten, wie seine Augen über ihr Gesicht huschten, als suchten sie nach irgendetwas.
„Mir tut es leid. Ich habe mich benommen wie der letzte Idiot“, stieß er plötzlich hervor. „Du hast mir vertraut, hast alles gegeben, und ich habe es vermasselt …“
Pia riss die Augen auf und schüttelte den Kopf. „Nein!“, krächzte sie heiser und schaffte es kaum, das Rauschen in ihren Ohren zu übertönen. „So war das nicht! Ich bin der Idiot!“
„Nein, bist du nicht. Du hast Goldglanz gerettet. Ich hätte dasselbe für mein Pferd getan.“
Pia traute ihren Ohren nicht, genauso wenig wie ihren Augen.
Helge war hier. Er war zu ihr gekommen. Und er war nicht sauer auf sie. Hieß das etwa … er gab ihr noch eine zweite Chance?
„Ich habe dich belogen und so getan, als wäre ich deine Schwester. Ich habe Robbie … Er hat … Marie …“
Helge lachte trocken. „Mach dir um Marie mal keine Sorgen. Meine Schwester ist taffer, als du glaubst.“ Nun griff er nach Pias Hand. „Verzeihst du mir … P-Pia? Das mit Hele-

ne, meine ich. Das war ..." Mit der freien Hand fuhr er sich übers Gesicht, sichtlich um Worte ringend. „Das war total bescheuert von mir. Kindisch und dumm. Allerunterste Schublade. Aber ich war so eifersüchtig auf Robbie, weil ..."
Pia wurde plötzlich ganz eng im Hals.
Helge lächelte. „... weil ich mich in dich verliebt habe."
„W-w-was?" Pia blinzelte die Tränen weg und sah Helge fassungslos an. „Aber ich habe dir die ganze Zeit was vorgespielt! Ich habe versucht Marie zu sein, obwohl ich ..."
„Was dir zum Glück nicht besonders gut gelungen ist", unterbrach er sie grinsend. „Wenn ihr euch nicht so verdammt ähnlich sehen würdet, wäre ich wohl nie und nimmer drauf reingefallen!" Er fuhr sich durch die Haare und lachte auf. „Aber wie soll man so was ahnen! Andererseits ..." Er sah zu Goldglanz, der gelangweilt mit den Nüstern im Sand wühlte. „Der da hat's gleich gecheckt!"
Jetzt musste auch Pia lachen. „Ja, das hat er."
Doch Helge wurde sogleich wieder ernst. „Verzeihst du mir?" Er hielt noch immer ihre Hand in seiner und strich sachte mit dem Daumen über ihre Finger.
Pia schluckte. Auf einmal war ihre Kehle staubtrocken. Sie brachte kein Wort hervor. Dann ließ er ihre Hand ganz plötzlich los und Pia erschrak. Doch anstatt zurückzu-

weichen, wickelte er sich nun eine Locke von Pia um den Finger. „Die sind auch ganz anders“, sagte er mit belegter Stimme, sein Gesicht ganz nah an ihrem.

Jetzt oder nie!, flüsterte eine Stimme in Pias Kopf, während ihr Herz vor Glück Saltos schlug. Sie nahm all ihren Mut zusammen und beugte sich vor, um ihn zu küssen. Leider hatte sie vergessen, dass sie noch immer einen Helm trug, und der prallte nun mit einem dumpfen Schlag gegen Helges Kopf.

Lachend wich er zurück und rieb sich die Stirn.

Pia wäre am liebsten im Erdboden versunken, so sehr schämte sie sich.

„Heißt das, du verzeihst mir?“, fragte Helge schelmisch. Offenbar genoss er ihre Schmach.

Pia nickte stumm.

Dann kam er auf sie zu, öffnete die Schnalle ihres Reithelmes und zog ihn ihr vom Kopf. „Dann sollten wir das hier am besten noch einmal probieren!“, flüsterte er.

Er beugte sich nach vorn, strich ihr sacht das feuchte Haar aus dem Gesicht und küsste sie. Ganz sanft, ganz vorsichtig, und Pia schmolz dahin wie flüssiges Gold.

Der Mann im Regenmantel stand auf der Klippe und beobachtete das bunte Treiben unten am Strand.
Das blonde Mädchen kam auf dem goldenen Pferd herangeritten, an seiner Seite der Junge auf der zierlichen Rappstute. Der Mann im Regenmantel hatte ihn schon öfter gesehen. Er war ihm ein Dorn im Auge. Eine Gefahr für seine Pläne. Was er mit ihm machen würde, wusste er allerdings noch nicht.
Und dann war da noch das andere blonde Mädchen. Es stand etwas abseits, neben ihr der schwarzhaarige Junge. Bei seinem Anblick begann das Blut des Mannes zu kochen. Sein Anblick weckte dunkle Erinnerungen. Weckte seinen Zorn.
Nervös begann das Pferd des Mannes zu tänzeln.
Sie hatten das Mädchen mit dem goldenen Pferd am Abhang verloren. Aber nur knapp. Fast hätte er sie eingeholt. Fast wäre sein Plan aufgegangen. Nun würde er improvisieren müssen.

Ein Risiko. Aber er würde vor nichts zurückschrecken. Nicht mehr. Das hatte er sich geschworen.

Während sich im Osten über der Insel die nächsten pechschwarzen Gewitterwolken zusammenbrauten und der Himmel seine Schleusen öffnete, gab der Mann seinem Pferd die Sporen.

Er würde es beenden, hier und jetzt.

Es gab kein Zurück.

Die Vergangenheit hatte sie alle eingeholt. Und jemand würde dafür bezahlen.

SABRINA J. KIRSCHNER besuchte ein Reitinternat in England und studierte Literatur sowie Kreatives Schreiben in London. Sie arbeitete als Kinderbuchlektorin, bevor sie selbst ihr erstes Buch veröffentlichte. Schon mit sechs Jahren saß sie im Sattel. Während ihrer Studienzeit bildete sie das Weltranglistenpferd Di Sandro aus und gewann mit ihm mehrere Turniere. Heute ist sie stolze Besitzerin des pechschwarzen Hannoveraners Destaco. Wenn sie nicht gerade eine Pferdegeschichte schreibt, liebt sie es, mit Destaco durchs Voralpenland zu galoppieren oder durchs Viereck zu tanzen.

So geht die Geschichte weiter …

Leseprobe aus

Zwei Herzen

Maries Geschichte

MARIE VON ELSTENBÜHL STARRTE IN DEN SPIEGEL, ohne zu blinzeln und ohne tatsächlich etwas zu sehen. Sie war in Gedanken ganz woanders. Schon seit Wochen. Ihre Augen begannen zu tränen. Alles um sie herum verschwamm.
Sie atmete scharf ein. Dabei rutschte ihre Hand ab, und der Mascara, mit dem sie sich eben die Wimpern hatte nachtuschen wollen, fiel lautlos auf den schwarz gefliesten Boden. Die hämmernde Musik vor der Toilettentür übertönte alles. „Shit …“, presste sie durch die Zähne hervor und ging in die Hocke. Mit der einen Hand hatte sie noch immer die goldene Kette ihrer Handtasche umfasst, mit der anderen tastete sie unter dem Waschbecken nach dem Mascara. Wie in den meisten Clubs war es auf der Toilette beinahe genauso

schummrig wie auf der Tanzfläche. Marie knickte in ihren hohen Riemchenstilettos um. Wieder fluchte sie leise.
Gerade als sie die Wimperntusche wiedergefunden hatte, wurde hinter ihr eine Klotür aufgerissen. „Hey, Chica, alles klar?“
Marie richtete sich auf. Dabei warf sie ihre langen blonden Haare schwungvoll über die Schulter. „Mir reicht's. Der Laden ist total lahm geworden“, sagte sie zu ihrer Freundin Celine. Wobei „Freundin“ in diesem Fall ein dehnbarer Begriff war. Celine verbrachte lediglich jeden Sommer mit ihren Eltern auf der kleinen, hippen Urlaubsinsel, wo sich die Schönen und Reichen tummelten. Da lief man sich zwangsläufig immer wieder über den Weg.
Celine schminkte sich mit sicherer Hand die knallpinken Lippen nach und fuhr sich durch ihre kurzen schwarzen, perfekt gestylten Haare.
Marie startete einen neuen Versuch, sich die Wimpern zu tuschen. „Desaster!“, schimpfte sie und ließ es schließlich bleiben. Vielleicht hatte sie einfach einen Drink zu viel gehabt. Aber wie sollte man einen Abend in diesem öden Schuppen auch sonst überstehen? Wenigstens fragte sie hier keiner nach ihrem Alter oder ihrem Ausweis. Was im *Pearl* zählte, war eine funktionierende Kreditkarte.

„Ach komm, lass uns einfach noch ’ne Flasche Champagner killen. Geht auf mich“, kicherte Celine überdreht, während sie sich bei Marie unterhakte. „Wir müssen doch noch auf deinen großartigen Ritt anstoßen!“

Das Turnier am Vormittag! Das hatte Marie beinahe schon wieder vergessen ... oder verdrängt. „Ich habe total abgelost“, zischte Marie genervt. „Der blöde Bock hat wieder nicht gezogen am Sprung. Ich weiß langsam echt nicht mehr, was ich noch mit ihm anstellen soll ...“

Beim Gedanken an ihr Spitzenpferd Goldglanz sank Maries Stimmung nur noch weiter in den Keller. Sie hasste es zu verlieren. Sie ritt, um zu siegen. Das heutige Turnier auf dem Festland war eine Katastrophe gewesen, und wenn sie nicht bald ein neues Pferd von ihrem Vater bekam, würde sie es nicht einmal zu den Meisterschaften schaffen. Geschweige denn in den Kader.

Marie warf den Mascara in ihre Handtasche.

„Warum bist du denn so mies drauf, Süße?“, lallte Celine. „Du hast doch alles, wovon andere Mädchen träumen! Ein eigenes Pferd, einen riesigen Palast, einen supersüßen Bruder ...“

„Hör mir bloß mit dem auf!“, fauchte Marie und entzog Celine ihren Arm. Dabei geriet sie mächtig ins Schwanken.

„Ist Helge eigentlich solo?", fuhr Celine unbeirrt fort. „Für eine kleine Sommerromanze würde ich ihn mir auf jeden Fall mal ausleihen", kicherte sie und zog Marie zur Tür.

Auf einmal war Marie so richtig genervt. Helge war erst am Morgen aus England zurückgekommen, wo er auf ein Internat ging, und trotzdem war die eiskalte Stimmung, die seit seinem letzten Besuch zu Weihnachten zwischen ihnen herrschte, sofort wieder spürbar gewesen. Sie hatten seit dem Morgen kaum ein Wort miteinander gewechselt – von den üblichen Sticheleien einmal abgesehen. „Ich weiß nicht, ob mein Bruder eine Freundin hat, und es ist mir auch total egal, aber ..." Celine öffnete die Tür, und augenblicklich musste Marie schreien, um die wummernden Bässe der Musikanlage zu übertönen. „... lass die Finger von ihm!" Damit stürmte Marie los, hinaus auf die volle Tanzfläche. Celine hing wieder an ihr wie eine Klette und stolperte hinterher.

Während sie sich durch die Menge schob, entgingen Marie nicht die Blicke von allen Seiten. Sie wusste, welche Wirkung sie auf andere hatte. Nicht nur auf die Jungs. Selbst die meisten Mädchen sahen sie bewundernd oder neidvoll an und begannen zu tuscheln, sobald sie an ihnen vorbeilief. Maries schwarzes Minikleid reflektierte das Licht der

Scheinwerfer, wobei es ihre Modelfigur perfekt zur Geltung brachte. Sie genoss diese Art von Aufmerksamkeit. Es lenkte sie wenigstens für ein paar Stunden von all den Dingen ab, die gerade nicht so gut liefen.

Marie stolzierte an dem Türsteher vor dem VIP-Bereich vorbei, ohne auch nur in seine Richtung zu sehen. Stattdessen fixierte sie Helge, der sich auf einem der Loungesofas fläzte. In seiner Nähe hatte sich eine Traube Mädchen versammelt – was Marie wenig überraschte. Sie wusste ja, dass nicht nur Celine ein Auge auf ihren umwerfend gut aussehenden Bruder geworfen hatte.

Helge wiederum war das alles herzlich egal. Wenn Marie ihn nicht angebettelt hätte, sie ins *Pearl* zu begleiten, damit ihre Eltern sie gehen ließen, wäre er wahrscheinlich gar nicht mitgekommen, sondern hätte stattdessen die halbe Nacht vor seinem Laptop gehockt und gepaukt. Im Gegensatz zu Marie war Helge fürchterlich pflichtbewusst. Na gut, ihre Eltern investierten ja auch ein halbes Vermögen in die Ausbildung ihrer Kinder. Diesmal hatten sie ihren Sohn jedoch ausnahmsweise nach Hause abkommandiert, damit er Marie in Schach hielt, während sie auf Kreuzfahrt waren. Maries letzte Hausparty war ihnen wohl noch in lebhafter Erinnerung gewesen …

Marie ließ sich neben Helge aufs Sofa fallen. „Mir ist langweilig“, maulte sie.
Helge setzte sich auf und runzelte die Stirn. „Dann fahren wir nach Hause. Du siehst sowieso aus, als gehörtest du dringend ins Bett“, stellte er fest.
Marie stöhnte theatralisch, beugte sich über Helge hinweg und klopfte auf den freien Platz neben ihm. „Komm, Celine, setz dich doch, falls du die Spaßbremse hier ertragen kannst.“
Das ließ sich Celine nicht zweimal sagen. Ungalant plumpste sie neben Helge aufs Sofa und versank sofort in den weichen Polstern.
„Hi …“, begrüßte sie ihn lallend.
„Hallo, Celine“, antwortete Helge steif.
„Celine hat versprochen, noch eine Runde springen zu lassen“, klinkte sich Marie wieder ein. „Komm schon, stoß mit uns an, Bruderherz.“
Helge verzog das Gesicht. „Auf was genau stoßen wir denn an? Darauf, dass du unser bestes Pferd heute sauer geritten hast? Dass du Dad schon wieder richtig clever um den Finger gewickelt hast? Oder darauf, dass du einfach dein übliches, ach so liebenswertes Selbst bist?“
Celine kicherte albern und zupfte übermütig an Hel-

ges weißem Hemd. Helge trug sonst nie weiße Hemden, aber hier im hoteleigenen Nachtclub sowie in dem ganzen 5-Sterne-Schuppen wurde Wert auf Dresscode gelegt. Andernfalls kam man nicht rein. Nicht einmal, wenn man von Elstenbühl hieß und somit einer der wohlhabendsten Gäste der Insel war.

Helge ließ Celine gewähren, allerdings funkelte er sie böse an. „Ehrlich gesagt bin ich es leid, dein Kindermädchen zu spielen, Marie. Lass uns gehen!"

Marie schmollte und legte ihm provozierend die Arme um den Hals. „Komm schon, ich hatte echt einen miesen Tag. Gönn deiner kleinen Schwester doch mal ein klitzekleines bisschen Ablenkung. Nur noch zehn Minuten ...", jammerte sie und sah ihm dabei direkt in die grünen Augen. Doch dann wanderte ihr Blick an seiner Schulter vorbei – und sie erstarrte.

Pferde, Jungs und Hindernisse

Dagmar Hoßfeld
Sattel, Trense, Reiter-glück
Band 1: Ein Turnier für vier
192 Seiten
Gebunden
ISBN 978-3-551-65064-1

Dagmar Hoßfeld
Sattel, Trense, Reiter-glück
Band 2: Pferdeferien für vier
192 Seiten
Gebunden
ISBN 978-3-551-65065-8

Dagmar Hoßfeld
Sattel, Trense, Reiter-glück
Band 3: Reiterglück für vier
192 Seiten
Gebunden
ISBN 978-3-551-65066-5

Vier Freunde und vier Pferde – Leseglück (nicht nur) für Pferdemädchen! Die erfolgreiche Trilogie von Bestseller-Autorin Dagmar Hoßfeld.
Jeder Band ist ein sommerleichtes Lesevergnügen für Pferdefans.

CARLSEN

www.carlsen.de

www.carlsen.de
www.instagram.com/buchschwestern

MIX
Papier aus verantwortungsvollen Quellen
FSC® C014496

Umschlaggestaltung: formlabor
Umschlagmotiv: © Shutterstock.com/Callipso
Zitat S. 6: aus William Shakespeare, König Heinrich V.,
übersetzt von Sabrina J. Kirschner, 2019
Layout und Herstellung: Constanze Hinz
Satz: Pinkuin Satz und Datentechnik, Berlin
Lithografie: Margit Dittes Media, Hamburg
ISBN 978-3-551-65229-4